Tahereh Mafi wurde 1988 in einer Kleinstadt in Connecticut, USA, geboren. Sie ist die Tochter iranischer Einwanderer und die Jüngste von fünf Geschwistern neben vier älteren Brüdern. Ihre dystopische Bestsellerserie *Shatter Me* (dt.: *Ich fürchte mich nicht*) wurde in über 30 Sprachen übersetzt und stand auf den Bestsellerlisten der New York Times und der USA Today. Mafi ist mit dem Filmemacher und Schriftsteller Ransom Riggs verheiratet und lebt mit ihrer Familie in Santa Monica, Kalifornien

Katarina Ganslandt lebt mit Mann und Hund in Berlin und sammelt am liebsten jede Menge nützliches und unnützes Wissen an, wenn sie nicht gerade Bücher aus dem Englischen übersetzt. Mittlerweile sind über hundert Titel zusammengekommen

Weitere Informationen zum Kinder- und Jugendbuchprogramm der S. Fischer Verlage finden Sie unter www.fischerverlage.de

Tahereh Mafi

Wie du mich siehst

Aus dem amerikanischen Englisch
von Katarina Ganslandt

FISCHER Taschenbuch

Aus Verantwortung für die Umwelt hat sich der Fischer Kinder- und Jugendbuch Verlag zu einer nachhaltigen Buchproduktion verpflichtet. Der bewusste Umgang mit unseren Ressourcen, der Schutz unseres Klimas und der Natur gehören zu unseren obersten Unternehmenszielen.

Gemeinsam mit unseren Partnern und Lieferanten setzen wir uns für eine klimaneutrale Buchproduktion ein, die den Erwerb von Klimazertifikaten zur Kompensation des CO_2-Ausstoßes einschließt.

Weitere Informationen finden Sie unter: www.klimaneutralerverlag.de

Erschienen bei FISCHER Kinder- und Jugendtaschenbuch
Frankfurt am Main, Mai 2021

Die amerikanische Originalausgabe erschien
2018 unter dem Titel *A Very Large Expanse of Sea*
bei HarperCollins, New York
Copyright © 2018 by Tahereh Mafi

Published by Arrangement with Tahereh Mafi

Dieses Werk wurde vermittelt durch die
Literarische Agentur Thomas Schlück GmbH, Hannover

Für die deutschsprachige Ausgabe:
© 2019 S. Fischer Verlag GmbH,
Hedderichstr. 114, D-60596 Frankfurt am Main

Satz: Dörlemann Satz, Lemförde
Druck und Bindung: GGP Media GmbH, Pößneck
Printed in Germany
ISBN 978-3-7335-0588-2

1. KAPITEL

Es kam mir vor, als wären wir ständig nur am Umziehen, immer, um uns irgendwie zu verbessern, ein besseres Leben zu haben, was weiß ich. Für mich war es das totale emotionale Schleudertrauma. Seit der ersten Klasse war ich auf so vielen unterschiedlichen Schulen gewesen, dass ich ihre Namen durcheinanderbrachte, und die andauernden Schulwechsel hatten mich so zermürbt, dass mir die Lust an meinem Leben verging. Das war jetzt schon die dritte Highschool in weniger als zwei Jahren. Ich kam da nicht mehr mit. Dabei musste ich mich sowieso schon jeden Tag mit so viel Bullshit rumschlagen, dass ich es manchmal kaum mehr schaffte, die Lippen zu bewegen. Ich fürchtete mich davor, zu sprechen oder zu schreien, weil ich Angst hatte, die Wut würde mich an meinen geöffneten Mundwinkeln packen und in Stücke reißen.

Also schwieg ich.

Für mich war es beinahe schon Routine. Wieder mal ein erster Schultag in einer wieder mal neuen Stadt. Ich machte es wie an jeder neuen Schule und vermied es, irgendwen anzuschauen. Ich wurde nämlich angeschaut, und sobald ich zurückschaute, fassten die Leute das als Einladung auf, irgendeinen Kommentar von sich zu geben. Das war dann fast immer entweder etwas Beleidigendes oder Dummes oder beides. Deshalb hatte ich schon vor längerer Zeit entschieden, es mir leichter zu machen, indem ich so tat, als wären sie gar nicht da. Die ersten drei Stunden waren ohne größeren Zwischenfall vorübergegangen, aber ich hatte noch Orientierungsprobleme. Der nächste Kurs fand anscheinend in einem ganz anderen Gebäude statt, und ich war gerade dabei, die Zimmernummern an den Türen mit denen auf meinem Stundenplan zu vergleichen, als es zum zweiten Mal klingelte. Bis ich begriff, was los war und entgeistert auf die Wanduhr schaute, hatten sich die Schülerhorden um mich herum schon verzogen, und ich stand allein in einem langen, ausgestorbenen Flur, den zerknitterten Ausdruck meines Stundenplans zwischen den Fingern. Ich schloss die Augen und stieß einen unterdrückten Fluch aus. Als ich das Klassenzimmer endlich gefunden hatte, war ich sieben Minuten zu spät. Ich stieß die Tür auf, die leise in den Angeln quietschte, worauf sich ein paar Schüler umdrehten. Der Lehrer verstummte, die Lippen noch zum letzten Wort geformt, die Mimik zwischen zwei Ausdrücken erstarrt.

Er blinzelte mich an.

Die Wände zogen sich um mich zusammen, ich schaute zu Boden und rutschte wortlos auf den nächsten freien Platz. Ich holte mein Heft aus der Tasche. Einen Stift. Atmete flach. Und während ich darauf wartete, dass der Moment vorüberging, dass sich die Leute wieder umdrehten und der Lehrer weiterredete, räusperte er sich plötzlich.

»Wie ich eben schon sagte, werdet ihr für diesen Kurs eine umfangreiche Lektüreliste abarbeiten müssen, und diejenigen, die neu bei uns sind ...«, er zögerte und warf einen Blick auf die Anwesenheitsliste in seiner Hand, »... werden über unser extrem anspruchsvolles Lernpensum vielleicht erst einmal überrascht sein.« Er schwieg. Zögerte wieder. Sah mit zusammengekniffenen Augen auf den Zettel.

Dann sagte er unvermittelt: »Entschuldige bitte, falls ich das nicht richtig ausspreche, aber du bist ... *Sharon*?« Er sah auf, sah mir direkt in die Augen.

»Shirin«, sagte ich.

Wieder drehten sich einige Schüler zu mir um.

»Ah ja.« Der Lehrer – Mr Webber – machte keinen Versuch, meinen Namen noch einmal korrekt auszusprechen. »Willkommen.«

Ich sagte nichts.

»Schön.« Er lächelte. »Du weißt, dass das hier ein Englischkurs mit erhöhtem Anforderungsniveau ist.«

Ich stutzte. Was für eine Reaktion erwartete er auf eine so banale Feststellung? Schließlich sagte ich: »Ja?«

Er nickte, dann lachte er. »Na ja, Herzchen, ich fürchte, du bist hier im falschen Kurs.«

Ich wollte ihm sagen, dass er mich nicht *Herzchen* nennen sollte, wenn er mit mir redete. Ich wollte ihm sagen, dass er überhaupt nicht mit mir reden sollte, niemals, prinzipiell nicht. Stattdessen sagte ich: »Ich bin im richtigen Kurs«, und hielt meinen zerknitterten Stundenplan hoch.

Mr Webber schüttelte immer noch lächelnd den Kopf. »Kein Problem, das ist nicht deine Schuld. So etwas passiert bei neuen Schülern öfter. Aber das Sekretariat ist gleich ...«

»Ich bin im richtigen Kurs, klar?« Das klang heftiger als beabsichtigt. »Ich bin im richtigen Kurs.«

Genau so ein Scheiß passierte mir ständig.

Es war total egal, wie akzentfrei mein Englisch war. Es war egal, wie oft ich den Leuten sagte, dass ich hier geboren war, dass Englisch meine erste Sprache war, dass sich meine Cousins und Cousinen im Iran über mich lustig machten, weil ich holpriges Farsi mit amerikanischem Akzent sprach – alles egal. Sie nahmen trotzdem automatisch an, ich wäre frisch per Boot aus irgendeinem fernen Land gekommen. Jetzt verflog Mr Webbers Lächeln. »Oh«, sagte er. »Okay.« Um mich herum ertönte Lachen, und ich spürte, wie mein Gesicht heiß wurde. Ich senkte den Blick und schlug mein leeres Heft wahllos irgendwo auf, in der Hoffnung, dem Gespräch damit ein Ende zu machen.

Stattdessen hob Mr Webber beide Hände und sagte: »Hör zu – ich persönlich freue mich, dich in der Klasse zu haben, okay? Aber das ist nun mal ein Kurs für Schüler mit besonderem Leistungsprofil, und obwohl ich mir sicher bin, dass dein Englisch wirklich gut ist, bist du trotzdem ...«

»Mein Englisch ist nicht *wirklich gut*«, sagte ich. »Mein Englisch ist – verfickt nochmal – *perfekt.*«

Den Rest der Stunde verbrachte ich im Büro des Schulleiters, der mir streng auseinandersetzte, dass ein solches Benehmen von der Schule nicht akzeptiert würde. Falls ich vorhätte, weiterhin ein absichtlich feindseliges und unkooperatives Verhalten an den Tag zu legen, sollte ich vielleicht noch mal überdenken, ob dies die geeignete Schule für mich sei. Und wegen meiner vulgären Ausdrucksweise könnte ich gleich eine Stunde nachsitzen. Während er noch schimpfte, klingelte es zur Mittagspause, und als er mich gehen ließ, raffte ich meine Sachen zusammen und stürzte davon.

Ich hatte es nicht eilig, irgendwo hinzukommen; ich wollte nur weg von den Leuten. Nach der Mittagspause musste ich noch zwei weitere Kurse durchstehen, war mir aber nicht sicher, ob ich das schaffen würde. Für heute war meine Frustrationstoleranz in Sachen Dummheit anderer Leute eigentlich schon aufgebraucht.

Ich saß in einer Toilettenkabine, balancierte mein Mittagessentablett auf den Knien und hielt meinen Kopf mit beiden Händen im Schraubzwingengriff, als mein Telefon summte.

Mein Bruder.

was machst du?, schrieb er.
mittag essen
blödsinn. wo versteckst du dich?
auf dem klo
was? warum?
was soll ich sonst 37 minuten lang machen?
leute anstarren?

Er schrieb, ich solle verdammt nochmal aus dem Klo kommen und in die Cafeteria gehen und dort mit ihm essen.

Anscheinend hatte die Schule schon ein ganzes Aufgebot an neuen Freunden angekarrt, um sein hübsches Gesicht zu feiern. Jedenfalls wollte er, dass ich mich ihm anschloss, statt mich zu verstecken.

danke, kein bedarf, tippte ich.

Und dann warf ich mein Essen in den Müll und verkroch mich bis zum Ende der Pause in der Bibliothek.

Mein Bruder war zwei Jahre älter als ich; wir waren eigentlich fast immer auf denselben Schulen. Aber für ihn waren die Umzüge nicht so schlimm wie für mich. Für ihn bedeutete eine neue Stadt nicht jedes Mal neues Leiden. Allerdings gab es auch zwei große Unterschiede zwischen mir und meinem Bruder: Erstens sah er extrem gut aus, und zweitens lief er nicht mit einer metaphorischen Neonleuchtschrift auf dem Kopf rum, die ACHTUNG! TERRORISTIN IM AN-MARSCH blinkte.

Die Mädchen standen Schlange, um ihm die Schule zu zeigen. Er war der »süße Neue«. Der faszinierende Fremde mit der faszinierenden Lebensgeschichte und dem faszinierenden Namen. Der schöne Exot, auf den sich all die hübschen und beliebten Mädchen stürzten, um ihr Bedürfnis nach einem Objekt zum Experimentieren und gleichzeitig auch noch Gegen-die-Eltern-Rebellieren zu befriedigen. Ich hatte aus bitterer Erfahrung gelernt, dass ich mich mittags nicht zu ihm und seiner Clique in die Cafeteria setzen konnte. Jedes Mal, wenn ich auftauchte – mit eingezogenem Schwanz und einem Selbstwertgefühl, das sowieso schon in der Tonne lag –, dauerte es keine fünf Sekunden, bis ganz klar war, dass die neuen Freundinnen meines Bruders nur nett zu mir waren, weil sie sich über mich an ihn ranmachen wollten.

Danke, nein. Da setzte ich mich doch lieber aufs Mädchenklo.

Ich redete mir ein, es würde mir nichts ausmachen, aber das tat es doch. Klar tat es das.

Das politische Klima ließ mir keinen Moment zum Durchatmen. Kurz nach dem 11. September – zwei Wochen nachdem ich in die neunte Klasse gekommen war – hatten mich auf dem Heimweg zwei Typen aus meiner Schule attackiert, aber das Schlimmste ...

... das Schlimmste daran war gewesen, dass es Tage gedauert hatte, bis ich bereit war, mir einzugestehen, was wirklich passiert war. *Warum* es passiert war. Ich hatte die ganze Zeit gehofft, es gäbe eine komplexere Erklärung; hatte gehofft, es hätte mehr dahintergesteckt als blinder Hass. Dass etwas anderes sie dazu getrieben hätte. Dass diese zwei, mir komplett unbekannten Jungs einen anderen Grund gehabt hätten, mich bis nach Hause zu verfolgen, einen anderen Grund, mir das Tuch vom Kopf zu reißen und mich damit zu würgen. Ich verstand nicht, warum sie ihren Hass mit solcher Brutalität an mir abreagiert hatten, ohne dass ich irgendwem etwas getan hatte. Warum sie geglaubt hatten, das Recht zu haben, mir am helllichten Tage Gewalt anzutun, obwohl ich doch einfach nur eine Straße entlanggegangen war.

Ich hatte es nicht verstehen *wollen*.

Aber genau so war es gewesen.

Obwohl ich keine Erwartungen in unseren Umzug hierher gesetzt hatte, spürte ich jetzt doch Enttäuschung darüber, dass diese Schule auch nicht besser war als meine letzte. Wieder mal war ich in einer Kleinstadt gelandet, wieder mal saß ich in einem Universum fest, das von Menschen bevölkert war, die Gesichter wie meines nur aus den Abendnachrichten kannten – und das machte mich wütend. Es machte mich wütend, weil ich genau wusste, wie viele anstrengende, einsame Monate jetzt wieder vor mir lagen, bis man sich an der neuen Schule an mich gewöhnt hatte. Es machte mich wütend, weil ich wusste, wie lang meine Mitschüler brauchen würden, bis sie endlich einsahen, dass ich nicht gemeingefährlich war und dass man vor mir keine Angst haben musste. Es machte mich wütend, weil ich wusste, wie unfassbar viel Mühe und Selbstüberwindung es mich kosten würde, bis ich endlich eine einzige Freundin gefunden hätte, ein Mädchen, das mutig genug war, sich in der Öffentlichkeit neben mich zu setzen. Ich hatte diese immer gleiche, immer schlimme Erfahrung schon so viele Male an so vielen unterschiedlichen Schulen machen müssen, dass ich manchmal am liebsten den Kopf gegen die Wand geschlagen hätte. Alles, was ich mir von dieser Welt noch wünschte, war die totale Unauffälligkeit. Ich hätte so gern gewusst, wie es sich anfühlt, einen Raum zu durchqueren und von niemandem angestarrt zu werden. Aber ein einziger Rundumblick ließ mich erkennen, dass jede Hoffnung darauf hier vergebens war.

Die Schülerschaft meiner neuen Highschool bestand zum allergrößten Teil aus einer Masse von gleich aussehenden Jugendlichen, die anscheinend alle basketballverrückt waren.

Ich war schon an Dutzenden von Jubelplakaten vorbeigekommen, und über dem Haupteingang hingen riesige Banner, die das schuleigene Team feierten, obwohl die Saison noch gar nicht angefangen hatte. An den Wänden klebten überdimensionale schwarze Ziffern auf weißem Grund und brüllten den Vorübergehenden den Countdown der Tage bis zum ersten großen Spiel entgegen.

Ich zählte stattdessen die blöden Bemerkungen, die ich mir heute hatte anhören müssen. Obwohl ich schon bei vierzehn war, hielt ich mich ganz gut, bis ich auf dem Weg zu meinem nächsten Kurs im Gang von einem Typen gefragt wurde, ob ich mir die Windel um den Kopf gewickelt hätte, um darunter einen Sprengsatz zu verstecken. Als ich ihn nicht beachtete, meinte sein Kumpel, wahrscheinlich hätte ich unter dem Tuch eine Glatze, und ein dritter verdächtigte mich, ein verkleideter Mann zu sein. Während sie sich gegenseitig zu ihren wahnsinnig originellen Thesen gratulierten, empfahl ich ihnen, sich zu verpissen. Ich hatte keine Ahnung, wie diese Arschlöcher aussahen, weil ich sie keines Blickes gewürdigt hatte und wiederholte in meinem Kopf ständig: »Siebzehn, *siebzehn* ...«, bis ich – natürlich zu früh – im Klassenzimmer ankam und in dem dämmerigen Raum darauf wartete, dass die anderen eintrudelten.

Diese regelmäßigen Giftspritzen, die mir irgendwelche unbekannten Menschen verabreichten, waren definitiv das Schlimmste am Kopftuchtragen. Das Beste war, dass ich Musik hören konnte, ohne dass Lehrer es mitbekamen.

Unter dem Tuch blieben meine Kopfhörer perfekt verborgen.

Die Musik erleichterte mir das Leben enorm. Mit Knopf im Ohr fiel es mir leichter, allein durch die Schulflure zu gehen oder einsam herumzusitzen. Ich freute mich, dass keiner sehen konnte, dass ich Musik hörte, weshalb mir auch keiner sagte, ich solle sie ausmachen. Mittlerweile war ich sehr geübt darin, Gespräche mit Lehrern zu führen, die keine Ahnung hatten, dass ich nur die Hälfte von dem mitbekam, was sie zu mir sagten, und das machte mich glücklich. Die Musik verlieh mir zusätzlichen Halt, sie war wie eine Art Ersatzskelett für mich. Ein Skelett, an das ich mich lehnen konnte, wenn ich vor Erschöpfung zusammenzusacken drohte. Der iPod, den ich meinem Bruder geklaut hatte, war im Dauereinsatz, und ich fühlte mich, als würde ich dem Soundtrack zum Film meines Lebens lauschen, während ich durch die Flure ging. Irgendwie gab mir das Hoffnung. Fragt mich nicht, warum.

Als die Teilnehmer des letzten Kurses an diesem Tag schließlich alle im Raum waren, hatte ich die Lehrerin schon auf stumm geschaltet. Meine Gedanken wanderten. Ich schaute immer wieder zur Uhr und konnte es nicht erwarten, endlich hier rauszukommen. Die *Fugees* füllten das Vakuum in meinem Kopf, während ich auf meine Stiftedose starrte, die ich in den Händen drehte. Ich liebte Druckbleistifte. Schöne, besondere Druckbleistifte. Ich besaß eine kleine Sammlung, die mir eine Freundin aus meiner vorvorvorletzten Highschool aus Japan mitgebracht hatte. Sie waren schmal und bunt und glitzerten, und dazu gab es passende Radiergummis, und alles zusammen steckte in einer echt niedlichen Dose mit einem Comicschaf, das blökte:

Mach dich nicht über mich lustig, bloß weil ich ein Schaf bin. Ich fand das witzig und lächelte bei der Erinnerung, als mir jemand auf die Schulter klopfte. Fest.

Ich drehte mich um. »Was?«, fragte ich lauter als beabsichtigt.

Ein Typ. Er sah überrascht aus.

»Was?«, fragte ich noch einmal, diesmal etwas gereizt.

Er sagte etwas, das ich nicht hörte. Ich zog den iPod aus der Tasche und machte ihn aus.

»Wow.« Er blinzelte mich an. Lächelte, wirkte aber auch erstaunt. »Hörst du da drunter etwa Musik?«

»Gibt's irgendwas, was ich für dich tun kann?«

»Ach so, nein, nein. Ich hab dich nur eben aus Versehen mit meinem Buch angerempelt. Ich wollte mich bloß entschuldigen.«

»Okay.« Ich drehte mich um und schaltete den iPod wieder an.

Und dann war der Schultag vorbei.

Mein Name war verunstaltet worden, Lehrer hatten nicht gewusst, was sie mit mir anfangen sollten, mein Mathelehrer hatte einen Blick auf mich geworfen und der Klasse anschließend einen fünfminütigen Vortrag darüber gehalten, dass Menschen, die dieses Land nicht lieben, in das Land zurückgehen sollten, aus dem sie gekommen waren, und währenddessen hatte ich die ganze Zeit in mein aufgeschlagenes Mathebuch gestarrt, so dass sich die quadratische Gleichung auf der Seite in meine Netzhaut gebrannt hatte und ich sie tagelang nicht mehr aus dem Kopf bekam.

Keiner meiner Mitschüler hatte mit mir gesprochen, bis

auf den einen, der mir aus Versehen sein Biobuch in die Schulter gerammt hatte.

Ich wünschte, das alles wäre mir egal gewesen.

Auf dem Nachhauseweg spürte ich Erleichterung, war aber zugleich auch gedrückter Stimmung. Es kostete Kraft, den Schutzschild hochzuhalten, der mich vor Verletzungen schützte, und am Ende des Tages war ich oft so ausgelaugt, dass ich am ganzen Körper zitterte.

Während ich die stille Straße entlangtrottete, die mich nach Hause führte, versuchte ich, den schweren, drücken-den Nebel aus meinem Kopf zu schütteln und wieder Kraft zu schöpfen, als ein Wagen neben mir das Tempo drosselte und eine Frau rief, ich sei jetzt in Amerika, also solle ich mich gefälligst auch entsprechend kleiden, aber ich war so ... so *müde*, dass ich noch nicht mal die Energie aufbrachte, wirk-lich wütend zu sein, als ich dem davonfahrenden Wagen zumindest meinen Mittelfinger hinterherstreckte.

Noch zweieinhalb Jahre, war alles, was ich denken konnte.

Noch zweieinhalb Jahre, bis ich aus diesem Gefängnis namens Highschool entlassen, bis ich diesen Monstern, die sich Menschen nannten, entkommen würde. Ich konnte es nicht erwarten, der Sicherungsverwahrung für Schwach-köpfe endlich den Rücken zu kehren, endlich zu studieren und mein Leben selbst zu gestalten. Ich musste es nur schaf-fen, bis dahin irgendwie zu überleben.

2. KAPITEL

Ich fand meine Eltern ganz schön bewundernswert. Immigranten aus dem Iran, die stolz auf ihre Herkunft waren und Tag für Tag hart arbeiteten, um mir und meinem Bruder ein besseres Leben zu ermöglichen. Mit jedem neuen Umzug sorgten sie dafür, dass wir in eine bessere Gegend kamen, in ein besseres Haus, einen besseren Schulbezirk, der uns bessere Zukunftschancen bot. Sie kämpften. Strampelten sich ab. Gönnten sich keine Pause. Ich spürte, wie sehr sie mich liebten, aber es war auch klar, dass sie kein Verständnis für meine Probleme hatten, weil es in ihren Augen schlicht keine waren.

Sie besprachen nie etwas mit meinen Lehrern. Riefen nie in der Schule an. Drohten nicht, die Mutter des Mitschülers zu kontaktieren, der mir den Stein an den Kopf geworfen hatte. Seit ich denken konnte, hatten die Leute mich wie Dreck behandelt – falscher Name / falsche Herkunft / falsche Religion / falsche Gesellschaftsschicht –, aber im Vergleich zu dem, was meine Eltern in ihrer Jugend durchgestanden hatten, war mein Leben so wunderbar einfach, dass sie beim besten Willen nicht nachvollziehen konnten, weshalb ich nicht jeden Morgen mit einem Lied auf den Lippen aufwachte. Was mein Vater erlebt hatte, der als Sechzehnjähriger von zu Hause weg und allein nach Amerika gegangen war, war so krass, dass seine Einberufung nach Vietnam dagegen geradezu als Glanzpunkt erschien. Wenn ich mich als Kind bei meiner Mutter beklagte, wie gemein die anderen in der Schule zu mir gewesen waren, tätschelte sie mir den Kopf und erzählte mir, wie sie einen Krieg und eine Revolution überlebt hatte und wie ihr mit fünfzehn auf der Straße der Schädel eingeschlagen worden war, während man ihre beste Freundin ausgeweidet hatte wie einen Fisch. *Also iss brav deine Cheerios und stell dich nicht an, du undankbares amerikanisches Mädchen.*

Also aß ich meine Cheerios. Also hörte ich auf, über diese Dinge zu sprechen.

Ich liebte meine Mutter und meinen Vater, liebte sie wirklich über alles. Aber über meinen Schmerz redete ich nie mit ihnen. Es war sinnlos, Mitgefühl von Eltern zu erwarten, die der Meinung waren, ich sollte mich glücklich schätzen, auf eine Schule zu gehen, wo die Lehrer uns bloß mit verletzenden Bemerkungen traktierten und nicht mit Schlägen.

Also erzählte ich kaum etwas.

Wenn ich nach Hause kam, beantwortete ich ihre Fragen zu meinem Tag mit einem Schulterzucken. Ich erledigte meine Hausaufgaben. Ich beschäftigte mich. Ich legte mir Hobbys zu. Ich las viel. Ja, ein totales Klischee. Das einsame Mädchen und ihre Bücher. Aber der Tag, an dem mein Bruder in mein Zimmer kam und mir mit den Worten: »Hier. Hab ich in der Schule gewonnen. Ist wahrscheinlich eher was für dich«, den ersten Harry-Potter-Band an den Kopf warf, war wirklich einer der schönsten meines Lebens. Meine wenigen, nicht auf Buchseiten lebenden Freunde wurden zu Erinnerungen, die schnell verblassten. Im Laufe unserer Umzüge war vieles verlorengegangen – Sachen, Dinge, Zeug –, aber nichts tat so weh wie der Verlust von Menschen.

Meistens beschäftigte ich mich mit mir selbst.

Mein Bruder dagegen war ständig unterwegs. Als Kinder hatten wir immer zusammengesteckt, waren allerbeste Freunde gewesen, aber dann war er eines Tages aufgewacht und war cool gewesen und gutaussehend und ich nicht. Ich machte den Leuten schon durch mein bloßes Äußeres Angst, und irgendwie führte das dazu, dass unsere Wege sich trennten. Nicht mit Absicht, aber es gab eben immer irgendwelche Freunde, mit denen er verabredet war, Sachen, die er unternahm, Mädchen, die er anrief, und bei mir war das nicht so. Trotzdem mochte ich meinen Bruder sehr. Liebte ihn. Er war wirklich ein Schatz – wenn er mich nicht gerade zu Tode nervte.

Ich überstand die ersten drei Schulwochen, ohne dass viel Berichtenswertes passierte. Die Tage verliefen unspektakulär. Ermüdend. Der immer gleiche sinnlose Trott. Mein Kontakt mit Lehrern und Schülern beschränkte sich auf das Notwendigste, ansonsten verbrachte ich meine Zeit damit, Musik zu hören. Zu lesen. In der *Vogue* zu blättern. Die Mode der großen Designer, unbezahlbar für mich, faszinierte mich ohne Ende. An den Wochenenden durchforstete ich Secondhandläden nach Stücken, die mich an meine Lieblingslooks von den Laufstegen erinnerten und die ich später in der Abgeschiedenheit meines Zimmers nachzugestalten versuchte. Mit der Maschine kam ich nicht so gut zurecht, lieber nähte ich mit der Hand. Trotzdem zerbrachen mir ständig Nadeln, und ich stach mich, was mir in der Schule wegen meiner verpflasterten Fingerkuppen noch misstrauischere Blicke von den Lehrern einbrachte. Aber das Nähen war eine gute Ablenkung. Obwohl der September noch nicht zu Ende war, hatte ich die neue Schule schon mehr oder weniger abgeschrieben.

Nach einem weiteren fröhlichen Tag in der Strafanstalt kam ich nach Hause zurück und warf mich aufs Sofa. Meine Eltern waren beide noch arbeiten, und mein Bruder war unterwegs. Ich seufzte, schaltete den Fernseher an, zog mir mein Tuch vom Kopf und rupfte das Gummi aus dem Pferdeschwanz. Kämmte mir mit den Fingern durch die Haare. Lehnte mich zurück.

Um diese Uhrzeit liefen immer Wiederholungen von *Matlock,* und ich gebe es offen zu – egal, wie peinlich es ist: Ich verpasste nie auch nur eine einzige Folge. Ich fand die Serie über den alten Anwalt, der für teuer Geld unschuldige Leute verteidigt und Verbrechen aufklärt, genial. Als *Matlock* das erste Mal im Fernsehen lief, war ich noch nicht mal auf der Welt gewesen. Jetzt schauten nur noch Rentner die Serie, aber das machte nichts. Ich hatte selbst oft das Gefühl, ein sehr alter Mensch in einem jungen Körper zu sein. Bei

Matlock fühlte ich mich unter meinesgleichen. Fehlte nur noch eine Schale mit Trockenpflaumen oder Apfelmus, um das Bild perfekt zu machen. Als ich gerade darüber nachdachte, in der Küche nachzusehen, ob wir irgendwelche Rentnerkost da hatten, hörte ich meinen Bruder nach Hause kommen.

Er brüllte *Hallo* ins Haus, aber ich gab nur ein unverbindliches Brummen von mir. Die Folge war spannend, und ich hatte jetzt keine Zeit für irgendwas anderes.

»Hey! Hast du mich nicht gehört?«

Ich hob den Kopf. Mein Bruder stand in der Tür.

»Ich hab noch ein paar Freunde mitgebracht«, sagte er, aber ich verstand ihn erst, als ein Junge ins Wohnzimmer kam und ich so erschrocken aufsprang, dass ich fast das Gleichgewicht verlor.

»*Verdammt*, Navid!«, fauchte ich und griff nach meinem Tuch. Normalerweise schlang ich mir den weichen Pashmina-Schal routiniert um den Kopf, aber ich war so überrumpelt, dass ich fahrig herummachte und ihn mir zuletzt einfach irgendwie überwarf. »Kein Grund zur Panik.« Der Junge lächelte beruhigend. »Ich bin zu achtzig Prozent schwul.«

»Schön für dich«, sagte ich gereizt. »Aber um dich geht es hier nicht.«

»Darf ich vorstellen: Bijan.« Navid verbiss sich das Lachen und nickte seinem Freund zu, der so offensichtlich Perser war, dass ich es kaum fassen konnte. Ich war mir sicher gewesen, dass wir hier in diesem Kaff die einzige Familie aus dem Iran waren. Als Navid laut lachte, wurde mir bewusst, dass ich mit meinem schief gewickelten Schal wahrscheinlich wie eine komplette Witzfigur aussah. »Und das sind Carlos und Jacobi ...«

»Toll. Ich geh dann mal nach oben.«

Ich stürmte die Treppe hinauf.

Ein paar Minuten lang saß ich auf dem Bett und wäre vor Scham am liebsten gestorben. Ich kam mir so unendlich doof vor, aber dann entschied ich, dass die Szene eben zwar peinlich gewesen war, aber auch nicht so peinlich, dass ich mich deswegen stundenlang verstecken musste. Außerdem hatte ich Hunger. Also band ich mir die Haare wieder zusammen und schlang das Tuch um den Kopf, wobei ich die Enden wie immer über die Schultern warf, statt sie festzustecken. Dann holte ich tief Luft und ging nach unten.

Die vier saßen im Wohnzimmer auf der Couch und hatten alles, was auch nur entfernt essbar war, aus unserer Küche geholt und vor sich aufgebaut. Sie hatten sogar Trockenpflaumen gefunden, die sich einer von ihnen gerade in den Mund stopfte.

Navid schaute auf. »Hey.«

»Hi.«

Der mit den Pflaumen musterte mich. »Du bist also die kleine Schwester, ja?«

Ich verschränkte die Arme.

»Carlos«, stellte Navid ihn mir vor und zeigte dann mit dem Kinn auf den großen schwarzen Jungen am Rand. »Und Jacobi.«

Jacobi hob nur lässig die Hand, ohne in meine Richtung zu schauen. Vor ihm stand die Schachtel mit dem persischen

Nougat, das die Schwester meiner Mutter uns aus dem Iran geschickt hatte. Sie war schon halbleer, und dabei wusste er wahrscheinlich nicht mal, was er da aß. Dieser extreme Heißhunger von Jungen erstaunte mich immer wieder. Irgendwie fand ich ihn fast abstoßend. Navid war der Einzige, der gerade nicht kaute, dafür trank er aber einen dieser ekligen Eiweißshakes.

Bijan musterte mich. »Ja. Sieht schon besser aus als eben.«

Ich schaute ihn mit verengten Augen an. »Wie lange bleibt ihr?«

»Jetzt sei nicht unhöflich«, sagte Navid, ohne aufzusehen. Er kniete sich vor den Fernseher und schob eine Kassette in den Videorekorder. »Wir wollen *Breakin'* schauen.«

Ich war mehr als überrascht.

Breakin' gehörte zu meinen absoluten Lieblingsfilmen.

Ich kann nicht sagen, wann und wie genau unsere Begeisterung für Breakdance angefangen hatte, aber mein Bruder und ich konnten uns stundenlang Videos über Breakdancer und Wettbewerbe aus aller Welt anschauen. Unsere Faszination für diese damals schon wieder fast vergessene Form des Urban-Dance war etwas, was uns immer wieder zusammenbrachte. Die Videokassette von *Breakin'* hatten wir vor ein paar Jahren auf einem Flohmarkt gefunden und bestimmt schon zwanzigmal gesehen.

»Warum?«, fragte ich und setzte mich mit untergeschlagenen Beinen in einen Sessel. Es war klar, dass ich hierbleiben würde. *Breakin'* gehörte zu den wenigen Filmen, die ich noch lieber schaute als *Matlock*. »Wie kommt ihr jetzt darauf?«

Navid drehte sich um. Lächelte. »Ich gründe eine Break-dance Crew.«

Ich starrte ihn an. »Im Ernst?«

Navid und ich hatten uns oft vorgestellt, wie es wäre, richtig Breakdance zu lernen, vielleicht irgendwann sogar bei Wettbewerben mitzumachen, hatten die Idee aber nicht weiterverfolgt. Trotzdem hatte mich der Gedanke nie losgelassen.

Navid stand auf. Lächelte breiter. Anscheinend sah er, dass ich angefixt war. »Machst du mit?«

»Ob ich mitmache?«, sagte ich. »Scheiße ... Na klar!«

Meine Mutter kam mit einem Kochlöffel ins Zimmer und schlug mir auf den Hinterkopf. *»Fosh nadeh!«*, schimpfte sie. Keine Flüche.

Ich rieb mir den Kopf. »Verdammt, Ma«, beschwerte ich mich. »Das hat scheißweh getan.«

Sie schlug mir noch mal auf den Kopf.

»Verdammt.«

»Und wer ist das?« Sie nickte in Richtung der neuen Freunde meines Bruders.

Während Navid ihr die Jungs schnell vorstellte, betrachtete meine Mutter die Sachen auf dem Tisch. *»In chie?«*, fragte sie. Was ist das? Und dann auf Englisch: »Das ist doch kein Essen.«

»Was anderes hatten wir aber nicht da«, behauptete Navid. Was in gewisser Weise stimmte. Meine Eltern kauften nie Knabberzeug oder Süßigkeiten. Niemals. Bei uns gab es weder Chips noch Kekse. Wenn ich zwischendurch Hunger hatte, gab mir meine Mutter ein Stück Salatgurke.

Sie seufzte theatralisch und erklärte, dass sie uns etwas »Richtiges« bringen würde. Auf Farsi brummte sie, sie würde jetzt schon seit Jahren versuchen, uns das Kochen beizubringen, und morgen solle gefälligst etwas auf dem Tisch stehen, wenn sie von der Arbeit käme, sonst könnten wir was erleben.

Navid schnaubte, und als ich leise lachte, drehte meine Mutter sich um. »Was macht die Schule?«

Ihre Frage wischte mir mein Lächeln ganz schnell aus dem Gesicht. Aber ich wusste auch, dass es ihr nicht darum ging, ob ich Anschluss gefunden hatte, sondern um meine Noten. Dabei war ich doch noch keinen Monat an der Schule.

»Alles gut«, sagte ich.

Sie nickte und verschwand in der Küche. Immer in Bewegung, immer am Machen, immer im Überlebensmodus.

Ich sah meinen Bruder an. »Und wann und wie?«

»Morgen«, sagte er. »Wir treffen uns nach der Schule.«

»Wenn wir einen Lehrer finden, der bereit ist, die Betreuung zu übernehmen«, sagte Carlos, »könnten wir eine richtige AG starten.«

»Nicht schlecht.« Ich strahlte meinen Bruder an.

»Ja. Cool, oder?«, sagte er.

»Ach so, eine Frage noch«, sagte ich. »Vielleicht habt ihr ja nicht daran gedacht.«

Navid sah mich mit hochgezogener Braue an.

»Wer soll uns Breakdance beibringen?«

»Na, ich.« Navid grinste.

Mein Bruder besaß eine Hantelbank, die so riesig war, dass sie eine Hälfte seines Zimmers einnahm. Er hatte sie in verrosteten Einzelteilen auf dem Sperrmüll gefunden, nach Hause geschleppt, die Teile abgeschliffen, lackiert und zusammengebaut und sich nach und nach Gewichte angeschafft. Die Bank wurde bei jedem Umzug mitgeschleift. Er trainierte wie ein Irrer. Joggte, boxte. Eine Zeitlang hatte er Geräteturnen gemacht, aber die Kursgebühren waren zu teuer geworden. Ich glaube, insgeheim träumte er davon, Personal Trainer zu werden. Mit dem Krafttraining hatte er angefangen, als ich zwölf gewesen war. Navid bestand praktisch nur aus Muskeln und hatte kein Gramm Fett, was ich wusste, weil er mich gern regelmäßig über seinen Körperfettanteil informierte. Als ich irgendwann sagte: »Schön für dich«, befühlte er meinen Bizeps und spitzte die Lippen. »Gar nicht mal so übel, aber ein paar mehr Muskeln könnten dir auch nicht schaden.« Von da an musste ich mit ihm trainieren und Hanteln stemmen.

Deswegen glaubte ich ihm, als er sagte, er würde uns Breakdance beibringen.

Ich ahnte nicht, was alles noch passieren würde.

3. KAPITEL

Noch so ein Highschool-Ding. *Partnerarbeit*. Was für ein Mist. Ich hasste das. Für mich war es die totale Folter. Und jedes Mal superpeinlich, weil ich niemanden hatte, mit dem ich zusammenarbeiten konnte. Das bedeutete, dass ich am Ende der Stunde zur Lehrerin gehen und ihr leise sagen musste, dass ich keinen Partner hätte und ob es okay sei, wenn ich die Aufgabe allein erledigte, ginge das, ja? Aber natürlich schüttelte sie den Kopf, lächelte gütig und dachte, sie würde mir einen Gefallen tun, indem sie mich anderen zuteilte, die sich schon total darauf gefreut hatten, das Projekt zu zweit zu machen. O Mann, echt ...

Aber diesmal lief es anders.

Diesmal hatte Gott die Wolken geteilt und Hirn vom Himmel geworfen, so dass die Lehrerin auf die glorreiche Idee kam, die Teams auf Grundlage der Sitzordnung zu bilden, wodurch ich plötzlich zusammen mit dem Typen, der mir am ersten Tag sein Biobuch in die Schulter gerammt hatte, eine tote Katze häuten musste.

Er hieß Ocean. Ocean James.

Bei mir genügte den Leuten ein Blick in mein Gesicht und sie ahnten, dass ich einen seltsamen Namen haben würde, aber ich hätte niemals erwartet, dass ein Typ, der aussah wie Ken von Barbie, *Ocean* hieß.

»Ja. Meine Eltern sind ein bisschen komisch«, war alles, was er dazu sagte.

Ich nahm es achselzuckend hin.

Die Häutung der toten Katze verlief schweigend, was hauptsächlich daran lag, dass das Ganze echt ekelhaft war und kein Mensch auch noch kommentieren möchte, wie es ist, in weiches, nach Formaldehyd stinkendes Fleisch zu schneiden. Ich dachte die ganze Zeit daran, wie schrecklich diese Highschool war und was wir hier für einen Scheiß machen mussten und warum so was überhaupt im Lehrplan stand, und, o mein Gott, das war alles so was von krank, so krank, ich wollte mir gar nicht vorstellen, dass wir jetzt die nächsten zwei Monate an dieser toten Katze herumschnippeln mussten ...

»Lange kann ich heute nicht, aber nach der Schule habe ich noch ein bisschen Zeit«, sagte Ocean, was irgendwie ein bisschen plötzlich kam. Aber dann dämmerte mir, dass er anscheinend schon länger redete und ich so auf das wackelige Skalpell in meiner Hand konzentriert gewesen war, dass ich es nicht mitbekommen hatte.

Ich schaute hoch. »Wie bitte?«

Er war dabei, ein Arbeitsblatt auszufüllen. »Na ja, wir müssen doch noch den Bericht schreiben, über das, was wir hier heute gemacht haben«, sagte er und warf einen Blick auf die

Uhr an der Wand. »Aber es klingelt gleich, deswegen sollten wir das vielleicht nach der Schule erledigen.« Er sah mich an. »Oder?«

»Schon. Aber nach der Schule kann ich mich nicht mit dir treffen.«

Oceans Ohren liefen ein bisschen rot an. »Ach so«, sagte er. »Okay, klar. Verstehe. Weil du ... Ich meine, du darfst wahrscheinlich nicht mit ...?«

»Wow«, sagte ich und schüttelte den Kopf. »Wow.« Ich seufzte und wusch mir die Hände.

»Wow was?«, fragte er leise.

Ich drehte mich zu ihm um. »Hör zu. Ich habe keine Ahnung, was du aus dem, was du bis jetzt mitgekriegt hast, schon für Rückschlüsse auf mein Leben gezogen hast, aber meine Eltern haben nicht vor, mich für eine Horde Ziegen zu verkaufen, okay?«

»Eine Herde«, sagte er und räusperte sich. »Man spricht von einer Herde Ziegen ...«

»Egal, was für Scheißziegen.«

Er zuckte zusammen.

»Ich hab heute nur zufällig nach der Schule schon was vor.«

»Oh.«

»Also können wir das vielleicht irgendwie anders machen«, sagte ich. »Okay?«

»Klar. Okay. Was, äh, was machst du denn nach der Schule?«

Ich war gerade dabei, meine Sachen in meinen Rucksack zu stopfen, als er das fragte, und mir rutschte vor Überraschung die Stiftedose aus der Hand. Ich bückte mich danach. Als ich mich wieder aufrichtete, schaute er mich an.

»Was?«, sagte ich. »Warum interessiert dich das überhaupt?«

Er guckte ein bisschen unbehaglich. »Weiß ich auch nicht.«

Ich warf ihm einen kurzen Blick zu, um die Situation zu analysieren. Vielleicht war ich diesen Ocean mit seinen komischen Eltern ein bisschen zu hart angegangen. Dann warf ich die Stiftedose in meinen Rucksack, zog den Reißverschluss zu, hängte ihn mir über die Schultern und sagte: »Ich mache mit ein paar Leuten Breakdance.«

Ocean runzelte die Stirn und lächelte gleichzeitig. »Verarschst du mich?«

Ich verdrehte die Augen. Es klingelte.

»Ich muss los«, sagte ich.

»Aber was ist mit unserem Laborbericht?«

Ich überlegte, dann schrieb ich ihm meine Handynummer auf. »Hier. Du kannst mir eine SMS schreiben. Dann können wir heute Abend darüber sprechen.«

Er starrte auf den Zettel.

»Aber sei bloß vorsichtig«, sagte ich. »Wenn die SMS zu lang ist, musst du mich heiraten. Das ist in unserer Religion so.«

Er wurde blass. »Moment mal, was?«

Jetzt lächelte ich beinahe. »Ich muss los, Ocean.«

»Warte mal ... Quatsch, oder? Das ist jetzt aber echt Verarsche, oder?«

»Wow«, sagte ich und schüttelte den Kopf. »Bis dann.«

30

Mein Bruder hatte tatsächlich einen Lehrer gefunden, der bereit war, uns zu unterstützen. Bis Ende der Woche mussten wir einen schriftlichen Antrag bei der Schulleitung einreichen, um eine offizielle Arbeitsgemeinschaft gründen zu dürfen, was bedeutete, dass ich zum allerersten Mal in meinem Leben Mitglied einer schulischen AG sein würde. Und das fühlte sich echt komisch an. AGs waren bis dahin wirklich nicht mein Ding gewesen.

Aber ich freute mich wie verrückt.

Jetzt passierte genau das, wovon ich geträumt hatte. Bisher hatte ich meine Begeisterung für Breakdance nur aus der Ferne ausgelebt. Die B-Girls in den Wettkampfvideos waren mir immer so cool vorgekommen, so *stark*. Ich hatte wie sie sein wollen. Aber Breakdance war nicht wie Ballett. Man konnte nicht einfach in den Gelben Seiten des Telefonbuchs nach Tanzschulen suchen, an denen Breakdance unterrichtet wurde. So was existierte nicht. Jedenfalls nicht da, wo wir wohnten. Es gab keine ehemaligen B-Boys, die gelangweilt rumsaßen und nur darauf warteten, von meinen Eltern gefragt zu werden, ob sie mir im Austausch für persisches Essen nicht bitte einen perfekten Flare beibringen konnten. Ohne Navid hätte ich wahrscheinlich niemals die Chance bekommen, richtig damit anzufangen.

Am Abend vorher hatte er mir erzählt, dass er in den letzten Jahren heimlich Moves geübt hatte, und ich war hin und weg gewesen, als er mir zeigte, wie gut er schon war. Im Gegensatz zu mir hatte er wirklich daran gearbeitet, unseren Traum wahr zu machen. Ich war wahnsinnig stolz auf ihn und schämte mich ein bisschen für mich selbst. Aber vor allem freute ich mich darauf, jetzt endlich selbst Breakdance lernen zu können. Vorerst bestand unsere AG zwar nur aus den vier Jungs und mir, aber vielleicht fanden sich ja auch noch Mädchen, die Interesse hatten. Es war für mich immer schwierig gewesen, Freundschaften zu schließen. Nicht unmöglich – irgendwann lernte ich an jeder Schule ein oder zwei Leute kennen, mit denen ich mich gut verstand –, aber es dauerte. Ich hatte das Gefühl, dass die meisten mich erst mal nicht einordnen konnten. Dass ich ihnen sogar Angst machte.

»Hey.« Ich hob grüßend die Hand, als ich zu unserem ersten Training kam.

Wir trafen uns in einem Tanzraum unserer Sporthalle, und die drei neuen Freunde meines Bruders musterten mich von oben bis unten, obwohl wir uns ja schon kennengelernt hatten. Ich fühlte mich wie auf dem Prüfstand.

»Du breakst also?«, fragte Carlos.

»Na ja, noch nicht«, sagte ich, plötzlich verunsichert.

»Das stimmt nicht«, sagte mein Bruder und kam auf mich zu. Er lächelte mich an. »Ihr Toprock und ihr Sixstep sind gar nicht übel.«

»Aber ich kann keinen einzigen Powermove«, wandte ich ein.

»Kein Problem. Bringe ich dir bei.«

Mir kam plötzlich der Gedanke, ob Navid das womöglich alles nur machte, um mir einen Gefallen zu tun. Zum ersten Mal seit langem hatte ich das Gefühl, dass mein Bruder wieder mir gehörte, und begriff erst in diesem Moment, *wie* sehr er mir gefehlt hatte.

Navid war Legastheniker. Als er in die Mittelstufe gekommen war und in allen Fächern absackte, dämmerte mir, dass er die Schule aus ganz anderen Gründen hasste als ich. Ihm war Lesen und Schreiben nie so leicht gefallen wie mir, aber erst, als er ernsthaft befürchten musste, die Schule nicht zu schaffen, hatte er mir die Wahrheit anvertraut.

Um genau zu sein, hatte er sie mir entgegengebrüllt.

Mom hatte mich gebeten, ihm bei den Hausaufgaben zu helfen. Nachhilfe konnten wir uns nicht leisten, also musste ich ran, und das machte mich sauer. Ich wollte meine Freizeit nicht damit verbringen, meinen Bruder zu coachen. Als er sich weigerte mitzuarbeiten, wurde ich wütend.

»Komm schon«, fauchte ich. »Das ist eine einfache Verständnisfrage. Du liest den Absatz und fasst in ein paar Sätzen zusammen, worum es geht. Mehr musst du nicht tun. Das ist keine Quantenphysik.«

Er blieb stur.

Ich machte Druck.

Er blieb stur.

Ich beschimpfte ihn.

Er beschimpfte mich.

Ich beschimpfte ihn heftiger.

»Beantworte endlich die blöde Frage. Gott, echt. Wie faul kann man sein? Du nervst total.«

Und dann explodierte er.

An diesem Tag erfuhr ich, dass mein Bruder – mein schöner, kluger älterer Bruder – nicht in der Lage war, Wörter schriftlich sinnvoll miteinander zu verknüpfen. Sein Gehirn schaffte es nicht, die Aussage eines Texts zu erschließen. Er konnte es einfach nicht.

Also begann ich, es ihm beizubringen.

Wir übten Tag für Tag bis spät in den Abend hinein, bis er eines Tages eigenständig einen längeren Satz formulieren konnte. Monate später waren es schon ganze Absätze. Es dauerte ein Jahr, aber irgendwann schrieb er ohne meine Hilfe eine ganze Hausarbeit. Niemand ahnte, dass ich in der Zwischenzeit sämtliche schriftlichen Aufgaben für ihn erledigt hatte.

Daher rührte mein Verdacht, dass das hier womöglich seine Art war, sich bei mir zu bedanken. Okay, vielleicht war das Einbildung, aber ich fragte mich trotzdem, warum er mich in die Crew aufgenommen hatte. Die Jungs – Jacobi, Carlos und Bijan – hatten alle schon Breakdance-Erfahrung. Sie waren zwar keine Profis, aber eben auch keine Anfänger. Ich war diejenige mit den geringsten Vorkenntnissen. Navid schien das von allen am wenigsten zu stören.

Aber Carlos schaute kritisch. Das war keine Einbildung, er sagte mir offen, dass er Zweifel hätte, ob Breakdance das Richtige für mich sei. Nicht fies, sondern ganz sachlich.

»Was?«, fragte ich. »Warum?«

Er zuckte mit den Schultern, aber da ahnte ich schon, worum es ging.

Ich trug ein paar alte Sportsachen – schmal geschnittene Sweatpants und ein Hoodie. Aber ich hatte mir auch noch ein dünnes Baumwolltuch wie einen Turban um die Haare geknotet, und damit kam er anscheinend nicht klar.

Er zeigte mit dem Kinn auf meinen Kopf. »Na ja, denkst du, dass du damit breakdancen kannst?«

Aus irgendeinem Grund war ich überrascht. Keine Ahnung, warum ich angenommen hatte, diese Typen wären weniger dämlich als alle anderen. »Ist die Frage ernst gemeint?«, sagte ich zu ihm. »Wie bescheuert kann man sein?«

Er lachte. »Sorry, ich hab eben noch nie jemanden gesehen, der mit Kopftuch Breakdance gemacht hat.«

»O Mann.« Ich war echt fassungslos. »Jedes Mal, wenn ich dich gesehen habe, hattest du dieses blöde Beanie auf, als wäre es dir am Kopf festgewachsen. Und ausgerechnet von dir muss ich mir so eine Scheiße anhören?«

Damit hatte Carlos nicht gerechnet. Er zog sich lachend die Mütze vom Kopf und fuhr sich durch die Haare. Er hatte sehr schwarze Locken, die ein bisschen zu lang waren, so dass sie ihm ins Gesicht fielen. »Alles klar.« Er stülpte sich das Beanie wieder über. »Verstanden. Okay. Entschuldige.«

»Ja ja.«

»Nein, tut mir echt leid«, sagte er. Sein Lächeln wurde breiter. »Im Ernst jetzt. Das war total scheiße von mir, so was zu sagen. Du hast recht. Ich bin ein Arschloch.«

»Sieht ganz so aus.«

Navid lachte sich halbtot.

Plötzlich hasste ich sie. Ich ging zur Wand und ließ mich zu Boden rutschen.

Jacobi schüttelte den Kopf. »Mann, Mann, Mann.«

»Wahnsinn«, sagte ich. »Ihr seid alle echt so scheiße.«

»Hey ...« Bijan, der gerade seine Beine gedehnt hatte, richtete sich auf und schaute gespielt verletzt. »Das ist nicht fair. Jacobi und ich haben überhaupt nichts gesagt.«

»Ja, aber ihr habt es gedacht. Ist doch so, oder?«

Bijan grinste.

»Navid«, sagte ich, »deine Freunde sind scheiße.«

»Auf jeden Fall müssen sie noch viel dazulernen«, sagte mein Bruder und zielte mit seiner Wasserflasche auf Carlos, der geschickt auswich. Danach kam er – immer noch lachend – auf mich zu und streckte mir seine Hand hin.

Ich zog nur eine Augenbraue hoch.

»Tut mir leid«, sagte er noch mal. »Wirklich.«

Ich griff nach seiner Hand. Er zog mich auf die Füße.

»Also gut«, sagte er. »Dann lass mich mal deinen Sixstep sehen, von dem hier so viel geredet wird.«

Den Rest des Nachmittags verbrachte ich damit, Grundlagen zu üben: Handstand, Push-ups und Toprock. Top Rocking nennt man das Tanzen im Stehen. Beim Breakdance bewegt man sich zwar hauptsächlich am Boden, trotzdem ist der Toprock auch wichtig; man übt eine Abfolge von Schritten ein, mit denen man die Bühne betritt, sich quasi vorstellt, warm macht und darauf vorbereitet, am Boden zu breaken, wenn man dann in den Downrock geht und die Footworks und Powermoves präsentiert, aus denen sich die Einzelperformance zusammensetzt.

Ich beherrschte ein paar Basic Toprocks. Einfache Schrittfolgen. Meine Bewegungen waren geschmeidig, aber nicht gerade originell. Ich hatte ein natürliches Rhythmusgefühl und keine Schwierigkeiten, mich den Breakbeats anzupassen, aber das reichte nicht. Die besten B-Boys und -Girls haben ganz individuelle »Signature Styles«, wohingegen meine Moves alle abgeschaut waren. Ich wusste das – hatte es immer gewusst –, aber die Jungs sagten es mir trotzdem noch mal. Während wir zusammen am Boden saßen und uns darüber unterhielten, was wir konnten und was wir noch lernen wollten, lehnte ich mich auf meinen Handflächen nach hinten. Mein Bruder beugte sich zu mir vor, stupste mich an und sagte: »Lass mal deine Handgelenke sehen.«

Ich streckte ihm meine Hände hin.

Er bog sie vor und zurück. »Du bist total flexibel«, sagte er und drückte meine Handfläche weit nach hinten. »Tut das nicht weh?«

Ich schüttelte den Kopf.

Er lächelte, und seine Augen strahlten vor Begeisterung. »Wir bringen dir den Crabwalk bei. Das könnte dann dein Powermove werden.«

Ich sah ihn überrascht an. Der Crabwalk sah genauso seltsam aus, wie man ihn sich dem Namen nach vorstellt. Eben wie eine laufende Krabbe. Für diesen Move benötigte man totale Körperbeherrschung, Stabilität und Kraft im Rumpf. Das gesamte Gewicht wird allein von den Händen und Unterarmen gehalten. Die Ellbogen eng an den Oberkörper gedrückt und die Beine in der Luft, bewegt man sich vorwärts. Auf den Händen.

Der Crabwalk war schwer. Verdammt schwer.

»Okay, cool«, sagte ich.

Das war der schönste Schultag, den ich bis dahin jemals erlebt hatte.

4. KAPITEL

Ich war erst gegen fünf zu Hause, und bis ich frisch geduscht aus dem Badezimmer kam, hatte Mom uns schon mehrere Male zum Essen gerufen. Obwohl ich mitbekommen hatte, dass eine ganze Menge zunehmend besorgter klingende SMS von Ocean auf meinem Handy warteten, ging ich nach unten. Meine Eltern hätten mir niemals erlaubt, das Abendessen ausfallen zu lassen – noch nicht mal, um etwas für die Schule zu tun. Ich hatte Ocean gegenüber ein schlechtes Gewissen, aber er würde noch etwas Geduld haben müssen.

Die anderen warteten schon, als ich runterkam. Navid, mit dem ich mir das Badezimmer teilte, hatte vor mir geduscht, jetzt saß er mit feuchten Haaren und müdem Lächeln am Tisch und sagte zu meiner Mutter, sie hätte hoffentlich genug gekocht, er sei nämlich so hungrig, dass er gleich sterben würde. Meine Mutter kniff ihn in die Wange und sagte halb lachend, halb seufzend auf Farsi, dass er immer noch ein großes Baby sei. Mein Vater saß mit in die Stirn geschobener Brille vor dem aufgeklappten Laptop, das

39

Internetkabel schlängelte sich quer durchs Zimmer. Als ich reinkam, winkte er mich zu sich. Er las gerade online einen Artikel darüber, wie man Gurken einlegte.

»*Mibini?*«, sagte er. Siehst du? »Ganz einfach.«

Ich fand zwar nicht, dass es besonders einfach aussah, widersprach aber auch nicht. Für meinen Vater gab es nichts Schöneres, als möglichst viel selbst herzustellen. Er versuchte immer, mich als Partnerin für seine DIY-Projekte zu gewinnen. Ich hatte nichts dagegen, weil wir uns in dieser Beziehung sehr ähnlich waren. Ich war ja auch andauernd am Basteln und Nähen.

Mit neun Jahren hatte mein Vater mich zum ersten Mal in einen Baumarkt mitgenommen, und ich war so begeistert, dass mir fast der Kopf platzte. Von diesem Tag an träumte ich davon, mir bei unserem nächsten Besuch dort von meinem gesparten Geld, das ich normalerweise in Lisa-Frank-Schreibblöcke mit quietschbunten Tiermotiven investierte, eine Sperrholzplatte zu kaufen, um auszuprobieren, was sich daraus machen ließ. Später war es dann auch mein Vater, der mir beibrachte, mit Nadel und Faden umzugehen. Er hatte mitbekommen, dass ich die Beine meiner Jeans umgeschlagen und festgetackert hatte, damit sie nicht am Boden schleiften und ausfransten. Abends zeigte er mir, wie ich den Saum ordentlich umnähen konnte. Von ihm hatte ich auch gelernt, Kaminholz zu hacken. Und wie man platte Reifen flickte.

Das Gehirn meines Vaters arbeitete teilweise in so rasender Geschwindigkeit, dass ich kaum hinterherkam. Sein Vater – mein Großvater – war Architekt gewesen. Einige der schönsten Gebäude im Iran sind nach seinen Entwürfen entstanden. Ich stellte mir immer vor, dass mein Vater das Gehirn von ihm geerbt hatte. Er las sogar noch schneller als ich und schleppte ständig Bücher mit sich herum. In jedem Haus, das wir bezogen, wurde die Garage sofort zur Werkstatt umfunktioniert. Er konstruierte zum Spaß Automotoren, hatte den Esstisch, an dem wir saßen, selbst geschreinert (ein Nachbau eines Tischs im dänischen Mid-Century-Stil, den er liebte), und als meine Mutter zu studieren anfing und eine Büchertasche brauchte, bestand mein Vater darauf, sie ihr eigenhändig zu nähen. Er hat ein geeignetes Schnittmuster gesucht, Leder gekauft und sie ihr Stich für Stich genäht. Noch heute zieht sich eine Narbe über drei seiner Finger, wo er sich mit dem Ledermesser geschnitten hat.

Das war seine Art, ihr seine Liebe zu beweisen.

Das Abendessen stand auf dem Tisch und dampfte noch – ich hatte es schon von oben gerochen. Der Duft nach gebuttertem Basmati und *Fesenjan* erfüllte das ganze Haus. *Fesenjan* ist ein Schmorgericht mit einer sämigen Soße aus gemahlenen Walnüssen und Granatapfelsirup, was sich vielleicht komisch anhört, aber unfassbar gut schmeckt. Die meisten Leute bereiten *Fesenjan* mit Hähnchen zu, aber eine meiner verstorbenen Tanten hatte eine Variante mit kleinen Hackbällchen erfunden, die ihr zu Ehren zum Familienrezept geworden war. Dazu gab es Schälchen mit säuerlich eingelegtem Gemüse, Knoblauch-Joghurt-Dip und warme Brotfladen, die mein Vater jeden Abend machte. Auf einem Teller waren frische Kräuter angerichtet. Auf einem anderen türmten sich Fetascheiben. Daneben eine Schale Datteln. In

Sirup eingelegte grüne Walnüsse. Und im Hintergrund brodelte der Samowar.

Die gemeinsamen Mahlzeiten spielten in unserem täglichen Leben eine zentrale Rolle – und das war nicht nur bei uns so, sondern in der persischen Kultur im Allgemeinen. Essen brachte die Menschen zusammen und regte dazu an, bis spät in den Abend hinein über das Leben, die Liebe und die Politik zu sprechen. Die ganze Familie traf sich am Tisch, und meine Eltern hätten niemals zugelassen, dass wir mit dieser Tradition brachen, ganz egal, wie dringend wir Fernsehen schauen oder vielleicht woanders sein wollten. Dass das bei anderen Leuten nicht so war, hatte ich erst ein paar Jahre vorher mitbekommen, als ein Freund von Navid zum Abendessen bei uns gewesen war, der über die schiere Menge an verschiedenen Gerichten nur fassungslos den Kopf geschüttelt hatte. Dabei war das, was vor uns stand, die extrem heruntergeschraubte Version eines persischen Mahls. So deckte man den Tisch, wenn man keine Zeit hatte, etwas Aufwendiges zuzubereiten, und niemand zu Besuch war. Für uns war es eine ganz normale Mahlzeit.

Für uns war es »Zuhause«.

Als ich schließlich in mein Zimmer raufging, war es schon nach acht, und Ocean war fast in Panik.

Ich fühlte mich mies, als ich mich durch seine SMS klickte.

hey
bist du da?
ich bin's, ocean

**hoffentlich ist das überhaupt
die richtige nummer
hallo?
hier ist ocean. dein biopartner, weißt du noch?
es wird langsam spät, und ich mache mir
ein bisschen sorgen
wir müssen das arbeitsblatt bis morgen
fertig ausgefüllt haben
bist du da?**

Ich besaß mein Handy erst seit ein paar Monaten und hatte total darum betteln müssen. Alle anderen in meinem Alter hatten schon längst Handys, als ich meine Eltern endlich dazu bringen konnte, mit mir in einen T-Mobile-Shop zu gehen, wo sie mir murrend meinen ersten eigenen Nokia-Knochen kauften. Wir hatten einen Vertrag für die ganze Familie abgeschlossen, was bedeutete, dass wir uns zu viert ein begrenztes Kontingent an Freiminuten und Kurznachrichten teilen mussten. Die Möglichkeit, SMS zu verschicken, war damals noch ganz neu und brachte mich gleich in Schwierigkeiten. Vor lauter Begeisterung hatte ich es geschafft, unser Limit innerhalb von einer Woche komplett auszureizen. Die Rechnung war so hoch, dass meine Eltern drohten, mir das Handy wieder wegzunehmen. Ich hatte nicht gewusst, dass man nicht nur für die Kurznachrichten zahlte, die man sendete, sondern auch für die, die andere einem schrieben.

Ein Blick auf die vielen SMS von Ocean sagte mir, dass er anscheinend keine Geldprobleme hatte.

hi, schrieb ich. *du weißt schon, dass SMS*
ziemlich viel kosten, oder?
da bist du ja, antwortete Ocean.
ich hätte fast aufgegeben
tut mir leid, dass ich so viele geschickt hab
hast du AIM?

Anscheinend wollte er, dass wir die Bioaufgabe über AIM
erledigten. Einige Schüler benutzten den MSN Messenger,
aber die meisten kommunizierten über das altbewährte,
einzig wahre, magische Portal des AOL Instant Messengers,
kurz AIM genannt. Ich hinkte, was meine technische Aus-
stattung betraf, ein bisschen hinterher. Es gab Leute an der
Schule, die schicke Apple Computer und Digitalkameras be-
saßen, aber wir hatten gerade erst DSL bekommen, und für
mich war es immer noch ein echtes Wunder, dass ich überhaupt einen alten, zerkratzten Rechner in meinem Zimmer
stehen hatte, der mit dem Internet verbunden war. Es dauerte fast eine Viertelstunde, bis ich die Kiste hochgefahren
hatte, aber dann loggte ich mich ein und war »on«. Unsere
Nicknames standen in einem kleinen privaten Chatfens-
ter, und ich war beeindruckt, dass Ocean sich keinen dieser
pseudowitzigen Idiotennamen ausgedacht hatte.

riversandoceans04: Hey
jujepolo: Hi
riversandoceans04: Wo warst du?
jujepolo: Tut mir leid
jujepolo: Ich hatte ein total volles Programm heute

jujepolo: Ich hab deine SMS gerade erst gesehen
riversandoceans04: Hast du nach der Schule wirklich
Breakdance gemacht?
jujepolo: Ja
riversandoceans04: Hey. Cool

Ich antwortete darauf erst mal nichts. Ich wusste nicht, was ich schreiben sollte. Als ich mich gerade nach meinem Rucksack bückte, ertönte wieder das leise *Pling-pling*, das den Eingang einer neuen Nachricht verkündete. Ich stellte den Ton leiser und vergewisserte mich, dass die Zimmertür wirklich zu war. Plötzlich wurde ich unsicher. Ich saß hier in meinem Zimmer und chattete über AIM mit einem Jungen. *Ich chattete über AIM mit einem Jungen!* Irgendwie fühlte sich das so ... intim an.

riversandoceans04: Tut mir leid, dass ich gedacht hab, du dürftest nach der Schule nichts machen

Pling-pling

riversandoceans04: Das hätte ich nicht sagen sollen

Ich seufzte.

Ocean wollte nett sein. Sich vielleicht sogar mit mir anfreunden. *Vielleicht*. Aber Ocean verkörperte nun mal auch alles, was Mädchen an Jungs gut finden, und das machte seine Nettigkeit gefährlich für mich. Vielleicht war ich voller Wut, ja, aber ich war nicht blind. Ich war nicht immun

45

gegen hübsche nette Jungs, und mir war nicht entgangen, dass Ocean die Verkörperung des Superlativs von »süß« war. Er zog sich cool an. Er roch gut. Er war sehr höflich. Aber er und ich stammten aus diametral gegensätzlichen Welten, und deswegen durfte ich eine Freundschaft mit ihm nicht zulassen. Deswegen wollte ich ihn gar nicht näher kennenlernen. Wollte mich nicht zu ihm hingezogen fühlen. Wollte nicht an ihn denken. Punkt. Das galt übrigens nicht nur für ihn, sondern für jeden Jungen seiner Sorte. Ich war so geübt darin, mir nicht einmal eine heimliche Schwärmerei zu gestatten, dass ich dem Gedanken daran gar nicht erst die Chance gab, sich in meinem Kopf einzunisten.

Ich hatte das schon zu oft erlebt.

Obwohl ich für die meisten Jungs kaum mehr war als etwas, worüber man sich lustig machen konnte, gab es gelegentlich auch welche, die mich spannend fanden. Es kam vor, dass jemand – aus welchen Gründen auch immer – intensives Interesse an mir und meinem Leben zeigte, das ich anfangs als Verliebtheit missverstanden hatte, bis mir zu meiner großen Verlegenheit klargeworden war, dass mich diese Jungen eher als Kuriosität betrachteten, als exotisches Forschungsobjekt, das man gerne aus sicherer Entfernung hinter Glas beobachtete, mit dem man es aber ganz bestimmt nicht dauerhaft zu tun haben wollte. Ich hatte diese Erfahrung oft genug gemacht, um meine Lektion gelernt zu haben und zu wissen, dass ich keine wirkliche Freundschaft erwarten konnte – und erst recht nicht mehr. Für Ocean würde ich nie mehr sein als seine Partnerin beim Bioprojekt. Er würde mich niemals mit seinem richtigen Freundeskreis bekannt machen, in den ich ungefähr so gut reinpassen würde wie eine Karotte in einen Entsafter.

Er versuchte, nett zu sein, klar. Aber seine Nettigkeit mir gegenüber entsprang einem unbehaglichen Schuldgefühl und würde deshalb auch zu nichts weiter führen. Mir war das zu anstrengend.

jujepolo: Ist schon okay

riversandoceans04: Nein, ist es nicht. Ich hab mich deswegen den ganzen Tag schlecht gefühlt

riversandoceans04: Es tut mir echt leid

jujepolo: Okay

riversandoceans04: Ich hab einfach noch nie ein Mädchen gekannt, das so was getragen hat

jujepolo: So was?

riversandoceans04: Siehst du, genau das meine ich. Ich hab keine Ahnung

jujepolo: Du kannst es »Kopftuch« nennen

riversandoceans04: Echt?

riversandoceans04: Einfach nur Kopftuch?

jujepolo: Ja

riversandoceans04: Ich hätte gedacht, dass es einen speziellen Begriff dafür gibt

jujepolo: Das ist keine so große Sache, okay? Können wir jetzt vielleicht die Hausaufgaben machen?

riversandoceans04: Sicher

riversandoceans04: Ja

riversandoceans04: Gut

Ich drehte mich für fünf Sekunden weg, um die Arbeitsblätter aus meinem Rucksack zu ziehen, als es wieder leise *plingpling* machte. Zweimal.

Ich schaute auf den Monitor.

riversandoceans04: Sorry
riversandoceans04: Ich wollte echt nicht, dass du dich meinetwegen unwohl fühlst

Meine Güte.

jujepolo: Ich fühle mich nicht unwohl
jujepolo: Aber du vielleicht
riversandoceans04: Ich? Nein
riversandoceans04: Ich fühle mich auch nicht unwohl
riversandoceans04: Wieso sollte ich?
jujepolo: Na ja, hast du ein Problem damit?
Dass ich »so was« trage, meine ich?
jujepolo: Bist du damit vielleicht überfordert?
Findest du mich merkwürdig?

Ocean blieb mindestens zwanzig Sekunden stumm, was mir in dem Moment vorkam wie ein ganzes Leben. Ich fühlte mich mies. Vielleicht war ich zu direkt gewesen. Vielleicht war das fies gewesen. Aber er gab sich solche Mühe, zu mir ... keine Ahnung ... nett zu sein. Das fühlte sich unnatürlich an. Und irgendwie machte es mich aggressiv.

Trotzdem nagte das schlechte Gewissen an mir. Hatte ich ihn womöglich verletzt?

Ich trommelte mit den Fingern auf die Tastatur und überlegte, was ich schreiben könnte. Wie ich das Ruder noch mal rumreißen könnte. Immerhin mussten wir weiter zusammen an dem Bioprojekt arbeiten.

Na ja, vielleicht auch nicht. Er könnte unsere Lehrerin um einen anderen Partner bitten. So was kam vor. Einmal war ich per Zufallsprinzip mit einer Schülerin zusammengewürfelt worden, die sofort Protest eingelegt und vor der ganzen Klasse gesagt hatte, sie würde auf keinen Fall mit mir, sondern nur mit ihrer Freundin arbeiten. Meine Lehrerin, die kein Rückgrat hatte, klappte sofort zusammen und war mit allem einverstanden. Letzten Endes hatte ich dann das Projekt als Einzige allein bearbeitet. Die totale Demütigung.

Scheiße.

Jetzt würde ich so eine Situation womöglich ein zweites Mal erleben und diesmal aus eigener Schuld. Es konnte gut sein, dass Ocean nicht mit mir weitermachen wollte. Mein Magen zog sich zusammen.

Und dann ...

Pling-pling

riversandoceans04: Ich finde dich nicht merkwürdig

Ich schaute blinzelnd auf den Monitor.

Pling-pling

riversandoceans04: Tut mir leid

Ocean war anscheinend ein zwanghafter Tut-mir-leid-Sager.

jujepolo: Ist okay
jujepolo: Entschuldige, dass ich dich gleich so angegangen bin. Du wolltest ja nur nett sein
jujepolo: Ich weiß schon, wie du es gemeint hast
jujepolo: Alles in Ordnung

Fünf nervenaufreibende Sekunden, in denen nichts passierte.

riversandoceans04: Okay

Ich seufzte. Schlug die Hände vors Gesicht. Super, echt. Jetzt hatte ich es endgültig geschafft. Alles war gut gewesen, völlig normal, aber ich hatte es kaputt gemacht. Es gab nur eine Möglichkeit, aus dieser verfahrenen Situation wieder rauszukommen. Also machte ich einen tiefen traurigen Atemzug und tippte.

jujepolo: Du musst das Bioding nicht mit mir zusammen machen, wenn du nicht willst
jujepolo: Das ist okay
jujepolo: Ich kann morgen mit Mrs Cho reden
riversandoceans04: Was?
riversandoceans04: Warum sagst du denn jetzt so was?
riversandoceans04: Willst du nicht mit mir zusammenarbeiten?

Ich runzelte die Stirn.

jujepolo: Äh, okay, jetzt verstehe ich gar nichts mehr
riversandoceans04: Ich auch nicht
riversandoceans04: Willst du meine Biopartnerin sein?
jujepolo: Klar

riversandoceans04: Okay
riversandoceans04: Gut
jujepolo: Okay
riversandoceans04: Tut mir echt leid

Ich starrte auf meinen Bildschirm. Allmählich bekam ich Kopfschmerzen.

jujepolo: Was tut dir leid?

Ein paar Sekunden vergingen.

riversandoceans04: Weiß ich jetzt irgendwie
selbst nicht mehr

Ich musste fast lachen. Ich verstand nicht, was hier gerade passierte. Ich verstand nicht, warum er sich ständig entschuldigte und wie es zu diesen ganzen Missverständnissen gekommen war, aber eigentlich wollte ich es auch gar nicht verstehen. Ich wollte wieder in den Zustand zurück, in dem mir Ocean James – der Junge mit den zwei Vornamen – egal gewesen war. Wir chatteten jetzt insgesamt vielleicht seit einer Stunde, und seine Anwesenheit in meinem Zimmer, meinem persönlichen Rückzugsort, war auf einmal beinahe körperlich spürbar. Das stresste mich.

Ich mochte das nicht. Es war mir unangenehm.

Deswegen konzentrierte ich mich auf das, was am einfachsten war.

jujepolo: Wie wäre es, wenn wir jetzt mal die Hausaufgabe machen?

Weitere zehn Sekunden vergingen.

riversandoceans04: Okay

Also machten wir die Hausaufgabe.

Aber ich spürte, dass sich etwas zwischen uns veränderte, und wusste nicht, was es war.

5. KAPITEL

Am nächsten Morgen klopfte mein Bruder, der eine »nullte« Schulstunde hatte und deswegen immer vor mir losmusste, an meine Tür und verlangte eine CD zurück, die ich ihm geklaut hatte. Ich war gerade dabei, mir die Wimpern zu tuschen. Er klopfte noch mal und wollte plötzlich nicht nur seine CD, sondern auch seinen iPod zurückhaben. Ich brüllte durchs Zimmer, dass ich den iPod in der Schule viel dringender brauchte als er, und lief zur Tür, um ihm meinen Standpunkt klarzumachen, aber als ich sie aufriss, sagte er nichts. Stattdessen starrte er mich mit geweiteten Augen an, als wäre ich ein Geist.

»Was?«, fragte ich.

»Nichts.«

Ich ließ ihn rein und drückte ihm seine CD in die Hand, aber er schaute mich weiter an.

»*Was?*«, fragte ich noch mal leicht gereizt.

»Nichts.« Er lachte. »Du siehst gut aus.«

Ich sah ihn misstrauisch an.

»Neue Klamotten?«

Ich schaute an mir herunter. Mein Oberteil war alt, aber die Jeans hatte ich tatsächlich erst letzte Woche in einem Secondhandladen gekauft und umgenäht. Sie war mir ein paar Nummern zu groß gewesen, aber der Stoff hatte eine so gute Qualität, dass ich zugreifen musste. Außerdem hatte sie nur fünfzig Cents gekostet. »Teilweise«, sagte ich. »Die Jeans ist neu.«

Er nickte. »Sieht gut aus.«

»Ja. Okay«, sagte ich. »Warum guckst du dann so komisch?«

Er zuckte mit den Schultern. »Ich gucke nicht komisch«, sagte er. »Die Jeans sieht echt gut aus. Sie ist nur ... na ja, ganz schön eng, oder? So kenne ich dich gar nicht.«

Ich machte Kotzgeräusche.

»Hey, hör zu. Ich hab kein Problem damit. Die Jeans steht dir total gut.«

»Aha.«

»Nein, im Ernst. Echt süß.« Er grinste immer noch.

»O mein Gott, *was*?«

»Nichts«, sagte er zum dritten Mal. »Ich könnte mir nur vorstellen, dass Ma es nicht so toll findet, dass du in der Jeans so viel Hintern zeigst.«

Ich verdrehte die Augen. »Sie muss mir ja nicht auf den Hintern schauen, wenn es sie stört.«

Navid lachte. »Ich meine ja nur ... irgendwie passt das nicht so richtig zusammen, oder? Das widerspricht sich irgendwie.« Er deutete vage auf meinen Kopf, obwohl ich das Tuch noch gar nicht umgelegt hatte. Trotzdem wusste ich natürlich, was er meinte. Ich wusste auch, dass er es nicht negativ meinte. Aber das änderte nichts daran, dass mich dieses Gespräch nervte.

Die Leute – größtenteils Männer – behaupteten gern, muslimische Frauen würden das Kopftuch tragen, um »sittsam« auszusehen. Das ist die immer gleiche Erklärung, die ich überall hörte: Muslimische Frauen und Mädchen legten Wert auf ein züchtiges Äußeres und würden sich deshalb bemühen, ihre Schönheit zu verhüllen. Wahrscheinlich gab es Frauen und Mädchen, denen es tatsächlich genau darum ging. Natürlich konnte ich nicht für alle Muslimas sprechen – das konnte niemand –, aber ich konnte ganz klar sagen, dass das auf mich nicht zutraf. Ich glaubte sowieso nicht daran, dass es möglich war, die Schönheit einer Frau zu verhüllen. Für mich waren Frauen immer schön, ganz egal, wie viele Lagen Stoff sie anhatten. Unterschiedliche Frauen fühlten sich nun mal in unterschiedlichen Arten von Kleidung wohl.

Aber schön waren sie alle.

Nur Monster zwangen Mädchen und Frauen dazu, wie menschliche Kartoffelsäcke herumzulaufen, und machten damit Schlagzeilen. Und diese Arschlöcher hatten es geschafft, das gesellschaftliche Klima für uns alle zu bestimmen. Mittlerweile fragte mich niemand mehr, warum ich Kopftuch trug. Die Leute bildeten sich ein, die Antwort zu kennen, obwohl die meisten komplett danebenlagen. Ich trug es nicht, weil ich eine Nonne sein wollte, sondern weil ich mich damit geborgen fühlte – weniger verwundbar. Für mich war es eine Art Rüstung. Ich trug das Kopftuch, weil ich es tragen wollte, und ganz *bestimmt* nicht, um züchtig auszusehen, nur weil irgendwelche Idioten es nicht schafften, ihren Schwanz in der Hose zu behalten. Mein Verdacht war, dass die Leute mir das nicht glaubten, weil Frauen grundsätzlich keine eigene Meinung zugetraut wird. Die ewigen Diskussionen um dieses Thema frustrierten mich unendlich.

Und deswegen schob ich Navid aus meinem Zimmer und sagte ihm, dass es ihn nichts anginge, wie mein Hintern in meiner Jeans aussähe, worauf er sagte: »Aber das hab ich gar nicht gemeint, ich wollte nur ...«

»Gib's auf. Du machst es nur noch schlimmer«, sagte ich und drückte ihm die Tür vor der Nase zu.

Danach ging ich zum Spiegel zurück und betrachtete mich von allen Seiten.

Ich sah in der Jeans *wirklich* gut aus.

Die Tage strömten gleichförmig dahin.

Abgesehen von unserem Breakdance-Training war alles wie immer, außer dass Ocean mir gegenüber jetzt plötzlich anders war. Um genau zu sein, seit unserem ersten und bis dahin auch einzigen Chat bei AIM, der mittlerweile eine Woche her war.

Und zwar redete er zu viel.

Er gab ständig Smalltalk-Phrasen von sich wie: *Das Wetter ist heute irgendwie komisch, findest du nicht?* oder *Wie war dein Wochenende?* oder *Hast du schon für den Test am Freitag gelernt?* und überrumpelte mich damit jedes Mal. Ich guckte dann nur kurz zu ihm rüber und antwortete *Ja, stimmt* oder *Äh, ja, ganz gut* oder *Nein, ich hab für den Test am Freitag noch nicht gelernt,* worauf er lächelte und sagte *Ja, echt, was?* oder *Cool* oder *Wirklich nicht? Ich lerne schon die ganze Woche.* Ich ging nicht darauf ein und stellte ihm umgekehrt keine Fragen.

Das war vielleicht unhöflich, aber das war mir egal.

Ocean sah wirklich sehr gut aus, und obwohl ich weiß, dass das keine Rechtfertigung dafür ist, jemanden abzulehnen, reichte es für mich als Grund. Er machte mich nervös. Ich wollte nicht mit ihm reden. Ich wollte ihn nicht näher kennenlernen. Ich wollte ihn nicht *mögen,* was schwieriger war, als man meinen sollte, weil er wirklich sehr nett war. Aber ich wusste einfach viel zu genau, dass es nur schlecht enden konnte, wenn ich mich auf jemanden wie Ocean einließ. Ich wollte mich nicht irgendwann vor mir selbst schämen müssen.

Gestern hatte er auch wieder angestrengt versucht, ein Gespräch mit mir in Gang zu bringen, was insofern verständlich war, als es ziemlich merkwürdig war, eine Stunde lang gemeinsam an einer toten Katze rumzuschnippeln und dabei kein Wort zu sagen. »Gehst du eigentlich auf den Homecoming-Ball?«, hatte er gefragt.

Ich hob den Kopf und sah ihn an. Sah ihn zum ersten Mal an diesem Tag richtig an, weil ich ehrlich überrascht war. Dann lachte ich leise und drehte mich weg. Seine Frage war so absurd, dass ich sie nicht mal beantwortete. Die ganze Woche über hatten in der Schule diverse Versammlungen stattgefunden, um die Stimmung für das Homecoming-Spiel – ein Footballmatch, glaube ich – anzuheizen. Ich war auf keiner einzigen gewesen. Außerdem sollten sich die Schüler

irgendwelche Aktionen ausdenken, um das Gemeinschafts-
gefühl zu feiern. Heute hätten wir beispielsweise alle irgendein grünes oder blaues Kleidungsstück anziehen sollen, was
ich natürlich nicht gemacht hatte.

Die Leute waren wegen dieses Blödsinns wirklich ganz aus
dem Häuschen.

»Schulveranstaltungen sind nicht so dein Ding, oder?«,
sagte Ocean, und ich fragte mich, warum ihn das interessierte.

»Nein«, sagte ich ruhig. »Schulveranstaltungen sind nicht
so mein Ding.«

»Okay.«

Irgendetwas in mir drängte mich, Ocean gegenüber nicht
so kurz angebunden zu sein, aber gleichzeitig verursachte es
mir regelrecht körperliches Unbehagen, dass er so nett zu mir
war. Es fühlte sich so künstlich an. Als würde er krampfhaft
versuchen, durch übertriebene Freundlichkeit die dumme
Bemerkung wieder wettzumachen, die ihm rausgerutscht
war, als er geglaubt hatte, meine Eltern würden mich bald
in irgendeinen Harem verkaufen. Als wollte er unbedingt
eine zweite Chance, um mir zu beweisen, dass sein Horizont
nicht ganz so beschränkt war. Bildete er sich ernsthaft ein,
ich würde ihm abnehmen, dass er sich in einer Woche von
jemandem, der glaubte, ich dürfte mich nicht mit Jungs
treffen, in jemanden verwandelt hatte, der annahm, ich
würde zum Homecoming-Ball gehen? Mir gefiel das nicht.
Ich traute der Sache nicht.

Also schnitt ich der toten Katze das Herz aus dem Leib und
beschloss, es gut sein zu lassen.

An diesem Nachmittag kam ich etwas zu früh zum Training, und der Raum war noch verschlossen. Navid, der als Einziger einen Schlüssel hatte, war noch nicht da, also ließ ich mich an der Wand zu Boden rutschen und wartete. Ich hatte mitbekommen, dass in ein paar Wochen das offene Training für das Basketballteam stattfinden würde – überall in der Schule hingen Ankündigungsplakate –, aber schon jetzt war in der Sporthalle mehr los, als ich es vorher je erlebt hatte. Es war laut. Superlaut. Gellende Rufe, schrilles Pfeifen, quietschende Schuhsohlen. Ich wusste nicht, was da los war. Von Sportdingen hatte ich keine Ahnung. Alles, was ich mitbekam, war der Donner von vielen Füßen, die durch die Halle liefen. Man hörte ihn sogar durch die Wände.

Als die anderen schließlich auftauchten und wir in den Tanzraum gingen, drehten wir die Musik auf und versuchten, das Hallen der vom Boden abprallenden Basketbälle auszublenden. An diesem Tag trainierte ich mit Jacobi, der mir half, meine Footworks zu verbessern.

Ich beherrschte bereits einen einfachen Sixstep, bei dem es sich – wie der Name schon sagt – um eine Kombination von sechs Schritten handelt, die auf dem Boden ausgeführt werden. Man stützt sich dabei auf die Handflächen, setzt nur die Beine ein und dreht sich im Kreis. Der Sixstep dient als Einführung in den jeweiligen Powermove, mit dem man seine artistischen Skills unter Beweis stellt. Der Bewegungsablauf erinnert ein bisschen an das, was Geräteturner auf dem Pferd machen, nur dass es eben viel cooler aussieht.

Ich fand, dass Breakdance in vieler Hinsicht der afrobrasilianischen Kampftanzsportart Capoeira ähnelte, bei der mit

Kicks und Drehungen in der Luft gearbeitet wird. Capoeira ließ den Kampf zwischen zwei Menschen furchterregend, aber eben gleichzeitig auch total schön aussehen.

Breakdance war so ähnlich.

Jacobi zeigte mir an diesem Tag, wie ich CCs in meinen Sixstep integrieren konnte. CCs hießen diese Moves, weil sie von einer B-Boy-Crew namens *The Crazy Commandos* erfunden worden waren, nicht weil sie irgendeine Ähnlichkeit mit einem C gehabt hätten. Bei diesem Style stützte man sich auf die Hände und schleuderte die Beine sozusagen in Wechselschritten um den Körper herum, was meine Footworks ein bisschen komplexer, vor allem aber sehr viel cooler aussehen ließ. Ich hatte schon eine Weile geübt und gelernt, einen CC mit beiden Händen auf dem Boden zu machen, arbeitete aber noch an der einhändigen Version. Jacobi beobachtete mich, während ich immer wieder probierte, es richtig hinzukriegen. Als es zum ersten Mal klappte, klatschte er laut Beifall. Er strahlte.

»Nicht schlecht«, sagte er.

Ich ließ mich erschöpft auf den Rücken fallen, lag wie ein Seestern ausgestreckt am Boden und grinste selig.

Das war noch gar nichts gewesen. Babyschrittchen. Trotzdem fühlte es sich verdammt gut an.

Jacobi streckte mir die Hand hin, zog mich hoch und drückte meine Schulter. »Im Ernst«, sagte er. »Das eben war richtig gut.«

Ich lächelte ihn an.

Als ich mich nach meiner Wasserflasche umdrehte, erstarrte ich.

Ocean lehnte am Türrahmen, nicht ganz drinnen, aber auch nicht wirklich draußen. Er hatte eine Sporttasche umhängen und winkte mir zu.

Ich sah mich verwirrt um, weil ich dachte, er meinte vielleicht jemand anderen, aber er schaute eindeutig in meine Richtung. Als ich zu ihm ging, bemerkte ich den Gummikeil unter der Tür, der dafür sorgte, dass sie nicht zufiel. Die Jungs schoben ihn manchmal unter den Türspalt, wenn es im Raum sehr heiß wurde, um etwas frische Luft reinzulassen.

Aber bis jetzt hatte unsere offene Tür noch nie irgendwelche Besucher angezogen.

»Äh … Hi«, sagte ich. »Was machst du denn hier?«

Ocean schüttelte den Kopf. Aus irgendeinem Grund wirkte er fast noch überraschter als ich. »Ich bin bloß zufällig vorbeigekommen«, sagte er. »Und als ich Musik gehört hab, wollte ich schauen, was hier gemacht wird.«

Ich zog eine Augenbraue hoch. »Du bist bloß zufällig vorbeigekommen?«

»Ja.« Er lächelte. »Ich … äh … Na ja, ich bin ziemlich oft hier in der Sporthalle. Ehrlich, ich hatte keine Ahnung, dass ihr hier trainiert. Eure Musik ist ganz schön laut.«

»Okay.«

»Aber dann hab ich mir gedacht, ich sollte vielleicht lieber hallo sagen, um nicht wie ein Stalker rüberzukommen, der dich heimlich beobachtet.«

»Da hast du richtig gedacht«, sagte ich, runzelte aber die Stirn, weil ich immer noch verarbeiten musste, dass er hier war. »Ich … Ich dachte, du hättest vielleicht irgendeine Frage. Wegen Bio oder so.«

Er schüttelte den Kopf.

Ich sah ihn stumm an.

Er holte tief Luft. »Du hast also wirklich keinen Quatsch erzählt«, sagte er. »Als du das mit dem Breakdance gesagt hast.«

Ich lachte. Sah ihn ungläubig an. »Du dachtest, ich würde mir das ausdenken?«

»Nein.« Er schüttelte den Kopf, wirkte aber nicht überzeugt. »Ich hab nur ... Keine Ahnung. Ich wusste es eben nicht.«

»Aha.«

»Sind das deine Freunde?«, fragte Ocean. Er schaute zu Jacobi, dessen Blick ausdrückte: *Wer ist der Typ* und *Was geht ab?*

»So in der Art«, sagte ich.

»Cool.«

»Ja.« Ich war komplett überfordert. »Äh, okay, dann ... dann mach ich mal weiter.«

Ocean nickte. Richtete sich auf und straffte die Schultern. »Ja, ich muss auch los.«

Wir standen noch einen Moment verlegen da, dann ging er. Sobald er außer Sichtweite war, schloss ich die Tür.

Jacobi war der Einzige, der meine kurze Unterhaltung mit Ocean mitbekommen hatte. Als er mich nach ihm fragte, behauptete ich, er sei nur ein Typ aus einem meiner Kurse, der eine Frage gehabt hätte. Ich wusste selbst nicht, warum ich log.

Ehrlich gesagt, wusste ich gar nichts mehr.

6. KAPITEL

Allmählich pendelte sich so eine Art Alltag ein.

Ich gewöhnte mich an das Leben in dieser neuen Stadt, und meine anfängliche Angst, an der neuen Schule allein und einsam zu bleiben, legte sich. Der Schock, den ich dem System versetzt hatte, war verklungen, und mittlerweile war ich an der Highschool zu einer festen Institution geworden, zu etwas, was die meisten meiner Mitschüler bequem ignorieren konnten. Ein paar Idioten fanden es immer noch witzig, mich im Vorbeigehen als Taliban zu bezeichnen, manchmal fand ich anonyme Nachrichten in meinem Schließfach, in denen man mir empfahl, in das Drecksloch-land zurückzugehen, aus dem ich gekommen war, und ab und zu nahm sich jemand die Zeit, mir auseinanderzusetzen, dass Windelköpfe wie ich es nicht verdient hätten, in den USA zu leben – aber ich gab mir Mühe, das nicht an mich ranzulassen. Versuchte, mich daran zu gewöhnen. Irgendwo hatte ich mal gehört, der Mensch könne sich an alles gewöhnen.

Zum Glück hatte ich mit dem Breakdance die bestmögliche Ablenkung.

Mich begeisterte einfach alles daran: die Musik, die Moves, auch die Entstehungsgeschichte. Breakdance war in den 1970er Jahren in der South Bronx in New York aufgekommen und hatte sich dann langsam quer durch Amerika bis nach Los Angeles ausgebreitet. Es war so etwas wie eine Wiederauflage, eine Unterart und gleichzeitige Weiterentwicklung des Hiphop. Am coolsten fand ich, dass er ursprünglich entstanden war, um Konflikte auf andere Art als durch körperliche Gewalt auszutragen. Stattdessen entschieden die Gangs in Breakdance-Battles, wem welches Territorium zugesprochen wurde. Deswegen spricht man auch heute noch von *battles*. Eigentlich sind das keine Wettbewerbe, sondern Kämpfe der einzelnen Crews. Jedes Mitglied liefert eine Performance ab, und der beste B-Boy – oder das beste B-Girl – gewinnt.

Ich stürzte mich ins Training und verbrachte fast jeden Nachmittag im Tanzraum. Wurde der Raum anderweitig gebraucht, legten wir in verwaisten Straßen oder auf Parkplätzen Pappkartons aus, stellten einen Ghettoblaster daneben und trainierten im Freien. Navid zerrte mich an den Wochenenden viel zu früh aus dem Bett, um zehn Meilen mit mir zu laufen. Wir begannen regelmäßig zusammen zu trainieren. Breakdance ist körperlich extrem anstrengend, aber es war eine Anstrengung, die mich glücklich machte und mir eine Perspektive gab. Ich war so sehr auf dieses neue Leben neben der Schule konzentriert – und nach dem täglichen Training so erledigt –, dass ich kaum Zeit hatte, auf die ganzen Arschlöcher wütend zu sein, die mir unterwegs so begegneten.

Die Schule selbst lief automatisch nebenher.

Ich hatte schon ziemlich früh herausgefunden, wie ich ohne großen Stress Bestnoten bekommen konnte, und das klappte an dieser Highschool so gut, wie an denen davor. Es hört sich vielleicht erst mal absurd an, aber das Geheimnis meines Erfolgs bestand darin, dass mir die Noten egal waren. Gerade dadurch, dass ich mir keinen Druck machte, kamen die guten Ergebnisse fast von allein. Diese Gleichgültigkeit hatte ich mir zugelegt, als ich alt genug war, um zu begreifen, dass es mir nicht guttat, zu viel Gefühl in eine Schule – die Lehrer, die Mitschüler, die Wände, die Türen, die Flure – zu investieren, weil mir das am Ende jedes Mal fast das Herz brach. Also hörte ich auf damit. Hörte auf, mich an Dinge zu erinnern. An Leute. An Gesichter. Mit der Zeit verschwanden die Schulen und ihre vielen Namen im Nebel des Vergessens. In der ersten Klasse war Mrs Irgendwer meine Lehrerin. Mr Dingsbums hatte mich in der Dritten unterrichtet. Keine Ahnung mehr. Egal.

Die gesetzliche Schulpflicht und der hölzerne Kochlöffel, den meine Mutter mir aus Spaß gern mal über den Hintern zog, zwangen mich dazu, jeden Tag in der Schule zu erscheinen. Also tat ich es. Ich nahm am Unterricht teil, erledigte meine Aufgaben und ertrug die unvermeidliche, unerbittliche Mikroaggression der Massen, die das emotionale Klima meiner Tage bestimmten. Der Gedanke, ob ich später mal an eine gute Uni kommen würde, stresste mich nicht, weil ich wusste, dass wir eine gute Uni sowieso nicht bezahlen konnten. Der Leistungsdruck in den Begabtenkursen stresste mich nicht, weil sie für mich einfach nur irgendwelche Kurse waren. Der Uni-Einstufungstests stresste mich nicht, weil ... jetzt mal ehrlich: Wen interessierten denn bitte die Ergebnisse des Uni-Einstufungstests? Mich nicht.

Ich weiß auch nicht. Irgendwie hatte ich wohl das Gefühl, dass ich das alles schon irgendwie halbwegs unbeschadet überstehen würde, egal, wie viele Versuche an den vielen Schulen unternommen wurden, mich zu brechen. Und an diesem Gefühl hielt ich mich jeden Tag fest. Noch zweieinhalb Jahre, dachte ich immer wieder. Nur noch zweieinhalb Jahre, bis ich dieses Leben hinter mir lassen konnte, das vom Läuten der Schulglocke bestimmt war, die – machen wir uns nichts vor – ja noch nicht mal läutete.

Sie schrillte.

Das war alles, woran ich dachte, während ich eine weitere Schicht labberigen Katzenfells von labberigem Katzenmuskel trennte. Ich dachte darüber nach, wie sehr ich das alles hasste. Dass ich es kaum erwarten konnte, wieder in den Tanzraum zu kommen. Meine Arbeit am Crabwalk zahlte sich aus. Gestern hatte ich es beinahe geschafft, mein gesamtes Körpergewicht nur auf den Unterarmen zu halten, und jetzt fieberte ich dem Nachmittag entgegen, an dem ich es vielleicht noch besser hinkriegen würde. Wir hatten vor, uns am Wochenende einen Breakdance-Battle anzuschauen, da wollte ich mich nicht wie eine blutige Anfängerin fühlen. Die anderen hatten schon Live-Battles gesehen, für mich war es der erste.

Ich freute mich wie verrückt.

Als unsere Schicht an der Katze beendet war, zog ich die Latexhandschuhe ab und warf sie in den Mülleimer, bevor ich mir – sicherheitshalber – noch einmal die Hände wusch. Bis jetzt hatten wir nichts Weltbewegendes herausgefunden, worüber ich sehr froh war. Ein anderes Team aus unserem Kurs hatte entdeckt, dass die Katze, die sie sezierten, zum Zeitpunkt ihres Todes trächtig gewesen war. In ihrer Gebärmutter hatten sie einen Wurf ungeborener Kätzchen gefunden.

Diese Bioaufgabe war wirklich total krank.

»Du kannst ans Waschbecken«, sagte ich mit kurzem Blick zu Ocean, dessen Verhalten mir gegenüber sich in dieser Woche dramatisch geändert hatte.

Er hatte nämlich aufgehört, mit mir zu sprechen.

Er hatte aufgehört, mich immer wieder zu fragen, was ich am Abend oder am Wochenende machte. Um genau zu sein, hatte er seit dem Nachmittag vor ein paar Tagen, an dem er plötzlich in der Tür des Tanzraums gestanden war, gerade mal ein paar Worte mit mir gewechselt.

Ich wusste nicht, was ich davon halten sollte.

Ich hatte mir eingebildet, ich wüsste, was er für einer war. Hatte mir eingebildet, ihn richtig eingeschätzt zu haben, aber jetzt war ich verwirrt. Von seinem ungewöhnlichen Namen abgesehen wirkte er auf mich wie ein total gewöhnlicher Junge mit total gewöhnlichen Eltern. Eltern, die Fertiggerichte kauften, ihren Kindern vom Weihnachtsmann erzählten, alles glaubten, was in Geschichtsbüchern stand, und nie offen ihre Meinung sagten.

Das Gegenteil von meinen Eltern.

Fertiggerichte fand ich sehr spannend, weil dieses Wunder amerikanischen Erfindergeists bei uns zu Hause tabu war. Meine Eltern bereiteten alles, was wir aßen, von Grund auf selbst zu; Weihnachten wurde bei uns nicht gefeiert, manchmal machten sie uns aus Mitleid trotzdem Geschenke – einmal habe ich eine Schachtel Briefumschläge bekommen; und noch bevor wir lesen lernten, hatten sie uns alles über die Grausamkeiten des Kriegs und des Kolonialismus beigebracht. Meine Eltern hatten auch keinerlei Hemmungen, mir offen zu sagen, was sie dachten. Zum Beispiel, was ihrer Meinung nach mit mir nicht stimmte: meine falsche Einstellung.

Plötzlich wusste ich nicht mehr, was ich von Ocean halten sollte, und dass mich das störte, störte mich. Ich hatte geglaubt, sein Schweigen wäre das, was ich wollte. Hatte ich nicht genau darauf die ganze Zeit hingearbeitet? Aber jetzt, wo er mich tatsächlich nicht mehr beachtete – und noch dazu so plötzlich –, konnte ich gar nicht anders, als mich zu fragen, was der Grund dafür war.

Trotzdem hielt ich es weiterhin für das Beste so.

An diesem Tag kam es ein bisschen anders. Nachdem er zwanzig Minuten lang keinen einzigen Ton von sich gegeben hatte, stellte er mir doch wieder eine Frage.

»Hey«, sagte er. »Was ist mit deiner Hand passiert?«

Ich schaute auf meine Hand.

Am Abend vorher hatte ich versucht, den Saum einer Lederjacke aufzutrennen, und dabei den Nahttrenner so fest aufgedrückt, dass er mir aus den Fingern gerutscht war und meinen linken Handrücken aufgerissen hatte. Die Wunde zwischen Zeigefinger und Daumen hatte ich mit viel Pflaster verklebt. Ich sah Ocean an. »Nähunfall.«

Er zog die Brauen zusammen. »*Nähunfall?* Was ist ein Nähunfall?«

»Einer, der beim Nähen passiert«, sagte ich.

»Beim Nähen von Kleidung?«

»Ich mache mir viele Sachen selbst«, erklärte ich, als er mich immer noch verständnislos ansah. »Oder, na ja, genauer gesagt, kaufe ich viele Secondhandsachen und nähe sie dann um.« Ich hob meine Hand. »Aber wie du siehst, bin ich nicht besonders geschickt.«

»Du nähst dir deine eigenen Klamotten?« Seine Augen weiteten sich ein bisschen.

»Manchmal«, sagte ich.

»... warum?«

Ich lachte. Wobei die Frage natürlich absolut berechtigt war. »Na ja, weil ich mir die Sachen, die ich gern hätte, nicht leisten kann.«

Ocean sah mich nur an.

»Kennst du dich mit Modedesign ein bisschen aus?«, fragte ich.

Er schüttelte den Kopf.

»Tja.« Ich versuchte zu lächeln. »Ist wahrscheinlich nichts für jeden.«

Mich faszinierte Mode über alles.

Gerade war Alexander McQueens Herbstkollektion in die Läden gekommen, und ich hatte meine Mutter mit viel Überredungskunst dazu bringen können, mit mir in eine der exklusivsten Malls in der Gegend zu fahren, damit ich sie mir

69

dort in echt ansehen konnte. Ich fasste die Stücke noch nicht mal an. Ich stand einfach nur davor und betrachtete sie.

Alexander McQueen war in meinen Augen ein Genie.

»Ach so, dann sind die Schuhe also auch dein Werk«, sagte Ocean plötzlich. »Die hast du mit Absicht so bemalt.«

Ich schaute nach unten.

Die Nikes, die ich trug, waren ursprünglich mal einfach weiß gewesen, aber jetzt waren sie über und über mit Marker bekritzelt. Genau wie mein Rucksack. Und meine Ordner. Das war etwas, das ich manchmal machte. Ich schloss mich in mein Zimmer ein, hörte Musik und kritzelte vor mich hin. Meistens einfach Sachen, die mir in den Kopf kamen. In der letzten Zeit hatte ich *Taggen* – also Graffiti-Schrift – für mich entdeckt, weil mich die Technik an extrem stilisierte persische Kalligraphie erinnerte. Aber ich war nicht wie Navid. Ich hatte noch keine Tags an einer Hauswand hinterlassen. Oder wenn, dann allerhöchstens zwei.

»Ja«, sagte ich langsam. »Die habe ich mit Absicht so bemalt.«

»Okay. Hey, cool.«

Ich lachte über seinen Gesichtsausdruck.

»Nein, im Ernst«, sagte er. »Das sieht gut aus.«

Ich zögerte trotzdem. »Danke.«

»Du hast noch ein anderes Paar, das du auch so bemalt hast, stimmt's?«

»Ja.« Ich sah ihn an. »Woher weißt du das?«

»Du sitzt vor mir«, sagte er. Er sah mich an und lächelte leicht, aber es wirkte eher wie eine Frage. »Du sitzt seit zwei Monaten vor mir, und ich schaue dich die ganze Zeit an.«

70

Ich runzelte die Stirn, aber bevor ich etwas dazu sagen konnte, kam er mir schon zuvor.

»Ich meine ...« Er senkte kopfschüttelnd den Blick. »O Mann. Das sollte jetzt nicht so klingen, als würde ich dich anstarren oder so. Ich wollte damit nur sagen, dass ich dich *sehe*. Du weißt schon ... Shit«, sagte er leise vor sich hin. »Egal. Vergiss es einfach.«

Ich versuchte zu lachen, aber es hörte sich komisch an. »Okay.«

Und das war's. Den Rest der Stunde sagte er nichts mehr, jedenfalls nichts, woran ich mich noch erinnern könnte.

7. KAPITEL

Nach dem Unterricht legte ich meine Sachen ins Schließfach und griff nach der Tasche mit meinen Trainingsklamotten, die ich darin aufbewahrte, als ich laute Stimmen hörte. Um diese Zeit war es im Schulgebäude sonst eigentlich ziemlich ruhig, und ich begegnete selten jemandem, weil die meisten gleich nach Hause gingen. Ohne nachzudenken, drehte ich mich um.

Cheerleader.

Sie waren zu dritt. Sehr hübsch und adrett. Obwohl sie nicht ihre offiziellen Uniformkleidchen trugen, sondern identische Jogginganzüge, war irgendwie sofort klar, dass sie zum *Squad* gehörten. Komischerweise hatte ich mit den Cheerleadern nie Probleme – sie ignorierten mich einfach. Vielleicht empfand ich ihren Anblick deswegen beinahe als tröstlich.

Ich drehte mich wieder zum Schließfach.

Als ich mir gerade meine Sporttasche umgehängt hatte, hörte ich einen Jungen etwas rufen. Weil ich mir sicher war,

73

dass er nicht mich meinte und selbst wenn, bestimmt wieder nur irgendein origineller Dumpfbackenkommentar gekommen wäre, reagierte ich nicht. Ich schlug die Tür meines Schließfachs zu. Verdrehte die Ziffern am Schloss und wandte mich in Richtung der Sporthalle.

»Hey ...«

Ich ging stur weiter, obwohl ich jetzt doch das unangenehme Gefühl hatte, dass ich gemeint war. Aber ich wollte gar nicht wissen, was derjenige von mir wollte, weil die einzigen Menschen, mit denen ich an dieser Schule etwas zu tun hatte, gerade alle im Tanzraum auf mich warteten, weshalb dieser Typ – wer auch immer es war – mich wahrscheinlich auf irgendeine Art nerven wollte und ich ...

»Shirin!«

Ich erstarrte. Merkwürdig. Die Arschlöcher, die mich mit ihren dummen Sprüchen belästigten, wussten in der Regel nicht, wie ich hieß.

Zögernd drehte ich mich um.

»Hey.« Es war Ocean, der fast ein bisschen verzweifelt wirkte.

Es kostete mich Mühe, mir meine Verblüffung nicht anmerken zu lassen.

»Dir ist dein Handy runtergefallen.« Er hielt es mir hin.

Ich schaute auf das Handy. Schaute ihn an. Ich verstand nicht, warum er mir ständig über den Weg lief, aber ich konnte ja schlecht von jemandem genervt sein, der einfach nur nett war. Also nahm ich das Handy.

»Danke.«

Auf seinem Gesicht spiegelte sich eine Mischung aus Frustriertheit und Belustigung. Er sagte nichts mehr, was okay gewesen wäre, wenn er mich nicht ein paar Extrasekunden zu lang angeschaut hätte, so dass die Stimmung plötzlich komisch wurde.

Ich holte tief Luft und wollte mich gerade verabschieden, als jemand seinen Namen rief. Über seine Schulter hinweg sah ich, dass es eine von den Cheerleadern war.

Ich zeigte nicht, wie überrascht ich war.

Und dann ging ich ohne ein Wort davon.

An diesem Abend war ich nach einer besonders anstrengenden Trainingssession zu aufgedreht, um zu schlafen, obwohl ich mir nicht genau erklären konnte, warum eigentlich. Stattdessen saß ich mit meinem Tagebuch im Bett und schrieb und schrieb.

Ich war immer schon eine ziemlich intensive Tagebuchschreiberin gewesen, schrieb jeden Tag etwas hinein, häufig sogar mehrmals. Teilweise sogar im Unterricht und während der Mittagspause. Das Tagebuch war für mich so wertvoll, dass ich es möglichst immer bei mir trug, weil ich nur so sicherstellen konnte, dass es nicht in fremde Hände fiel. Meine Horrorvorstellung war, dass meine Mutter es eines Tages finden könnte und einen Hirnschlag kriegen würde, wenn sie las, was für ein komplizierter, fehlerbehafteter Mensch ihre Tochter war – und wie oft sie religiöse Gebote brach. Deswegen passte ich immer gut darauf auf.

An diesem Abend konnte ich mich nicht konzentrieren.

Immer wieder schaute ich zu meinem Computer hinüber, auf sein dunkles, lebloses Gesicht, das im Dämmerlicht glänzte. Ich zögerte. Es war wirklich schon spät, vielleicht eins. Alle schliefen.

Ich legte den Stift weg.

Der Computer war ein schweres, unförmiges Ding. Meine Mutter hatte ihn vor ein paar Jahren im Rahmen eines weiterführenden Informatikkurses aus Einzelteilen selbst zusammengebaut. Er war ein bisschen so was wie Frankensteins Monster, nur dass die fette Kiste Moms Monster war, und ich die glückliche neue Besitzerin. Bevor ich es mir anders überlegen konnte, war ich aus dem Bett geschlüpft und hatte ihn eingeschaltet.

Er war laut.

Der Monitor leuchtete auf, blendete mit seiner gleißenden Helligkeit, die CPU begann wie verrückt zu surren, die Lüftung arbeitete auf Hochtouren, die Festplatte erwachte ratternd, und ich bereute meine Entscheidung sofort wieder. Angeblich gab es ja Eltern, die ihren Kindern erlaubten, so lange wach zu bleiben, wie sie wollten, aber ich kannte sie nicht. Meine Eltern behielten mich immer scharf im Auge und trauten mir nicht über den Weg – was nicht ganz unbegründet war. Mein Bruder und ich befolgten Regeln nicht so gern. Ich war mir sicher, dass sie mitbekommen hatten, wie ich den Rechner angemacht hatte, und jeden Moment ins Zimmer stürzen und mich sofort ins Bett schicken würden.

Ich grub die Zähne in die Unterlippe und wartete.

Endlich war der verdammte Computer hochgefahren. Das Ganze hatte fast zehn Minuten gedauert. Und danach musste ich noch mal zehn Minuten herumklicken, um ins Internet zu kommen, weil sich die Kiste manchmal einfach stur stellte. Ich war merkwürdig nervös. Ich wusste nicht mal, was ich da eigentlich machte. Warum ich es machte, meine ich. Jedenfalls wusste ich es nicht genau.

Der AOL Instant Messenger ging automatisch auf, und ich sah auf meiner kurzen Buddy-Liste, dass alle offline waren. Bis auf einen.

Mein Herz zuckte, und ich stand blitzschnell wieder auf und drehte mich weg, weil ich mir plötzlich unglaublich dumm vorkam. Ich kannte ihn doch nicht mal. Er hatte kein Interesse an jemandem wie mir – würde auch *niemals* welches haben –, das wusste ich genau. Und obwohl ich es wusste, machte ich so was Idiotisches.

Nein, ich würde mich nicht lächerlich machen.

Ich drehte mich wieder zum Computer und wollte gerade auf den Ausschalter drücken, als ...

Pling-pling
Pling-pling
Pling-pling

riversandoceans04: Hey
riversandoceans04: Du bist online
riversandoceans04: Du bist nie online

Ich starrte auf den Bildschirm, mein Finger schwebte über dem Ausschalter.

Pling-pling

riversandoceans04: Hallo?

Ich setzte mich wieder an den Schreibtisch.

jujepolo: Hey
riversandoceans04: Hey
riversandoceans04: Wieso bist du so spät noch wach?

Ich wollte *Ich weiß auch nicht* tippen, dachte dann aber, dass das viel zu offensichtlich wäre. Also versuchte ich es mit etwas Unverfänglichem.

jujepolo: Ich konnte nicht schlafen
riversandoceans04: Ah
riversandoceans04: Hey, kann ich dich was fragen?

Ich schaute auf das kleine Nachrichtenfenster und bekam ein bisschen Angst.

jujepolo: Klar
riversandoceans04: Was bedeutet *jujepolo*?

Vor lauter Erleichterung darüber, dass er mich nicht irgendwas fragte, das total daneben war, lachte ich fast laut auf.

jujepolo: Das ist Persisch. *Juje* heißt klein,
aber es ist auch das persische Wort für Küken
jujepolo: Und *polo* heißt Reis
jujepolo: Ich merke gerade, dass das ziemlich dämlich klingt,

aber es ist so eine Art Privatwitz. In meiner Familie werde ich *Juje* genannt, weil ich klein bin, und *Juje Kebab* mit Reis ist …

jujepolo: Egal

jujepolo: Es ist ein Kosename

riversandoceans04: Schon klar. Verstehe.

Ich finde ihn sehr süß

riversandoceans04: Dann bist du also Perserin?

jujepolo: Ja

riversandoceans04: Cool. Ich mag persisches Essen

Ich riss die Augenbrauen bis zur Stirn hoch, so überrascht war ich.

jujepolo: Im Ernst?

riversandoceans04: Ja. Hummus zum Beispiel.

Der ist echt lecker

riversandoceans04: Und Falafel

Ah ja. Okay

jujepolo: Das ist aber beides kein persisches Essen

riversandoceans04: Nicht?

jujepolo: Nein

riversandoceans04: Ups

Ich schlug die Hände vors Gesicht. Plötzlich hasste ich mich. Was zum Henker machte ich hier? Dieses Gespräch war so bescheuert. Ich war bescheuert. Ich fasste es nicht, dass ich dafür meinen Computer angemacht hatte.

jujepolo: Ich glaube, ich muss jetzt mal langsam schlafen

riversandoceans04: Klar. Okay

Ich hatte schon *Gute Nacht* getippt und wollte mich gerade ausloggen, da ...

riversandoceans04: Hey, bevor du gehst

Ich zögerte. Löschte. Tippte wieder.

jujepolo: Ja?

riversandoceans04: Vielleicht zeigst du mir ja irgendwann, was persisches Essen ist

Ich starrte viel zu lange auf den Monitor. Ich war verwirrt. Mein erster, instinktiver Gedanke war, dass er sich mit mir verabreden wollte. Mein zweiter – klügerer – Gedanke war, dass er so was Idiotisches niemals tun würde, weil ihm mit ziemlicher Sicherheit klar sein musste, dass nette weiße Typen wie er sich nicht mit merkwürdigen muslimischen Mädchen wie mir verabredeten. Ich begriff nicht, was er konkret von mir wollte.

Dass ich ihm etwas über die persische Küche erzählte oder über die Perser an sich? Was?

Ich beschloss, ehrlich zu sein.

jujepolo: Ich glaube, ich verstehe nicht, was du meinst

riversandoceans04: Ich würde gern mal persisches Essen probieren

riversandoceans04: Gibt es hier in der Gegend persische Restaurants?

jujepolo: LOL

jujepolo: Hier? Nein

jujepolo: Hier gibt es höchstens die Küche meiner Mutter

riversandoceans04: Hm

riversandoceans04: Vielleicht könnte ich ja mal zum Essen zu euch nach Hause kommen

Ich fiel fast vom Stuhl. Der Typ hatte echt Nerven.

jujepolo: Du willst zu uns nach Hause zum Essen kommen? Zu meiner Familie?

riversandoceans04: Ist das so komisch?

jujepolo: Äh … ein bisschen

riversandoceans04: Oh

riversandoceans04: Also geht das nicht?

jujepolo: Ich weiß nicht

Ich sah meinen Monitor stirnrunzelnd an.

jujepolo: Ich könnte meine Eltern ja mal fragen

riversandoceans04: Cool

riversandoceans04: Okay, dann gute Nacht

jujepolo: Äh …

jujepolo: Gute Nacht

Ich hatte keine Ahnung, was das gerade gewesen war.

8. KAPITEL

Das ganze Wochenende über schaute ich den Computer nicht an.

Bald war Halloween. Ich war mittlerweile seit zwei Monaten auf der Schule. Eigene Freunde hatte ich noch nicht gefunden, aber ich war auch nicht einsam, was für mich eine neue Erfahrung war. Außerdem machte ich etwas in einer Gruppe – auch das war neu –, und als eine Art Zusatzbonus ergaben sich dadurch sogar *Pläne* für die Freizeitgestaltung. Jetzt gerade machte ich mich zum Beispiel zum Ausgehen fertig.

In der Stadt fand an diesem Abend ein Breakdance-Battle statt, und wir gingen hin.

Obwohl wir nur Zuschauer sein würden, war ich total aufgeregt. Wir hatten vor, uns die lokale Szene anzuschauen und abzuwarten, ob sich daraus etwas ergeben würde. Wenn wir irgendwann gut genug waren, konnten wir vielleicht gegen andere lokale Gruppen antreten. Möglicherweise konnten wir – auch wenn dieses Ziel noch in weiter Ferne lag – irgendwann sogar an regionalen und überregionalen Wettbewerben teilnehmen und ganz, ganz vielleicht sogar an internationalen Meisterschaften.

Wir hatten große Träume. Und die durften wir sogar mit elterlicher Erlaubnis träumen.

Meine Eltern erzogen uns mit einer nicht wirklich nachvollziehbaren Mischung aus Strenge und Nachsicht. Sie dachten in bestimmter Hinsicht konservativ und traditionell, zeigten sich in anderen Bereichen dann aber wieder überraschend modern. Grundsätzlich waren sie eher entspannte Eltern. Wobei sie Navid und mich oft ziemlich unterschiedlich behandelten. Weil ich ein Mädchen war, machten sie sich viel größere Sorgen, dass mir in der Welt da draußen etwas zustoßen könnte, und waren mir gegenüber deswegen strenger. Zum Beispiel musste ich früher zu Hause sein und hatte auch sonst nicht so viele Freiheiten wie er. Zwar achteten sie darauf, mir nichts zu verbieten, was mich sozial ausgrenzen würde, aber sie wollten immer ganz genau wissen, wo ich hinging und mit wem und wann genau ich zurück sein würde, während sie das bei Navid eigentlich nie fragten. Kam er abends spät nach Hause, waren sie bloß ein bisschen sauer. Als ich dagegen einmal eine Stunde später als ausgemacht aus dem Kino gekommen war, wo ich den ersten Harry-Potter-Film gesehen hatte – ich hatte ja keine Ahnung gehabt, dass das Ding *drei Stunden* dauerte –, war meine Mutter vor Sorge so außer sich, dass sie nicht wusste, ob sie heulen oder mich umbringen sollte. Mit dieser Reaktion hatte ich nicht gerechnet, weil ich ja sonst fast nie etwas unternahm. Ich war noch nie spät auf einer Party gewesen. Ich saß auch nicht irgendwo draußen rum und trank Alkohol. Meine schlimmsten Exzesse beschränkten sich darauf, mit meinen Freundinnen bei *Target* Billigkram zu kaufen und anschließend die Autos auf dem Parkplatz damit zu dekorieren.

Mom fand das nicht gut.

Ein Vorteil am Breakdance war, dass meine Eltern sich weniger Sorgen um mich machten, wenn sie wussten, dass ich mit meinem Bruder unterwegs war, der – falls notwendig – jedem, der es wagte, mich zu belästigen, einen Kinnhaken verpassen konnte. Aber Navid und ich nutzten ihr Vertrauen auch gnadenlos aus. Wenn ich irgendwo hinwollte und wusste, dass meine Eltern nicht einverstanden waren, hielt er mir den Rücken frei. Umgekehrt deckte ich ihn.

Navid war gerade achtzehn geworden. Er war älter als ich und dadurch sowieso freier. Neben der Schule hatte er immer gejobbt und genug gespart, um einen iPod zu kaufen *und* ein eigenes Auto. Der Traum jedes Teenagers. Aktuell war er der stolze Besitzer eines Nissan Sentra, Baujahr 1988, mit dem er mir eines Tages über den Fuß fuhr. Ich lief weiterhin zur Schule. Manchmal nahm er mich auch mit, aber er musste ja morgens schon zur nullten Stunde da sein und hatte auch nach dem Breakdance-Training öfter noch andere Pläne.

Heute aber würden wir mit seinem prächtigen Gefährt in eine neue Welt fahren. Eine Welt, die mir einen neuen Titel verleihen, meiner Identität eine neue Facette hinzufügen würde. Ab jetzt würde ich ein echtes B-Girl sein. Eine Breakdancerin. Und das war so viel besser als *das Kopftuchmädchen*.

Die Veranstaltung war sogar noch aufregender, als ich sie mir vorgestellt hatte. Ich wusste natürlich, wie so ein Battle ablief – schließlich schauten wir uns seit Jahren alte Breakdance-Wettbewerbe auf VHS-Kassetten an –, aber es war doch etwas vollkommen anderes, das Ganze live zu erleben. Der Raum – er sah aus, als wäre er früher vielleicht mal eine Kunstgalerie gewesen – war relativ klein, und die Leute standen so dicht wie Zigaretten in einem Päckchen an die Wände und aneinander gepresst, um in der Mitte möglichst viel Platz zu lassen. Die Energie war beinahe mit Händen greifbar. Breakbeats hallten von den Wänden und der Decke wider, der Bass vibrierte in meinem Trommelfell. Hier drinnen nahm keiner besondere Notiz von mir, die Blicke der anderen glitten ungerührt über mich hinweg, während sie durch den Raum schweiften. Ich konnte mir erst nicht erklären, warum mein Äußeres hier keine Reaktionen hervorrief. Vielleicht lag es daran, dass eine ganz besondere Mischung an Leuten hier war. Ich war umgeben von den unterschiedlichsten Menschen. Links wurde Spanisch gesprochen, rechts Chinesisch. Wir waren weiß, schwarz oder braun, aber vor allem waren wir alle hier, weil wir für dieselbe Sache brannten.

Ich war wie berauscht.

Ich spürte, dass in dieser besonderen Welt nur eins zählte: Talent. Wenn ich die Moves einigermaßen gut beherrschte, würden diese Leute mich respektieren. Hier konnte ich mehr sein als das, was die Gesellschaft mir sonst zugestand. Ich konnte selbst entscheiden, was ich sein wollte.

Und ich wollte ein B-Girl sein.

Als ich nach Hause kam, war ich aufgekratzter als vielleicht jemals zuvor in meinem Leben. Ich hörte gar nicht mehr auf, meiner Mutter von dem Abend vorzuschwärmen, sie lächelte wenig beeindruckt und sagte mir, dass ich doch sicher noch Hausaufgaben zu erledigen hätte. Morgen früh wurde ich mit klarem Kopf in der Schule erwartet, aber jetzt war ich noch durchglüht von allem, was ich erlebt hatte, und das Echo der Beats tanzte durch meinen Kopf. Ich machte mich fertig fürs Bett und nahm mir die Hausaufgaben vor, konnte mich aber nicht konzentrieren und ließ es schließlich sein. Stattdessen räumte ich in der Mitte meines Zimmers Platz frei und übte den Crabwalk, bis meine Handflächen vom rauen Teppichboden aufgeschürft waren. Immer wieder fiel ich aufs Gesicht – *küsste den Boden*, wie mein Bruder sagte – und bekam es einfach nicht richtig hin. Ich würde noch eine Menge lernen müssen, bevor eine halbwegs anständige Breakdancerin aus mir werden würde, aber ich war noch nie vor harter Arbeit zurückgeschreckt, wenn ich etwas wirklich erreichen wollte.

9. KAPITEL

Der Kurs, den ich täglich in der zweiten Stunde hatte, hieß »Internationale Beziehungen«. Unser Lehrer war einer von diesen kreativen Querdenkern, die wild entschlossen sind, bei ihren Schülern etwas zu bewirken. Er war cooler als die meisten Lehrer, nur merkte man ihm eben sehr deutlich an, wie wichtig es ihm war, dass wir das auch fanden. Aber er war schon okay. Und das Einzige, was er von uns verlangte, war Mitarbeit im Unterricht.

Er schrieb keine Tests. Er gab uns keine Hausaufgaben auf.

Stattdessen mussten wir bei ihm über das aktuelle Tagesgeschehen diskutieren. Politik. Kontroverse Themen. Er wollte uns dazu bringen, unbequeme Fragen zu stellen und vor allem auch uns selbst und unsere Vorstellung von der Welt zu hinterfragen. In seinem Kurs sollten wir uns aktiv miteinander auseinandersetzen, während die übrigen Lehrer hauptsächlich Frontalunterricht machten. Wer sich weigerte, mitzuarbeiten und seine Meinung offen auszusprechen, würde – so kündigte er an – durchfallen.

89

Ich fand das Konzept ganz gut.

Bis dahin war der Kurs relativ dramafrei abgelaufen. Mr Jordan hatte es soft anfangen lassen. Als wir am zweiten Tag in seinen Raum kamen, hatte er die Tische so gestellt, dass wir in Vierergruppen zusammensaßen. Er meinte, wir sollten uns erst mal in einer kleineren Runde unterhalten, bevor wir aufs Ganze gingen. Nachdem wir dreißig Minuten intensiv diskutiert hatten, kam er zu uns und bat uns, für ihn zusammenzufassen, worüber wir gesprochen hatten.

»Schön, sehr schön«, sagte er dann. »Okay, und könnt ihr mir sagen, wie ihr heißt?«

Das war der Moment, in dem ich begann, ihn ernst zu nehmen. Das Krasse war, dass wir die ganze Zeit miteinander geredet hatten, aber nicht auf die Idee gekommen waren, uns nach unseren Namen zu fragen. Ich dachte, hey, der Typ hat möglicherweise echt was auf dem Kasten. Der ist vielleicht anders als die anderen. Vielleicht hat dieser Mr Jordan wirklich den Durchblick.

Heute fing mal wieder eine neue Woche an. Zeit für Veränderung.

Ich wollte gerade an meinen Platz gehen, als er meinen Namen rief.

»Shirin? Und du, Travis. Kommt ihr beide bitte mal zu mir nach vorn.«

Ich sah ihn verwundert an, aber er winkte mich nur zu sich. Ich ließ meinen Rucksack neben meinem Stuhl auf den Boden fallen und ging zögernd nach vorn. Ich schaute auf meine Füße, schaute zur Wand, war nervös.

Diesen Travis kannte ich nicht – er gehörte nicht zu meiner aktuellen Viererbande –, aber er verkörperte alles, was nach gängigen Klischees den typischen Highschool-Star ausmachte: Er war groß, sportlich, kräftig, blond und trug eine Collegejacke. Mir fiel auf, dass er sich genauso verlegen umschaute wie ich.

Mr Jordan lächelte.

»Heute gibt's mal ein kleines Experiment«, kündigte er an und klatschte in die Hände, bevor er sich wieder uns zuwandte. »Okay, ihr beiden.« Er drehte Travis und mich an den Schultern so hin, dass wir uns gegenüberstanden. »Nicht rumdrucksen. Ich möchte, dass ihr euch ins Gesicht seht.«

Könnte mich bitte jemand erschießen?

Ich sah Travis an – nicht, weil ich es wollte, sondern, um im Kurs nicht durchzufallen. Travis schien auch nicht gerade begeistert von der Idee, mich anzuschauen, und tat mir fast leid. Keiner von uns beiden hatte Lust, an diesem Experiment teilzunehmen, das sich unser durchgeknallter Lehrer für uns ausgedacht hatte.

»Also los, schaut euch an«, sagte Mr Jordan. »Ich will, dass ihr einander *seht*. Wirklich richtig seht. Schaut ihr euch an?«

Ich warf Mr Jordan kurz einen hasserfüllten Blick zu, schwieg aber.

»Okay.« Er grinste wie ein Irrer. »So, Travis«, sagte er dann. »Und jetzt möchte ich, dass du mir genau sagst, was dir durch den Kopf geht, wenn du Shirin anschaust.«

Ich verlor jegliches Gefühl in den Beinen.

Mir wurde schwindelig, und gleichzeitig kam es mir vor, als wäre ich am Boden festgewachsen. Panik stieg in mir auf und Wut – ich hatte das Gefühl, in eine Falle gelockt worden zu sein – und ich wusste nicht, wie ich mich verhalten sollte. Konnte ich mich zu meinem Lehrer drehen und sagen, dass er verrückt geworden war? Ohne Ärger zu bekommen, meine ich. Travis war rot angelaufen. »Ich ... äh ... äh ...« Er stammelte.

»Stichwort Ehrlichkeit«, sagte Mr Jordan. »Vergiss nicht, das ist das A und O. Ohne sie kommen wir niemals weiter. Ohne ehrliche Meinungsäußerungen können wir keine konstruktiven Diskussionen führen. Also, *sei ehrlich*. Sag offen, was du denkst, wenn du Shirin ins Gesicht siehst. Erster Eindruck. Frei von der Leber weg. Los, *los*.«

Innerlich schrie ich. Ich war wie gelähmt, weil ich mich so machtlos fühlte und gleichzeitig unerklärlicherweise auch schämte. Ich stand da und hasste mich selbst, während Travis nach Worten rang.

»Keine Ahnung«, sagte er schließlich. Er brachte es kaum über sich, mich anzusehen.

»Blödsinn«, sagte Mr Jordan, dessen Augen blitzten. »Das ist Blödsinn, Travis, und das weißt du genau. Sei *ehrlich*.«

Mein Atem ging so schwer, dass ich spürte, wie sich meine Brust hob und senkte. Ich sah Travis an, flehte ihn mit Blicken an, wegzugehen, mich in Ruhe zu lassen, aber Travis war viel zu sehr in seiner eigenen Panik verloren, um meine wahrzunehmen.

»Ich ... ich weiß nicht«, sagte er noch mal. »Wenn ich sie ansehe, sehe ich ... Ich sehe sie nicht.«

»Wie bitte?« Mr Jordan wieder. Er ging auf Travis zu und sah ihn prüfend an. »Was meinst du damit, dass du sie *nicht siehst*?«

»Ich meine ... dass ...« Travis seufzte. Sein Gesicht war inzwischen mit roten Stressflecken übersät. »Ich meine, sie ist nicht, also ... dass ich sie eben nicht sehe, meine ich. Für mich existiert sie irgendwie nicht. Wenn ich sie anschaue, sehe ich ... nichts.«

Die Demütigung traf mich wie ein Hieb. Meine Knie wurden weich. Wut flutete meinen Körper, und trotzdem fühlte ich mich kraftlos. Wie hohl. Tränen brannten hinter meinen Lidern. Ich kämpfte dagegen an.

Verzerrt hörte ich die triumphierenden Laute, die Mr Jordan von sich gab. Hörte, wie er begeistert in die Hände klatschte. Sah, wie er sich zu mir drehte – höchstwahrscheinlich, um sein idiotisches Experiment jetzt noch mal von meiner Warte aus zu wiederholen, aber ich sah ihn nur ausdruckslos an, das Gesicht starr.

Und dann drehte ich mich um und ging.

Auf dem Weg bückte ich mich nach meinem Rucksack und ging dann wie in Zeitlupe zur Tür. Ich fühlte mich, als wäre ich blind und taub, als würde ich mich durch Nebel bewegen, und wie jedes Mal, wenn so etwas in der Art passierte, wurde mir klar, dass ich längst nicht so stark war, wie ich immer hoffte.

Dass ich das alles immer noch zu nah an mich ranließ. Dass ich immer noch viel zu schwach und verletzlich war.

Ich wusste nicht, wo ich hingehen sollte. Wusste nur, dass ich wegmusste. Weg von hier, bevor ich vor der ganzen Klasse in Tränen ausbrach, Mr Jordan anbrüllte und von der Schule geschmissen wurde.

Ich stürmte blindlings durch die Schulflure, ohne zu wissen, wohin, bis mir einfiel, wo ich sein wollte: zu Hause. Um meinen Kopf frei zu kriegen, musste ich in eine andere Umgebung. Ich musste dringend eine Weile weg von all dem. Quer über den Hof flüchtete ich Richtung Parkplatz und wollte gerade zum Tor hinaus, als mich jemand am Arm fasste.

»Wahnsinn, hast du ein Tempo drauf …«

Ich wirbelte herum.

Ocean stand leicht vornübergebeugt, eine Hand aufs Knie gestützt, etwas außer Atem. »Ich hab dich gerufen«, sagte er. »Hast du mich nicht gehört?«

Was war hier los? Ich sah mich gehetzt nach allen Seiten um. Was machte dieser Ocean schon wieder hier?

»Sorry«, sagte ich. Ich zögerte. »Ich … äh … ich war in Gedanken.«

»Ja, klar. Verstehe ich.« Er richtete sich auf. »Mr Jordan ist ein Idiot. Echt. Was für ein Arschloch.«

»Woher weißt du, was bei Mr Jordan passiert ist?«, fragte ich entgeistert.

Ocean starrte mich an, als wäre er sich nicht sicher, ob ich die Frage ernst meinte. »Weil ich im selben Kurs bin?«, sagte er schließlich.

Ich blinzelte.

»Im Ernst jetzt?«, sagte er. »Du hast nicht mitgekriegt, dass ich in deinem Kurs bin?« Er lachte, aber es klang traurig. Er schüttelte den Kopf. »Wow.«

Ich begriff immer noch nicht. Das war alles zu viel – zu viel auf einmal. »Bist du gerade aus einem anderen Kurs zu uns rübergewechselt?«, fragte ich. »Oder warst du schon die ganze Zeit da?«

Ocean sah mich nur an.

»Entschuldige«, sagte ich und meinte es auch so. »Ich hab dich nicht absichtlich ignoriert. Ich ... ich schaue mir die Leute um mich herum nur meistens nicht an.«

»Ja«, sagte er und lachte wieder. »Ich weiß.«

Ich zog die Augenbrauen hoch.

Er seufzte. »Aber, hey – wie geht's dir? Alles okay? Ich war selbst total geschockt, dass er dir das angetan hat.«

»Ja.« Ich schaute weg. »Dieser Travis tut mir ein bisschen leid.«

Ocean schnaubte ungläubig. »Travis wird schon drüber hinwegkommen.«

»Ja.«

»Alles okay, oder möchtest du, dass ich zurückgehe und ihm eine reinschlage?«

Ich sah ihn überrascht an. Wann war Ocean denn zu einem Jungen geworden, der bereit war, meine Ehre zu verteidigen? Wann war ich zu einem Mädchen geworden, für das er so etwas tun würde? Ich hatte doch kaum mit ihm geredet und wenn, dann nur über Belanglosigkeiten. Und letzte Woche in Bio hatte er praktisch kein Wort mehr zu mir gesagt. Mir wurde endgültig klar, dass ich ihn wirklich kein bisschen kannte.

»Alles okay«, sagte ich. Natürlich war nichts okay, aber ich wusste nicht, was ich sonst sagen sollte. Ich wollte einfach nur gehen. Erst als er sagte: »Gute Idee, lass uns gehen«, merkte ich, dass ich gerade laut gesprochen hatte.

95

»Was?« Mir entfuhr ein ungläubiges Lachen. »Meinst du das ernst?«

»Du willst doch schwänzen, oder?«

Ich nickte.

»Na ja«, sagte er achselzuckend. »Ich geh mit.«

»Das musst du nicht machen.«

»Ich weiß, dass ich das nicht machen *muss*«, sagte er. »Ich würde aber gern. Ist das okay?«

Ich sah ihn an.

Sah ihn und seine von Natur aus völlig unkompliziert und weich fallenden braunen Haare an. Seinen kuscheligen blauen Pulli und die dunkle Jeans. Seine sehr weißen Sneakers. Während er auf meine Antwort wartete, blinzelte er gegen das grelle Sonnenlicht an und zog schließlich eine Sonnenbrille aus der Tasche, die er sich aufsetzte. Es war eine schöne Brille. Sie stand ihm gut.

»Ja«, sagte ich leise. »Das ist okay.«

10. KAPITEL

Wir machten uns zu Fuß auf den Weg zum *International House of Pancakes*.

Das *IHOP* war nicht so weit von der Schule entfernt und ein relativ neutraler Ort, an dem wir für wenig Geld etwas zu essen und einen Tapetenwechsel bekommen konnten. Aber als wir uns in einer der Nischen gegenübersaßen, hatte ich plötzlich keine Ahnung, was ich eigentlich hier machte. Was *wir* hier machten.

Ich sah Ocean an und überlegte, was ich sagen oder wie ich es sagen könnte, als ihm anscheinend plötzlich einfiel, dass er noch seine Sonnenbrille aufhatte.

»Ach so, ja ...«, murmelte er.

Und er setzte die Brille ab.

Es war eine ganz normale Geste. Total beiläufig. Vollkommen unspektakulär. Die Welt hörte nicht auf, sich zu drehen. Die Vögel begannen nicht zu zwitschern. Ich hatte Oceans Augen schon öfter gesehen. Und trotzdem war es, als würde ich sie in diesem Moment zum allerersten Mal sehen. Und aus irgendeinem Grund konnte ich danach nicht mehr aufhören, ihn anzuschauen. Etwas flatterte gegen mein Herz, und ich spüre, wie sich in meiner Rüstung Risse auftaten.

Er hatte wirklich schöne Augen.

Blau-braun gefleckt, eine ungewöhnliche Mischung, die einen einzigartigen Grauton ergab. Das war mir nie aufgefallen. Was vielleicht daran lag, dass er mich noch nie so angeschaut hatte wie jetzt. Nicht so direkt. Nicht mit einem Lächeln. Einem richtigen Lächeln. Mir wurde auf einmal bewusst, dass Ocean mich bis dahin tatsächlich nie so angelächelt hatte wie jetzt. Er hatte gelächelt, das schon, aber eher besorgt oder verwirrt, da war immer auch ein anderes Gefühl beigemischt gewesen. Aber aus irgendeinem Grund lächelte er mich jetzt hier in der speckigen Kunstledersitznische des *IHOP* an, als gäbe es etwas zu feiern.

»Was ist?«, fragte er.

Ich blinzelte ertappt. Verlegen. Schaute auf die Speisekarte und sagte sehr leise: »Nichts.«

»Warum hast du mich gerade so angesehen?«

»Hab ich gar nicht.« Ich hielt mir die Karte dichter vors Gesicht.

Ein paar Sekunden schwiegen wir beide.

»Du warst am Wochenende gar nicht mehr online«, sagte er.

»Ja.«

»Warum nicht?«, fragte er. Dann beugte er sich vor und drückte die Speisekarte sanft ein paar Zentimeter runter, so dass ich ihn ansehen musste.

O Gott.

Ich sah sein Gesicht, sah es zum ersten Mal, so wie es war, und konnte es nie mehr ungesehen machen. O Gott, dachte ich, kann mich bitte jemand vor mir selbst retten? In dem Moment war klar, dass ich sein Gesicht nie mehr nicht sehen können würde. Was war nur los? Warum fand ich ihn plötzlich so schön?

Warum?

Tief in meinem Inneren streckte ich suchend die Hände aus nach etwas, an dem ich mich festhalten konnte, einer Wand, meiner alten Rüstung, irgendetwas, das mich vor der Gefahr schützen konnte, die drohte, weil da ein Junge war, der mir viel zu gut gefiel, und weil mein Kopf deswegen verrücktspielte – aber es half nichts, weil er mich weiter ansah.

»Ich hatte zu tun«, sagte ich, was sich irgendwie komisch anhörte.

»Ah ja.« Er lehnte sich zurück. Seine Miene war undurchdringlich. Er griff nach der zweiten Speisekarte, sein Blick wanderte über die endlose Auswahl.

Und dann, keine Ahnung, ertrug ich es einfach nicht mehr.

»Was willst du eigentlich von mir?«, fragte ich.

Die Frage stand plötzlich im Raum. Ich hatte sie atemlos und fast ein bisschen wütend herausgeschleudert. Ich verstand ihn nicht, mir gefiel nicht, was mit meinem Herz passierte, wenn er in der Nähe war, ich mochte nicht, dass ich nicht wusste, was er dachte. Ich war verwirrt, und das brachte mich aus dem Gleichgewicht und lenkte mich von meinem Kurs ab, und deshalb musste ich das jetzt ein für alle Mal klären.

Ich konnte nicht anders.

Ocean setzte sich überrascht auf und legte die Karte auf den Tisch. »Was meinst du?«

»Ich meine ...« Ich schaute zur Decke und biss mir auf die Unterlippe. »Ich meine, dass ich nicht verstehe, was das alles soll. Warum bist du die ganze Zeit so nett zu mir? Warum läufst du mir hinterher, wenn ich aus dem Kursraum gehe? Warum fragst du, ob du zum Essen zu uns nach Hause kommen kannst?«

»Ach ja, stimmt. Hast du deine Eltern inzwischen mal ...?«

»Ich verstehe das nicht«, unterbrach ich ihn. Mein Gesicht wurde heiß. »Was willst du von mir?«

Seine Augen weiteten sich. »Ich will nichts von dir.«

Ich schluckte trocken. Schaute weg. »Das ist nicht normal, Ocean.«

»Was ist nicht normal?«

»Das«, sagte ich und deutete zwischen mir und ihm hin und her. »Das *hier*. Das ist nicht normal. Jungs wie du reden nicht mit Mädchen wie mir.«

»Mädchen wie dir?«

»Ja«, sagte ich. »Mädchen wie mir.« Ich verengte die Augen. »Bitte tu nicht so, als wüsstest du nicht, wovon ich rede, okay? Ich bin nicht blöd.«

Er starrte mich an.

»Ich will einfach nur wissen, was hier läuft«, sagte ich. »Ich verstehe nicht, warum du so krampfhaft versuchst, dich mit mir anzufreunden. Ich verstehe nicht, warum du ständig in meiner Nähe auftauchst. Ich meine ... Tue ich dir leid oder was?«

Er hob die Augenbrauen. »Wow.«

»Wenn du nämlich nur deswegen so nett zu mir bist, weil ich dir leidtue, dann spar dir das bitte.«

Er lächelte in sich hinein. »Du verstehst es nicht«, sagte er. Und das war keine Frage.

»Stimmt, ich verstehe es nicht. Ich versuche, es zu verstehen, aber ich verstehe es nicht, und das macht mir Angst.«

Er lachte kurz auf. »Warum macht dir das Angst?«

»Weil es eben so ist.«

»Okay.«

»Weißt du was?« Ich schüttelte den Kopf. »Vergiss es. Ich glaube, ich gehe jetzt besser.«

»Geh ...« Ocean seufzte. »Geh nicht.« Er fuhr sich durch die Haare. »O Mann«, murmelte er und dann: »Ich finde dich einfach ziemlich cool, okay?« Er sah mich an. »Ist das so schwer zu glauben?«

»Irgendwie schon.«

»Und außerdem finde ich dich auch noch verdammt schön, aber du gibst einem ja keine Chance, dir so was zu sagen.«

Ich war mir sicher, dass mein Herz gerade aufgehört hatte zu schlagen. Vom Verstand her wusste ich, dass das unmöglich war, aber exakt so fühlte es sich an.

Ich war nur ein einziges Mal in meinem Leben von jemandem annähernd als so etwas wie schön bezeichnet worden. In der achten Klasse hatte ich zufälligerweise mitbekommen, wie eine Mitschülerin einer anderen erklärte,

101

sie könnte mich nicht leiden, weil ich eins von diesen Mädchen sei, die hübsch wären, aber fies. Ihr Ton war so verächtlich gewesen, dass ich ihr sogar abgenommen hatte, dass sie mich wirklich hübsch fand.

Das war das Tollste gewesen, was ich jemals über mein Aussehen gehört hatte. Seitdem hatte ich mich oft gefragt, ob ich vielleicht tatsächlich hübsch war, aber außer meiner Mutter hatte nie irgendjemand etwas in der Richtung gesagt.

Bis jetzt ...

Mir fehlten die Worte.

»Oh«, war alles, was ich herausbrachte. Mein Gesicht fühlte sich an, als würde es brennen.

»Ja«, sagte Ocean. Ich schaute ihn zwar nicht an, aber ich hörte, dass er lächelte. »Verstehst du es jetzt?«

»Vielleicht«, sagte ich.

Und dann bestellten wir Pancakes.

11. KAPITEL

Während des Essens redeten wir ausschließlich über Belanglosigkeiten. Um genau zu sein, schalteten wir sogar so abrupt in einen oberflächlichen Smalltalk-Modus, dass ich mich später beim Rausgehen fragte, ob ich mir womöglich nur eingebildet hatte, dass er mich als schön bezeichnet hatte.

Ich glaube, es lag an mir. Nachdem er das gesagt hatte, war ich total verkrampft. Erst hatte ich ihn so in die Ecke gedrängt, dass ihm praktisch gar nichts anderes übriggeblieben war, als ehrlich zu antworten. Aber dann hatte er mich mit seiner Antwort völlig aus dem Konzept gebracht, weil sie anders ausgefallen war, als ich erwartet hatte. Ich wusste nicht, was ich damit anfangen sollte.

Plötzlich fühlte ich mich sehr verletzlich.

Also hatten wir uns hauptsächlich über Filme unterhalten. Welche wir gesehen hatten und welche nicht ... Das war okay, aber auch ein bisschen langweilig. Ich glaube, wir waren beide erleichtert, als wir aufgegessen hatten und gehen

103

konnten. Das gab uns eine Möglichkeit, die Peinlichkeit abzuschütteln.

»Weißt du, wie viel Uhr es ist?«, fragte ich. Wir gingen schweigend nebeneinander her in keine bestimmte Richtung.

Ocean schaute auf seine Armbanduhr. »Die dritte Stunde ist gleich vorbei.«

Ich seufzte. »Wahrscheinlich sollten wir zurück, oder?«

»Ja.«

»So viel zum Schwänzen.«

Ocean blieb stehen und berührte mich am Arm. Sagte meinen Namen.

Ich schaute zu ihm auf.

Er war ein ganzes Stück größer als ich, und ich hatte noch nie so zu ihm aufgesehen. Ich stand in seinem Schatten, ihm gegenüber auf dem Gehweg. Wir waren uns ziemlich nah. Er roch gut.

Mein Herz klopfte wieder komisch.

Sein Blick war irgendwie beunruhigt. Er öffnete den Mund, um etwas zu sagen, und schien es sich dann doch anders zu überlegen. Er schaute weg.

»Was ist?«, fragte ich.

Er schüttelte den Kopf. Lächelte mich aus dem Augenwinkel an, aber nur ganz kurz. »Nichts. Egal.«

Sein Zögern ließ mich denken, dass ich es vielleicht lieber auch gar nicht wissen wollte. Also wechselte ich das Thema.

»Seit wann wohnst du eigentlich schon hier?«

Zu meiner Überraschung lächelte Ocean. Es sah aus, als

hätte er die Frage nicht erwartet, würde sich aber darüber freuen, dass ich sie stellte. »Schon immer«, sagte er. Und dann: »Na ja, ich war sechs, als wir hergezogen sind, aber das ist ja praktisch seit immer.«

»Wow«, sagte ich. Flüsterte es fast. Er hatte in einem Satz genau das beschrieben, wovon ich immer träumte. »Es muss echt schön sein, wenn man schon so lange an einem Ort lebt.«

Wir gingen weiter.

Ocean streckte sich, um ein Blatt von einem Ast zu reißen, unter dem wir hindurchliefen. »Es ist okay«, sagte er achsel-zuckend und drehte das Blatt zwischen den Fingern. »Auf Dauer kann es aber auch ziemlich öde werden.«

»Das kann ich mir gar nicht vorstellen«, sagte ich. »Für mich hört sich das toll an. Bestimmt kennst du alle eure Nachbarn und warst immer schon mit denselben Leuten in der Schule.«

»Immer mit denselben. Ja.« Er nickte. »Was ganz schön schnell ganz schön langweilig wird, glaub mir. Ich kann es echt nicht erwarten, endlich von hier wegzukommen.«

»Ja?« Ich sah ihn an. »Warum?«

Er ließ das Blatt fallen und schob die Hände in die Jeans. »Es gibt so viel, was ich gern machen würde«, sagte er. »So viel, was ich sehen will. Ich hab keine Lust, in diesem Kaff zu versauern. Ich will in einer Großstadt leben. Reisen. Ich bin noch nie in einem anderen Land gewesen.« Er sah mich an. »Verstehst du nicht, dass ich wegwill?«

Ich lächelte leicht. »Na ja, nicht so wirklich«, sagte ich. »Ich bin schon oft genug woanders gewesen. Ich wünsche

105

mir, endlich mal irgendwo anzukommen. Ein richtiges Zuhause zu haben. Alt zu werden.«

»Du bist *sechzehn*.«

»Im Herzen bin ich ein fünfundsiebzigjähriger alter Mann.«

»O Gott, hoffentlich nicht.«

»Als ich acht war«, erzählte ich, »wollten meine Eltern in den Iran zurück. Sie haben unser ganzes Zeug zusammengepackt, haben das Haus verkauft und sind rüber.« Ich rückte den Riemen meines Rucksacks auf der Schulter zurecht. Seufzte. »Es hat nicht funktioniert. Wir waren schon zu amerikanisch geworden. Es hatte sich zu viel verändert. Aber ich habe damals ein halbes Jahr im Iran gelebt, teilweise in der Hauptstadt, ein paar Monate auch auf dem Land. In Teheran war ich auf der internationalen Schule, wo alle stinkreichen Diplomatenschnöselkinder waren. Ich fand sie furchtbar und habe meine Mutter jeden Morgen heulend angebettelt, ob ich nicht zu Hause bleiben kann. Dann sind wir in einen kleinen Ort im Norden gezogen, in die Nähe vom Kaspischen Meer. Dort bin ich mit den anderen Kindern aus dem Dorf in eine Schule gegangen, die aus einem einzigen Klassenzimmer bestand. Wie bei *Anne auf Green Gables*. Von den insgesamt zwölf Schulen, auf denen ich seitdem gewesen bin, fand ich es auf dieser Minischule am schönsten.« Ich lachte. »Die anderen Kinder haben mich in der Pause immer belagert und wollten, dass ich was auf Englisch sage. Die fanden alles cool, was irgendwie mit Amerika zu tun hatte«, sagte ich. »Ich war davor und danach auf keiner Schule mehr so beliebt.« Ich lachte wieder und drehte mich

106

zu Ocean. Aber er war stehen geblieben, und ich konnte seinen Gesichtsausdruck nicht deuten.

»Was?«, fragte ich. »Zu merkwürdig?«

Er warf mir einen ungläubigen Blick zu. »Wie bitte? Erstens, nein! Ich finde das kein bisschen merkwürdig«, sagte er. »Und zweitens fände ich es echt gut, wenn du damit aufhören würdest, die ganze Zeit so was zu sagen. Ich verstehe nicht, warum du immer damit rechnest, mir könnte plötzlich auffallen, dass du total merkwürdig bist und ich Angst vor dir haben muss. Das wird nämlich nicht passieren. Okay? Es ist mir ganz ehrlich total egal, ob du Kopftuch trägst oder nicht. Ist es wirklich. Also jedenfalls ...« Er zögerte. »Solange du es machst, weil du es willst.« Er schwieg abwartend.

Ich sah ihn verwirrt an.

»Ich meine«, sagte er. »Es ist nicht so, dass du von deinen Eltern gezwungen wirst, das Kopftuch zu tragen, oder?«

»Wie bitte?« Ich runzelte die Stirn. »Nein! Klar finde ich es nicht toll, wie die Leute mich behandeln, bloß weil ich Kopftuch trage, und klar hab ich mich manchmal gefragt, ob ich es nicht abnehmen sollte, aber ... Nein.« Ich ließ den Blick an ihm vorbei in die Ferne wandern. »Mal abgesehen davon, dass ich mir deswegen jeden Tag blöde Sprüche anhören muss, mag ich das Kopftuch. Ich fühl mich wohler, wenn ich es trage.«

»Und warum?«

Jetzt blieben wir endgültig stehen. Und so kam es, dass ich mitten auf dem Gehweg neben einer ziemlich stark befahrenen Straße eines der persönlichsten Gespräche führte, das ich jemals mit einem Jungen hatte.

»Na ja, wie soll ich das erklären ...?« Ich überlegte. »Mit dem Kopftuch habe ich die Kontrolle, verstehst du? Ich kann bestimmen, wer mich sieht. Wie andere mich sehen. Ich glaube nicht, dass es was für jeden ist«, sagte ich achselzuckend. »Ich kenne Mädchen, die gezwungen werden, Kopftuch zu tragen, und es hassen. Das ist total schlimm. Natürlich bin ich nicht der Meinung, dass Mädchen oder Frauen, die das nicht wollen, mit Kopftuch rumlaufen sollten. Aber ich persönlich finde es gut«, sagte ich. »Ich finde es gut, dass du mich erst um Erlaubnis fragen musst, wenn du meine Haare sehen willst.«

Oceans Augen weiteten sich. »Darf ich deine Haare sehen?«

»Nein.«

Er lachte laut auf. Schaute weg. Sagte: »Okay.« Und dann schob er leise hinterher: »Ich sehe sie aber auch so ein bisschen.«

Ich schaute ihn verblüfft an.

Ich schlang mir den Schal immer so locker um den Kopf, dass manchmal meine Haare hervorblitzten, woraus manche Leute ein Riesenthema machten. Als müssten sie mich darauf aufmerksam machen, weil die paar Zentimeter sichtbarer Haaransatz ja den ganzen Sinn des Kopftuchs zunichtemachen würden. Ich fand das absurd. Total übertrieben.

»Ja«, sagte ich. »Deswegen das Kopftuch. Mehr braucht es nämlich meistens nicht. Wenn Männer einen kurzen Blick auf meine Haare zu sehen kriegen, dann ...«, ich öffnete die Hand und deutete eine Explosion an, »... *wumm*. Ist es um sie geschehen. Sie werfen sich vor mir auf die Knie, und ich kann mich vor Heiratsanträgen nicht retten.«

Ocean sah mich mit zusammengezogenen Brauen an, sagte einen Moment lang nichts und dann ...

»Okay. Verstehe. Das war ein Witz.«

»Äh. Ja?«, sagte ich. »Ein Superwitz.«

Wir standen immer noch auf dem Gehweg.

»Du gibst mir also zu verstehen, dass das, was ich eben gesagt habe, bescheuert war, ja? Ich glaub, so weit hab ich es verstanden.«

»Ja, genau«, sagte ich. »Entschuldige. Normalerweise bin ich direkter.«

Jetzt lachte er. Schaute weg, schaute mich wieder an. »Mache ich dadurch alles nur noch merkwürdiger?«, fragte er. »Soll ich lieber keine Fragen stellen?«

»Nein, nein.« Ich schüttelte den Kopf und lächelte sogar. »Mir stellt nie jemand irgendwelche Fragen zu solchen Sachen. Ich finde es gut, dass du das machst. Die meisten Leute bilden sich ein, sie wüssten sowieso, was ich denke.«

»Ich habe keine Ahnung, was du denkst. Und zwar wirklich *nie*.«

»Jetzt gerade«, sagte ich, »denke ich, dass du viel mutiger bist, als ich gedacht hätte. Ich bin ziemlich beeindruckt.«

»Moment mal. Moment. Wieso mutiger, als du *dachtest*?«

Ich konnte nichts dagegen tun, dass ich laut lachen musste. »Na ja, keine Ahnung ... Als wir das erste Mal miteinander zu tun hatten, hast du so zurückhaltend gewirkt«, sagte ich. »Fast eingeschüchtert.«

109

»Du musst zugeben, dass du einem schon auch Angst machen kannst.«

»Ja«, sagte ich und mein Lächeln erstarb. »Das hab ich auch schon gehört.«

»Aber nicht wegen deinem Kopftuch«, er lachte, »oder wegen deiner Religion. Ich glaube nur, dass du keine Ahnung hast, wie andere Leute dich sehen.«

Ich zog eine Augenbraue hoch. »Ich bin mir ziemlich sicher, dass ich weiß, wie die anderen mich sehen.«

»Bei manchen weißt du es vielleicht«, sagte Ocean. »Ja klar. Ich bezweifle keine Sekunde, dass es superfiese Arschlöcher auf der Welt gibt. Aber es gibt eben auch eine Menge anderer Leute, die dich vielleicht einfach nur anschauen, weil sie dich interessant finden.«

»Ich will aber nicht *interessant* für andere sein«, sagte ich. »Ich bin nicht dazu da, die Phantasie irgendwelcher fremder Menschen anzuregen. Ich versuche nur, mein Leben zu leben. Ich will, dass sich die Leute um mich rum normal verhalten.«

Ocean lachte auf, aber nur einmal. Er sah mich nicht an, als er sagte: »Ich hab keine Ahnung, wie irgendjemand es schaffen soll, sich in deiner Gegenwart normal zu verhalten. Das schaffe ja nicht mal ich.«

»Wie bitte? Wieso nicht?«

»Weil du wirklich was Einschüchterndes an dir hast«, sagte er. »Und das kriegst du gar nicht mit. Du schaust keinen an, du redest mit niemandem, du wirkst, als würde dich nichts von dem interessieren, was die meisten anderen Jugendlichen interessiert. Ich meine, hey ... du tauchst an unserer

Schule auf, siehst aus, als wärst du irgendeiner Modezeitschrift entsprungen, und dann denkst du, die Leute würden dich anstarren, weil sie irgendwas in den Fernsehnachrichten gesehen haben?«

Ich war plötzlich sprachlos.

Mein Herzschlag beschleunigte sich erst und verlangsamte sich dann. Ich wusste nicht, was ich sagen sollte, und Ocean schaute mich nicht an.

»Sag mal, stimmt das echt?« Er räusperte sich, und ich bemerkte, dass sich seine Ohren leicht rosa verfärbten. »Du warst auf zwölf verschiedenen Schulen?«

Ich nickte.

»Krass.«

»Ja«, sagte ich. »Das war schlimm. Ist es immer noch.«

»Tut mir leid für dich.«

»Also jetzt *in diesem Moment* nicht«, sagte ich und schaute auf unsere Schuhe. »Jetzt gerade finde ich es nicht so schlimm.«

»Nein?«

Ich hob den Blick. Er lächelte mich an.

»Nein«, sagte ich. »Gerade ist es sogar überhaupt nicht schlimm.«

111

12. KAPITEL

Als es zur Mittagspause klingelte, trennten wir uns.

Ich denke, Ocean wäre bei mir geblieben, wenn ich ihn darum gebeten hätte, aber das tat ich nicht. Ich wusste nicht, wie er die Pause normalerweise verbrachte, ob er vielleicht mit irgendwem verabredet war und ob ich überhaupt schon so weit war, so viel über ihn erfahren zu wollen. Im Moment wollte ich vor allem meine Ruhe, um unser Gespräch von eben verarbeiten zu können. Um zu überlegen, ob ich weiterhin in Mr Jordans Kurs bleiben wollte. Ich brauchte Zeit für mich, um meine Gedanken zu sortieren. Weil ich bei *IHOP* einen Stapel Pancakes gegessen hatte, war ich nicht mehr hungrig und ging direkt zu meinem Baum.

Mit diesem Baum hatte ich die Lösung für das Problem meiner einsamen Mittagspausen gefunden. Auf Dauer war es mir zu blöd gewesen, auf der Toilette oder in der Bibliothek zu hocken, und dadurch, dass sich die anderen Schüler mittlerweile an meinen Anblick gewöhnt hatten, kam ich

113

mir auch nicht mehr so bescheuert vor, wenn ich allein irgendwo saß. Auf dem Schulgelände gab es ein paar Rasenflächen, und irgendwann hatte ich diesen Baum entdeckt, unter den ich mich in der Pause setzen konnte. Wenn ich Hunger hatte, aß ich etwas, aber meistens lehnte ich am Stamm und schrieb in mein Tagebuch oder las ein Buch. Heute war ich später dran als sonst.

Und der Platz unter meinem Baum war besetzt.

Ich war, wie ich es mir angewöhnt hatte, mit gesenktem Kopf unterwegs gewesen und so tief in Gedanken versunken, dass ich den Jungen, der dort saß, nicht bemerkte und fast in ihn reingelaufen wäre.

»Hey!«

»Oh.« Ich trat erschrocken einen Schritt rückwärts. »O Gott. Entschuldige.«

Er sprang auf, und ich kippte fast hintenüber, als ich ihm ins Gesicht schaute. Er war ... wow ... wahrscheinlich war er der hübscheste Junge, den ich jemals gesehen hatte. Warme braune Haut, haselnussbraune Augen, eindeutig aus dem Nahen Osten. Dafür hatte ich einen sechsten Sinn. Außerdem war er garantiert älter als ich, vermutlich eher im Alter meines Bruders.

»Hi«, sagte ich.

»Hey.« Er musterte mich neugierig. »Bist du neu hier?«

»Ja. Seit diesem Jahr.«

»Wow, cool«, sagte er. »Wir kriegen hier in der Gegend nicht so viele *Hidschabis* zu sehen. Ganz schön mutig von dir.« Er deutete mit dem Kinn auf mein Kopftuch.

Hidschab war das arabische Wort für Kopftuch, und als

114

Hidschabis bezeichnete man umgangssprachlich Mädchen und Frauen, die es trugen.

»Bist du Muslim?«, fragte ich.

Er nickte. »Hey, du hättest mich eben fast umgerannt.«

»Ach so, ja.« Plötzlich war ich wieder verlegen. »Das ist normalerweise mein Platz. Ich sitze in der Pause immer hier. Ich hab dich einfach nicht gesehen.«

»Okay, entschuldige.« Er schaute zum Baum. »Mir war nicht klar, dass der Platz reserviert ist. Ich wollte nur schnell irgendwo in Ruhe Hausaufgaben machen.«

»Die Bibliothek eignet sich für so was eigentlich ganz gut«, sagte ich.

Er lachte, ging aber nicht darauf ein, warum er sich nicht in die Bibliothek gesetzt hatte. Stattdessen fragte er: »Bist du Syrerin?«

Ich schüttelte den Kopf.

»Türkin?«

Wieder schüttelte ich den Kopf. Das passierte mir oft. Anscheinend war mein Aussehen so uneindeutig, dass die Leute nicht wussten, wo auf der Landkarte sie mich einordnen sollten. »Ich bin Perserin.«

»Oh«, sagte er und zog die Augenbrauen hoch, als würde ihm jetzt einiges klar. »Cool, cool. Ich bin Libanese.«

Ich nickte, war aber nicht überrascht. Meiner Erfahrung nach kamen die hübschesten Jungs aus dem Nahen Osten immer aus dem Libanon.

»Tja, dann.« Er holte tief Luft. »War sehr nett, dich kennenzulernen.«

»Fand ich auch«, sagte ich. »Ich heiße Shirin.«

115

»Shirin«, wiederholte er lächelnd. »Schöner Name. Wir ... sehen uns hoffentlich irgendwann mal wieder. Ich bin Yusef.«

»Okay«, sagte ich, was irgendwie bescheuert klang, mir in dem Augenblick aber nicht weiter auffiel. »Bis dann.«

Er hob die Hand und ging davon. Ich schäme mich nicht zuzugeben, dass ich ihm hinterhersah. Er hatte ein ziemlich enges Shirt an, unter dem sich deutlich sein durchtrainierter Körper abzeichnete. Noch mal: wow.

Langsam begann mir diese Schule Spaß zu machen.

Bio war immer der letzte Kurs des Schultags. Ich ließ meinen Rucksack an meinen Platz fallen, setzte mich und sah mich im Klassenzimmer um. Zu meiner Überraschung war Ocean nicht da und tauchte auch nicht mehr auf. Es fiel mir schwer, mich auf den Unterrichtsstoff zu konzentrieren, und als wir an unsere Laborplätze geschickt wurden, schnippelte ich zerstreut an der schwabbeligen Katze herum und fragte mich die ganze Zeit, wo er war. Kurz machte ich mir sogar Sorgen, ob womöglich irgendwas passiert war. Aber ich konnte jetzt erst mal sowieso nichts tun.

Als es klingelte, ging ich auf direktem Weg zum Training in die Sporthalle.

»Ich hab gehört, du bist heute aus dem Unterricht abgehauen«, war das Erste, was mein Bruder zu mir sagte.

Shit.

Das hatte ich inzwischen fast schon vergessen. »Von wem weißt du das?«

»Von Mr Jordan.«

»Was?« Wieder stieg eine Welle der Wut in mir hoch. »Wieso? Woher kennt der dich überhaupt?«

Navid schüttelte nur grinsend den Kopf. »Woher? Mr Jordan ist der Lehrer, der unsere Breakdance-AG betreut.«

»Das war ja klar.« Natürlich hatte Mr Ich-bin-ja-so-ein-cooler-Lehrer Jordan sofort die Chance ergriffen, die Breakdancer unter seine Fittiche zu nehmen. Logisch.

»Er hat sich Sorgen um dich gemacht. Du wärst während des Unterrichts wegen irgendwas ausgeflippt und dann ohne ein Wort aus dem Raum gerannt.« Navid betrachtete mich prüfend. »Er hat gesagt, dass du mit irgendeinem Typen aus dem Kurs verschwunden bist.«

»Wie bitte?«, sagte ich gereizt. »Erstens bin ich nicht aus dem Raum *gerannt*. Und zweitens bin ich nicht *mit* einem Typen verschwunden. Er ist mir hinterhergegangen.«

»Wie auch immer«, sagte Navid. »Was ist los? Du schwänzt die Schule? Hängst mit irgendeinem Typen ab? Muss ich morgen irgendwen verprügeln?«

Ich verdrehte die Augen. Carlos, Bijan und Jacobi hörten uns interessiert zu, und das nervte mich. »Mr Jordan hat die volle Arschlochnummer abgezogen«, sagte ich. »Er hat mich und einen Jungen aus dem Kurs gezwungen, uns vor die Klasse hinzustellen. Wir sollten uns ins Gesicht sehen, und dann wollte er, dass der Typ laut ausspricht, was ihm durch den Kopf geht, wenn er mich anschaut.«

»Und?« Mein Bruder verschränkte die Arme. »Was war daran so schlimm?«

Ich sah ihn entgeistert an. »Was daran schlimm war? Was

glaubst du, wie das für mich war? Das war total erniedrigend.«

Navid ließ die Arme sinken. »Wieso erniedrigend?«

»Es war schrecklich. Der Typ hat gesagt, dass er nichts sieht, wenn er mich anschaut. Dass ich für ihn praktisch nicht existiere.« Ich winkte frustriert ab. »Vergiss es. Wenn ich es so erzähle, hört es sich kindisch an, das ist mir auch klar, aber in dem Moment war es wirklich schlimm für mich. Deswegen bin ich gegangen.«

»Verdammt«, sagte Navid leise. »Das heißt, dass ich morgen wirklich jemanden verprügeln muss.«

»Du musst überhaupt niemanden verprügeln«, sagte ich müde und setzte mich auf den Boden. »Alles okay. Aber es könnte sein, dass ich aus dem Kurs von Jordan rausgehe. Ich kann noch wechseln.«

»Das glaube ich nicht.« Navid schüttelte den Kopf. »Ich bin mir ziemlich sicher, dass die Frist schon vorbei ist. Du kannst den Kurs ganz sausen lassen, aber das steht dann in deinem Zeugnis und ...«

»Mein Zeugnis ist mir scheißegal«, stieß ich wütend hervor.

»Okay.« Navid hob beide Hände. »Okay.« Er sah mich fünf Sekunden lang wirklich mitfühlend an, dann runzelte er plötzlich die Stirn. »Moment mal. Was ich nicht verstehe ... warum bist du mit einem Typen aus dem Kurs raus, der denkt, dass du nicht existierst?«

Ich schüttelte den Kopf. Seufzte. »Anderer Typ«, sagte ich.

Mein Bruder zog die Augenbrauen hoch. »Anderer Typ?«

Er sah seine Freunde an. »Habt ihr das gehört? Sie sagt, es war ein *anderer* Typ.«

Carlos lachte.

»Die lieben Kleinen werden so schnell erwachsen«, sagte Jacobi.

Bijan grinste mich an. »Hey, hey.«

»O mein Gott«, sagte ich und kniff die Augen zu. »Hört auf damit. Ihr seid echt lächerlich.«

»Also, wer ist dieser andere Typ?«, fragte mein Bruder. »Hat er einen Namen?«

Ich öffnete die Augen. Sah ihn fest an. »Nein.«

Navid stand mit offenem Mund da. Halb grinsend, halb überrascht. »Okay«, sagte er. »*Okay*. Du stehst auf ihn.«

»Ich stehe nicht auf ihn«, fauchte ich. »Ich will nur, dass ihr ihn in Ruhe lasst.«

»Warum sollten wir ihn nicht in Ruhe lassen?« Mein Bruder lächelte immer noch.

»Können wir vielleicht mit dem Training anfangen? Bitte?«

»Erst wenn du mir gesagt hast, wie er heißt.«

Ich seufzte. Weil ich wusste, dass ich die Situation nur schlimmer machen würde, wenn ich weiter schwieg, gab ich nach. »Er heißt Ocean.«

»Ocean?«, wiederholte Navid. »Was soll das für ein Name sein?«

»Es gibt Leute, die fragen sich das Gleiche bei deinem Namen.«

»Kann sein«, sagte er. »Aber mein Name ist toll.«

»Egal«, sagte ich. »Ocean kenne ich, weil er in einem anderen Kurs mein Laborpartner ist. Er fand es eben auch blöd von Mr Jordan, mich in so eine beschissene Situation gebracht zu haben.«

Mein Bruder wirkte immer noch skeptisch, hakte aber nicht weiter nach. Ich spürte, dass seine Gedanken schon wieder woanders waren, dass er das Interesse an diesem Gespräch verlor, und das machte mich plötzlich unruhig. Es gab da nämlich etwas, was ich ihn fragen wollte. Etwas, was mir den ganzen Tag keine Ruhe gelassen hatte. Ich hatte stundenlang hin und her überlegt, wie ich das Thema ansprechen sollte, und dann platzte ich einfach unvermittelt damit heraus, wodurch es sich natürlich noch dämlicher anhörte.

»Navid?«, sagte ich leise.

Er hatte sich gerade abgewandt, um etwas aus seiner Sporttasche zu holen. Jetzt drehte er sich wieder zu mir. »Ja?«

»Findest du ...?« Ich zögerte. Überlegte.

»Finde ich was?«, fragte er leicht ungeduldig.

Ich holte tief Luft. »Findest du mich hübsch?«

Navids Reaktion auf meine Frage war so absurd, dass ich sie fast nicht beschreiben kann. Er sah irgendwie geschockt aus und verwirrt und völlig überfordert – alles gleichzeitig. Schließlich lachte er los. Laut.

Ich wäre am liebsten im Boden versunken.

»Vergiss es«, sagte ich hastig. »Tut mir leid, dass ich gefragt habe. Das war doof.«

Ich drehte mich weg und ging schnell davon, aber Navid lief mir hinterher. »Warte, warte. Tut mir leid ...«

»Vergiss es«, wiederholte ich wütend. Mein Gesicht stand

in Flammen. Und jetzt schauten auch noch Bijan, Carlos und Jacobi zu uns rüber, die nicht mitkriegen sollten, was ich gefragt hatte.

Verzweifelt versuchte ich, Navid mit Blicken zum Schweigen zu bringen, aber er schien nicht in der Lage, meine Signale zu verstehen. »Ich will nicht darüber reden, okay? Ich hab nichts gesagt.«

»Hey, hör zu«, sagte Navid. »Ich war bloß überrascht. Mit der Frage hätte ich nicht gerechnet.«

»Mit was für einer Frage?«, kam es von Bijan.

Ich wollte nur noch sterben.

»Vergiss es«, sagte ich zu Bijan. Ich funkelte Navid an. »*Vergiss es*, okay?«

Navid sah zu den Jungs rüber und seufzte. »Shirin hat gerade gefragt, ob ich sie hübsch finde. Aber ...« Er sah wieder mich an. »Ich glaube nicht, dass ich für so was die richtige Adresse bin. Weil ich dein Bruder bin und so, weißt du. Irgendwie fühlt sich das komisch an. Vielleicht solltest du lieber die anderen fragen, wie sie das sehen.« Er nickte in Richtung der Jungs.

»O mein Gott«, flüsterte ich. In diesem Moment hätte ich Navid am liebsten umgebracht. Echt. Ich hätte ihm so gern die Hände um den Hals gelegt und zugedrückt. »Wie kannst du nur?!«, brüllte ich.

Und dann ...

»Also ich finde dich hübsch«, sagte Carlos, der gebückt dastand und sich gerade seine Schuhe band. Er sagte es so beiläufig, als würde er übers Wetter reden.

Ich sah ihn an und war ziemlich fassungslos.

121

»Ich meine, du machst mir höllische Angst«, sagte er achselzuckend. »Aber, ja. Du bist auf jeden Fall sehr süß.«

»Ich mache dir Angst?«, fragte ich stirnrunzelnd.

Carlos nickte. Anscheinend wagte er es noch nicht mal, mich anzuschauen.

»Mache ich *dir* Angst?«, fragte ich Bijan.

»Mir?« Er zog die Augenbrauen hoch. »Klar. Auf jeden Fall.«

Ich trat einen Schritt zurück, weil ich so verblüfft war. »Meint ihr das ernst? Geht es euch allen so?«

Alle nickten. Sogar Navid.

»Aber ich finde dich auch schön«, sagte Bijan. »Falls das hilft.«

Ich sah die drei mit offenem Mund an. »Wie kommt ihr darauf, dass man vor mir Angst haben muss?«

Allgemeines Schulterzucken.

»Du wirkst auf die Leute eben ziemlich ... aggressiv«, sagte Navid schließlich.

»Die Leute sind Arschlöcher«, fauchte ich.

»Siehst du?« Navid zeigte auf mich. »Genau das meine ich.«

»Was genau meinst du?«, fragte ich frustriert. »Ich muss mir den ganzen Tag von irgendwelchen Arschlöchern blöde Sprüche anhören, und dann darf ich deswegen noch nicht mal sauer sein, oder was?«

»Sauer kannst du schon sein«, meldete sich Jacobi, und ich sah ihn erstaunt an, weil seine Stimme ungewohnt ernsthaft klang. »Aber bei dir hat man immer das Gefühl, dass für dich *jeder* ein Arschloch ist.«

»Das liegt daran, dass es genauso ist.«

Jacobi schüttelte den Kopf. »Hör zu«, sagte er. »Ich kenne das. Ich weiß, wie es ist, die ganze Zeit mit Wut im Bauch rumzulaufen, okay? Weiß ich echt. Die Scheiße, mit der du es zu tun hast, ist krass, überhaupt keine Frage. Aber du kannst nicht ... Das geht so nicht. Es hat keinen Sinn, die ganze Zeit nur wütend zu sein. Glaub mir«, sagte er. »Ich hab das durch. Das macht dich auf Dauer kaputt.«

Ich sah Jacobi an. Und in seinem Blick lag etwas, das ich bis dahin so noch nie bei jemandem gesehen hatte. Es war kein Mitleid – es war Mit*gefühl*. Als würde er wirklich genau wissen, wie es in mir aussah, und meinen Schmerz und meine Wut auf eine Art ernst nehmen, wie sie noch nie von jemandem ernst genommen worden war.

Nicht von meinen Eltern. Noch nicht mal von meinem Bruder.

Und diese Erkenntnis versetzte mir einen solchen Stich, dass ich am liebsten geheult hätte.

»Versuch einfach, glücklich zu sein«, sagte Jacobi. »Dein Glück ist nämlich das Einzige, was diese Arschlöcher nicht ertragen können.«

123

13. KAPITEL

Den ganzen restlichen Nachmittag dachte ich über das nach, was Jacobi gesagt hatte. Ich dachte darüber nach, als ich nach Hause kam und mich unter die Dusche stellte. Dachte während des Abendessens darüber nach. Dachte darüber nach, als ich hinterher an meinem Schreibtisch saß, Musik hörte und die Wand anstarrte. Ich dachte nach und dachte nach.

Irgendwann schloss ich meine Zimmertür ab.

Es war kurz nach neun. Im Haus war es still. Das waren die Stunden, die ganz allein mir gehörten, bis es Zeit war, das Licht auszumachen und zu schlafen, wenn ich keinen Ärger mit meinen Eltern riskieren wollte. Stunden, in denen wir uns in der Familie gegenseitig ein bisschen Zeit für uns selbst gönnten. Ich saß in meinem Bett, starrte auf eine unbeschriebene Seite in meinem Tagebuch.

Und dachte nach.

Zum allerersten Mal fragte ich mich, ob ich es vielleicht falsch angegangen war. Hatte meine Wut mich womöglich

125

für alles andere blind gemacht? War ich vielleicht – ganz vielleicht – so wild entschlossen gewesen, mich von denen um mich herum nicht in eine Schublade stecken zu lassen, dass ich umgekehrt alle um mich herum in eine Schublade gesteckt hatte?

Während ich darüber nachdachte, wanderten meine Gedanken zu Ocean.

Er gab sich solche Mühe, nett zu mir zu sein, und verrückterweise war es gerade seine Nettigkeit, die mich wütend machte und verwirrte. Ich hatte solche Angst davor, auch nur die geringste Nähe von jemandem zuzulassen, der mich – davon ging ich fest aus – eines Tages verletzen würde –, dass ich denjenigen zur Sicherheit lieber vorher von mir stieß. Ich vertraute niemandem mehr. War ich durch die wiederholten kleinen und großen Grausamkeiten, die ich erlebt hatte, so dünnhäutig geworden, dass mittlerweile schon die kleinsten Reibungen mit anderen Schürfwunden hinterließen? Wenn die Kassiererin im Supermarkt unfreundlich zu mir war, reichte allein diese Unfreundlichkeit, um mich den ganzen restlichen Tag zu verunsichern, weil ich mir nie sicher sein konnte, was der Grund dafür gewesen war. Wie denn auch?

Sind Sie Rassistin oder haben Sie einfach bloß einen schlechten Tag?

Ich konnte nicht mehr zwischen Menschen und Monstern unterscheiden.

Wenn ich mich in der Welt umschaute, sah ich keinerlei Abstufungen mehr. Ich sah nur noch potentielle Verletzungsquellen und versetzte mich vorsorglich schon mal in einen permanenten Verteidigungszustand.

Verdammt, dachte ich.

Das konnte einen aber auch echt fertigmachen.

Seufzend griff ich nach meinem Handy.

hey, schrieb ich.
warum warst du heute nicht in bio?

Ocean antwortete sofort.

wow! ich hätte nicht gedacht,
dass du das überhaupt mitkriegst.
kannst du online gehen?

Ich lächelte.

jujepolo: Hey
riversandoceans04: Hi
riversandoceans04: Tut mir leid, dass ich dich in Bio
im Stich gelassen habe
riversandoceans04: Niemand sollte allein eine
tote Katze zerschneiden müssen
jujepolo: Das ist wirklich das absolut Schlimmste,
was ich jemals in irgendeiner Schule machen musste
riversandoceans04: Sehe ich genauso

Und dann ...

kam mir plötzlich der Gedanke, dass bei ihm vielleicht
irgendwas nicht in Ordnung war. Keine Ahnung, wie ich
das aus den paar getippten Wörtern herauslesen konnte,

127

es war ein Bauchgefühl, aber ich konnte es nicht abschütteln.

jujepolo: Hey, ist alles okay bei dir?
riversandoceans04: Ja
riversandoceans04: Mehr oder weniger jedenfalls

Ich wartete.
  Ich wartete und nichts passierte. Er schrieb nichts mehr.

jujepolo: Willst du nicht darüber reden?
riversandoceans04: Eigentlich nicht
jujepolo: Hast du Ärger bekommen, weil du mit mir
aus dem Kurs raus bist?
riversandoceans04: Nein
jujepolo: Hast du sonst wegen irgendwas Ärger bekommen?
riversandoceans04: LOL
riversandoceans04: Du weißt schon, dass das,
was du da gerade machst, das genaue Gegenteil von
nicht darüber reden ist?
jujepolo: Ja
riversandoceans04: Und trotzdem machst du es
jujepolo: Ich habe Angst, dass du meinetwegen Ärger hast

Und dann überkreuzten sich unsere Nachrichten im Äther.

Ich schrieb *Hat mein Bruder irgendwas zu dir gesagt?* und
Ocean schrieb: **Keine Sorge, es hat nichts mit dir zu tun.**
  Und dann ...

128

riversandoceans04: Was?

riversandoceans04: Was sollte dein Bruder zu mir sagen?

riversandoceans04: Ich wusste nicht mal, dass du einen Bruder hast

riversandoceans04: Moment mal

riversandoceans04: Du hast einen Bruder und hast ihm von mir erzählt?

Shit.

jujepolo: Anscheinend ist Mr Jordan auch der Betreuungslehrer von unserer Breakdance-AG

jujepolo: Er hat meinem Bruder gesagt, dass ich heute mit einem Jungen mitten in der Stunde aus dem Kurs bin

jujepolo: Mein Bruder hat sich nur gewundert

jujepolo: Aber es ist alles okay. Ich hab ihm erklärt, wie es gewesen ist

riversandoceans04: Oh

riversandoceans04: Und was hätte er zu mir sagen sollen?

jujepolo: Nichts

jujepolo: Er dachte, wir hätten zusammen geschwänzt

riversandoceans04: Aber das haben wir doch auch

jujepolo: Ich weiß

riversandoceans04: Dann hat dein Bruder mich jetzt also im Visier?

jujepolo: Er kennt dich nicht mal

jujepolo: Er war bloß ein bisschen überfürsorglich

riversandoceans04: Moment mal, wer ist dein Bruder überhaupt? Ist er auch auf unserer Schule?

jujepolo: Ja. Er ist in der Zwölften. Er heißt Navid

riversandoceans04: Okay

riversandoceans04: Ich glaube nicht, dass ich ihn kenne

jujepolo: Wahrscheinlich nicht

riversandoceans04: Muss ich mir Sorgen machen?

riversandoceans04: Wegen deinem Bruder?

jujepolo: Nein!

jujepolo: LOL

jujepolo: Ich wollte dir keine Angst machen. Sorry

riversandoceans04: Ich habe keine Angst

Natürlich hatte er keine Angst.

Ich wartete ein paar Sekunden, ob er noch etwas schreiben würde, aber er blieb stumm. Schließlich schrieb ich.

jujepolo: Du willst mir also nicht erzählen, was heute passiert ist?

riversandoceans04: Kommt darauf an

riversandoceans04: Heute ist eine ganze Menge passiert

Mein Magen schlug einen kleinen Salto. Ich fragte mich unwillkürlich, ob er von uns beiden redete. Von unserem Gespräch. Von dem sehr geringen Abstand zwischen unseren Körpern, während wir auf einem x-beliebigen Gehweg in einer x-beliebigen Stadt gestanden hatten. Ich wusste nicht, ob irgendetwas davon etwas zu bedeuten hatte – ob es jemals etwas bedeuten würde. Vielleicht ging es nur mir so, dass mein Magen Saltos schlug. Vielleicht projizierte ich meine eigenen Gefühle auf ihn.

Vielleicht war ich verrückt.

Ich hatte noch nicht entschieden, was ich schreiben sollte, als die nächste Nachricht von ihm kam.

riversandoceans04: Hey
jujepolo: Ja?
riversandoceans04: Kannst du anrufen?
jujepolo: Oh
jujepolo: Du willst telefonieren?
riversandoceans04: Ja
jujepolo: Warum?
riversandoceans04: Ich möchte deine Stimme hören

Eine eigenartige, aber nicht unbedingt unangenehme Nervosität durchflutete mich. Mein Gehirn fühlte sich plötzlich warm an und so, als hätte jemand meinen Kopf mit Sprudelwasser gefüllt. Eigentlich hätte ich mich in dem Moment lieber ausgeklinkt. Statt zu telefonieren, hätte ich mich gern hingesetzt, um unseren Chat zu analysieren. Ich hätte gern jeden einzelnen Satz in seine Bestandteile zerlegt und wieder zusammengesetzt. Hätte gern versucht zu verstehen, was ich nicht verstand. Eigentlich hätte es mir gereicht, wenn *Ich möchte deine Stimme hören* das Letzte gewesen wäre, was Ocean jemals zu mir gesagt hätte.

Stattdessen schrieb ich:

Okay

Mir Oceans Stimme ans Ohr zu drücken war womöglich die intensivste körperliche Erfahrung, die ich bis dahin je gemacht hatte. Es war seltsam. Ich war überraschend aufgeregt, obwohl ich doch schon so oft mit ihm gesprochen hatte – immerhin war er mein Laborpartner. Aber aus irgendeinem Grund war das hier etwas anderes. Wir beide am Telefon, das fühlte sich so intim an. Als würden sich unsere Stimmen irgendwo im Weltall treffen.

Er sagte »Hey«, und der Klang seiner Stimme schwappte über mich hinweg wie eine warme Welle.

»Hallo«, sagte ich. »Das ist irgendwie komisch.«

Er lachte. »Ich finde es schön. Du kommst mir am Telefon irgendwie echter vor.«

Seine Stimme war mir nie sonderlich aufgefallen, weil da immer so viel anderes gewesen war, das mich abgelenkt hatte, aber jetzt stellte ich fest, dass er eine wirklich schöne Stimme hatte. Sie klang ungewohnt, aber gut. Richtig gut ... sehr nah.

»Ja?« Mein Herz raste. »Ja, vielleicht.«

»Dein Bruder will mich also verprügeln?«

»Was? Nein.« Ich zögerte. »Glaube ich jedenfalls nicht. Nein. Will er nicht wirklich.«

Er lachte wieder.

»Hast du noch Geschwister?«, fragte ich.

»Nein.«

»Okay. Ist wahrscheinlich auch nicht so schlecht.«

»Ich weiß nicht«, sagte er. »Ich stelle es mir schön vor.«

»Manchmal ist es auch schön«, sagte ich. »Mein Bruder und ich verstehen uns ziemlich gut. Aber wir hatten auch schon Phasen, in denen wir uns die ganze Zeit geprügelt haben.«

»Okay, das klingt nicht so schön.«

»Nein.« Ich schwieg einen Moment. »Aber dadurch habe ich gelernt, mich zu wehren. Also hatte das auch was Gutes.«

»Krass.« Er klang überrascht. »Du kannst dich also richtig prügeln?«

»Na ja, so ist es auch wieder nicht.«

»Hm«, sagte er nachdenklich, und dann kam nichts mehr. Ich wartete ein paar Sekunden.

»Und was ist jetzt heute bei dir passiert?«

Er seufzte.

»Wenn du wirklich, *wirklich* nicht darüber reden willst«, sagte ich, »müssen wir nicht darüber reden. Aber falls du vielleicht doch irgendwas erzählen willst, höre ich gerne zu.«

»Ich würde es dir ja gern erzählen«, sagte er mit einer Stimme, die plötzlich wie aus weiter Ferne klang. »Aber irgendwie auch nicht.«

»Ah«, sagte ich verwirrt. »Okay.«

»Weil es zu schwer ist. Zu früh.«

»*Oh*«, sagte ich.

»Vielleicht erzählst du mir erst mal, wie du mit zweitem Namen heißt, bevor wir über meine ziemlich beschissene Familiensituation reden.«

»Ich habe keinen zweiten Namen.«

»Ah. Okay. Und wie bist du ...«

»Du stellst ganz schön viele Fragen.«

133

Stille.

»Ist das schlimm?«

»Nein«, sagte ich. »Es ist nur ... Darf ich dich auch mal was fragen?«

Eine Sekunde lang sagte er nichts. Und dann leise: »Klar.«

Er erzählte mir die Geschichte, wie er zu seinem Namen gekommen war, obwohl er meinte, sie wäre nicht so spannend, wie man vielleicht denken könnte, seine Mutter hätte ihn so genannt, weil sie das Meer liebe, aber der Witz sei, dass er immer Angst vor dem Ertrinken gehabt hätte, ein lausiger Schwimmer wäre und den Ozean nie besonders gemocht hätte. Mit zweitem Namen hieße er Desmond, so dass er zusammen mit seinem Nachnamen James also insgesamt drei Vornamen hätte. Ich sagte ihm, dass ich Desmond schön fände – er sagte, es sei ein ganz gewöhnlicher Name, er hätte ihn von seinem Großvater. Als ich fragte, ob er ihn gekannt hätte, sagte er, nein, seine Eltern hätten sich getrennt, als er fünf gewesen sei, mit seinem Vater hätte er seitdem nur noch sporadisch Kontakt und mit dem väterlichen Teil der Familie gar keinen mehr. Ich hätte gern noch mehr über seine Eltern erfahren, fragte ihn aber nicht nach ihnen, weil ich spürte, dass er nicht darüber sprechen wollte, stattdessen fragte ich, ob er schon wüsste, wo er studieren wollte. Er sei zwischen der Columbia University und Berkeley hin und her gerissen, erzählte er, eigentlich fände er Berkeley besser, aber lieber würde er in eine richtige Großstadt ziehen. Als ich sagte, dass er das schon mal gesagt hätte, seufzte er: »Ja. Keine Ahnung. Manchmal hab

134

ich das Gefühl, ich bin in die falsche Familie geboren worden.«

»Wie meinst du das?«

»Weil es sich anfühlt, als wären alle um mich herum schon tot«, sagte er, und seine Heftigkeit erstaunte mich. »Als hätten sie ihr Gehirn ausgeschaltet. Ich finde es total deprimierend, dass sich die Leute mit Dingen abfinden, die offensichtlich scheiße sind. So will ich nicht sein.«

»So würde ich auch nicht sein wollen.«

»Ja. Na ja, ich glaube, bei dir besteht diese Gefahr nicht.«

»Oh«, sagte ich überrascht. »Danke.«

»Hast du schon mal einen Freund gehabt?«, fragte er.

... und es war einen Moment lang, als würde alles um mich herum erstarren.

»Nein«, sagte ich. »Noch nie.«

»Warum nicht?«

»Ähm.« Ich lachte. »Na ja. Wo soll ich anfangen? Erstens bin ich mir ziemlich sicher, dass meine Eltern geschockt wären, wenn ich jemals auch nur andeuten würde, dass ich so was wie Gefühle für einen Jungen hätte, weil sie immer noch denken, dass ich fünf Jahre alt bin. Und zweitens habe ich nie lange genug an einem Ort gewohnt, um jemanden so kennenzulernen, dass sich was ergeben hätte, und äh ... Keine Ahnung.« Ich lachte wieder. »Ehrlich gesagt ... gibt es keine Jungs, die sich mit mir verabreden wollen.«

»Und wenn es einen gäbe, der es wollte?«

Mir gefiel die Richtung nicht, die dieses Gespräch nahm.

Ich wollte dieses Szenario nicht durchspielen. Ich hätte auch nicht damit gerechnet, dass es jemals so weit kommen würde. Ich war mir so sicher gewesen, dass Ocean sich nicht auf diese Art für mich interessierte, dass ich mir gar nicht überlegt hatte, wie unangenehm es werden könnte, falls sich herausstellen sollte, dass er es doch tat.

Ich fand Ocean nett, aber ich hielt ihn auch für naiv.

Klar konnte ich daran arbeiten, meine Wut wegzudrücken – klar konnte ich versuchen, zur Abwechslung mal ein bisschen offener zu sein –, aber selbst die optimistischste Haltung würde nichts an der Grundstruktur der Gesellschaft ändern, in der wir nun mal lebten. Ocean war ein netter, gutaussehender weißer Junge, und die Welt erwartete Großes von ihm. Es war nicht vorgesehen, dass er sich in ein allgemein misstrauisch beäugtes Mädchen aus dem Nahen Osten verliebte, das Kopftuch trug. Ich musste ihn vor sich selbst schützen.

Also antwortete ich nicht auf seine Frage.

Stattdessen sagte ich: »Also ... es passiert nicht oft, dass Jungs sich mit mir verabreden wollen, aber es gab ein paar mutige Ausnahmen, die es probiert haben. Als ich auf die Highschool gekommen bin, hatte mein Bruder eine Phase, in der er ein echtes Arschloch war und heimlich mein Tagebuch gelesen hat. Er hat sich die Jungs vorgeknöpft und ihnen gedroht, dass sie mich in Ruhe lassen sollen.« Ich hielt kurz inne. »Du kannst dir ja vorstellen, dass das meinem Liebesleben echt Auftrieb gegeben hat.«

Ich weiß nicht, was ich erwartete, aber als Ocean sagte:

»Echt? Du führst Tagebuch?«, wurde mir klar, dass ich *das* nicht erwartet hatte.

»Äh«, sagte ich. »Ja.«

»Cool. Das finde ich toll.«

In diesem Moment wusste ich, dass ich dieses Gespräch dringend beenden musste. Ich spürte, dass etwas passierte. Dass sich irgendetwas veränderte, und das machte mir Angst.

»Hey«, sagte ich deswegen etwas sehr abrupt. »Ich sollte langsam mal auflegen. Es ist spät, und ich muss noch eine Menge Hausaufgaben erledigen.«

»Oh«, sagte er, und ich hörte ihm an, dass er überrascht war und vielleicht – *ganz vielleicht* – auch enttäuscht.

»Sehen wir uns morgen?«

»Klar«, sagte er.

»Okay.« Ich versuchte zu lächeln, obwohl er mich nicht sehen konnte. »Bis dann.«

Nachdem wir aufgelegt hatten, ließ ich mich rückwärts aufs Bett fallen und schloss die Augen. Mir war schwindelig, und dieser Schwindel erfüllte mich bis ins Mark, bis ins Gehirn.

Ich war so dumm.

Ich hatte gewusst, dass es keine gute Idee war, mich mit ihm einzulassen, und trotzdem hatte ich es getan, und jetzt stürzte ich diesen armen Kerl, der gar nicht wusste, worauf er sich einließ, in heillose Verwirrung. Für Ocean sah wahrscheinlich alles ganz einfach aus: Er fand mich hübsch, hatte mir das gesagt, und ich hatte ihm daraufhin nicht gesagt, dass er mich gefälligst in Ruhe lassen soll. So. Und jetzt standen wir da. Vielleicht wollte er sich tatsächlich mit mir verabreden. Wenn er ein Mädchen hübsch fand, war das für ihn vielleicht der natürliche nächste Schritt. Aber das wollte

137

ich auf keinen Fall. Das bedeutete nämlich zwangsläufig Probleme und von denen brauchte ich nicht noch mehr.

Wow, was war ich dumm.

Ich war unvorsichtig gewesen. Ich hatte mir von diesem hübschen, netten Jungen den Kopf so verdrehen lassen, dass sich mein gesunder Menschenverstand vorübergehend verabschiedet hatte – und was Jacobi gesagt hatte, hatte mir kurz die Sicht auf das große Ganze genommen.

Nichts hatte sich verändert.

Es war ein Fehler gewesen, mich Ocean so geöffnet zu haben. Ein Riesenfehler. Das durfte nicht weitergehen. Ich musste zurückrudern.

Einen Gang runterschalten.

Und zwar schleunigst.

14. KAPITEL

Ich hatte beschlossen, mich von Mr Jordans Kurs abzumelden.

Meiner Beratungslehrerin sagte ich, dass ich stattdessen einen anderen Kurs belegen wollte. Auf ihre Frage nach den Gründen, sagte ich, Mr Jordans Kurs würde mir keinen Spaß machen und ich fände seine Unterrichtsmethoden nicht gut; sie sagte, es sei zu spät, um zu wechseln, und die Lücke in meinem Zeugnis würde sich negativ auf meine Collegebewerbung auswirken; als ich darauf nur mit einem Schulterzucken reagierte, runzelte sie die Stirn, und wir sahen uns eine Minute lang stumm an. Sie erklärte mir, dass sie Mr Jordan über meinen Austritt in Kenntnis setzen müsse.

Ich sagte: »Von mir aus.«

Am dritten Tag – es war mittlerweile Mittwoch – kam Mr Jordan auf mich zu, als ich an meinem Schließfach stand.

»Hallo, Shirin«, sagte er. »Ich habe dich schon seit ein paar Tagen nicht mehr in meinem Kurs gesehen.«

Ich sah ihn an und schloss dann erst mal in Ruhe mein

Fach ab. »Das liegt daran, dass ich nicht mehr in Ihren Kurs komme.«

»Ja, das hat man mir mitgeteilt.«

»Dann ist ja alles klar.« Ich ging davon.

Er holte zu mir auf. »Kann ich kurz mit dir sprechen?«

»Sie sprechen doch schon mit mir.«

»Hör zu«, sagte er. »Es tut mir wirklich leid. Ich habe inzwischen selbst gemerkt, dass ich einen Fehler gemacht habe, und würde sehr gern mit dir reden.«

Ich blieb mitten im Flur stehen und drehte mich um. Aus irgendeinem Grund fühlte ich mich in diesem Moment ziemlich stark. »Worüber möchten Sie gern reden?«

»Na ja, offensichtlich habe ich irgendetwas getan, was dich wütend ...«

»Mich wütend gemacht hat, genau«, unterbrach ich ihn und funkelte ihn an. »Was sollte diese bescheuerte Aktion, Mr Jordan? Sie wussten, dass Travis irgendwas Furchtbares über mich sagen würde, und genau darauf hatten Sie es angelegt.«

Schüler schoben sich an uns vorbei, ein paar gingen absichtlich langsamer, um mitzubekommen, was los war. Mr Jordan war sichtlich verlegen.

»Das stimmt nicht«, sagte er. Röte kroch ihm den Hals herauf. »Ich habe es nicht darauf angelegt. Ich wollte über Vorurteile reden und darüber, wie gefährlich sie sind. Ich wollte darauf hinaus, dass du so viel mehr bist, als er es sich wahrscheinlich vorstellt.«

»Kann sein«, sagte ich. »Ich glaube Ihnen sogar, dass das vielleicht zu sechzig Prozent Ihre Absicht war. Aber die rest-

140

lichen vierzig Prozent ging es Ihnen darum, progressiv rüberzukommen, und dafür haben Sie mich geopfert. Sie haben mich nicht gefragt, ob ich einverstanden bin, bevor Sie mir das angetan haben. Nein, Sie haben mich in diese wirklich beschissene Situation gebracht, weil Sie schocken wollten.«

»Können wir uns bitte woanders darüber unterhalten?«, sagte er und sah mich mit flehendem Blick an. »Vielleicht bei mir im Klassenraum.«

Ich seufzte müde. »Meinetwegen.«

Ehrlich gesagt, begriff ich nicht, warum ihm die Sache so wichtig war.

Mir war nicht klar gewesen, dass es für ihn anscheinend so ein Drama war, dass ich aus seinem Kurs ausgetreten war. Aber was wusste ich schon? Vielleicht hatte Mr Jordan meinetwegen ja Ärger mit der Schulleitung bekommen.

Jedenfalls ließ er nicht locker.

»Es tut mir leid«, sagte er kurz darauf zum fünften Mal. »Wirklich. Ich wollte dich nicht in eine unangenehme Situation bringen. Ich hätte nicht gedacht, dass du dich verletzt fühlen könntest.«

»Dann denken Sie anscheinend zu wenig nach«, sagte ich. Meine Stimme zitterte ein bisschen, weil ich mich nicht mehr ganz so stark fühlte. Jetzt, wo er hinter seinem Pult saß und ich davor, war mir wieder überdeutlich bewusst, dass er mein Lehrer war und ich bloß eine Sechzehnjährige, die der Gnade eines mies bezahlten Erwachsenen ausgeliefert war. »Man braucht keine große Vorstellungskraft«, sagte ich et-

141

was ruhiger, »um sich zu überlegen, dass so eine Situation verletzend sein könnte. Und außerdem geht es mir gar nicht darum, dass Sie meine Gefühle verletzt haben.«

»Nicht?«

»Nein«, sagte ich. »Es geht mir darum, dass Sie sich einbilden, mir mit so was zu helfen. Aber wenn Sie mal fünf Sekunden lang nachdenken und sich überlegen würden, wie mein Leben aussieht, hätte Ihnen klar sein müssen, dass Sie mir keinen Gefallen tun. Ich brauche nicht noch mehr Leute, die sich vor mich hinstellen und Gemeinheiten sagen, okay? Davon hab ich schon so viele gehört, dass es für ein ganzes Leben reicht. Ich lasse mich von Ihnen nicht zum Vorzeigeobjekt missbrauchen«, sagte ich. »Nicht so.«

»Es tut mir leid.«

Ich schüttelte den Kopf. Schaute weg.

»Was kann ich tun, damit du in meinen Kurs zurückkommst?«

Ich zog eine Augenbraue hoch. »Ich bin nicht hier, um irgendeinen Deal mit Ihnen zu machen.«

»Aber wir brauchen deine Stimme im Kurs«, sagte er. »Genau das, was du gerade zu mir gesagt hast, würde ich gern in der Klasse hören. Du darfst es mir jederzeit sagen, wenn du der Meinung bist, dass ich Mist baue, okay? Aber wie sollen wir jemals etwas dazulernen, wenn du in dem Moment wegläufst, in dem es schwierig wird? Wer bleibt dann noch, um uns zu zeigen, wie wir es richtig machen können?«

»Vielleicht können Sie das ja auch irgendwo nachlesen. Gehen Sie mal in eine Bibliothek.«

Er lachte. Seufzte. Ließ sich im Stuhl zurückfallen. »Okay,

ich habe verstanden«, sagte er und hob die Hände, als würde er aufgeben. »Habe ich wirklich. Es ist nicht dein Job, die Leute aufzuklären.«

»Ganz genau«, sagte ich. »Das ist nicht mein Job. Ich bin verdammt erschöpft, Mr Jordan. Ich habe jahrelang versucht, den Leuten um mich herum etwas beizubringen, und das ist anstrengend. Ich habe keine Kraft und keine Geduld mehr, mich mit Idioten auseinanderzusetzen, die Vorurteile haben. Ich habe keine Energie mehr, denen zu erklären, warum ich es nicht verdient habe, die ganze Zeit wie Dreck behandelt zu werden. Ich habe es satt, immer wieder sagen zu müssen, dass Menschen mit dunklerer Haut nicht alle gleich sind, dass nicht alle an die gleichen Dinge glauben oder das Gleiche fühlen oder die Welt gleich erleben.« Ich schüttelte heftig den Kopf. »Ich habe es einfach so verdammt satt, der Welt zu erklären, warum Rassismus scheiße ist, okay? Wieso ist das meine Aufgabe?«

»Ist es nicht.«

»Ganz genau«, sagte ich. »Ist es nicht.«

»Ich weiß.«

»Ich glaube nicht, dass Sie das wirklich wissen.«

Er beugte sich vor. »Komm wieder in den Kurs zurück«, sagte er. »Bitte. Es tut mir leid.«

Dieser Mr Jordan machte mich echt fertig.

Ich hatte noch nie so mit einem Lehrer gesprochen und war wirklich erstaunt, dass er mir das offenbar durchgehen ließ. Er wirkte ... keine Ahnung ... irgendwie aufrichtig. So, dass ich ihm noch mal eine Chance geben wollte.

»Hören Sie«, sagte ich trotzdem. »Ich finde es echt toll,

dass Sie sich entschuldigen, aber ich weiß nicht, ob Sie wirklich möchten, dass ich wieder in den Kurs zurückkomme.«

»Warum nicht?«, fragte er überrascht.

»Weil«, sagte ich, »ich Ihnen eins verspreche. Wenn Sie so was noch mal bringen, dann sage ich Ihnen vor allen Schülern, dass Sie zur Hölle fahren sollen.«

Er zuckte nicht mit der Wimper. »Das sind Bedingungen, die ich akzeptieren kann.«

»Na gut.«

Mr Jordan lächelte so breit, dass ich fast Angst hatte, es würde ihm das Gesicht zerreißen. »Dann sind wir uns einig?«

»Meinetwegen.« Ich stand auf.

»Das wird ein tolles Halbjahr«, sagte er. »Du wirst es nicht bereuen.«

»Mhm.«

Mr Jordan stand auch auf. »Ich bin schon sehr gespannt auf euren Auftritt bei der Talentshow.«

Ich erstarrte. »Wie bitte?«

»Na, bei der Talentshow unserer Schule?« Er sah verwirrt aus. »Eure Breakdance-AG nimmt doch daran teil ...«

»Was?«

»Dein Bruder hat euch vor zwei Wochen angemeldet. Hat er dir das nicht erzählt? Eure Anmeldung ist heute angenommen worden. Das ist eine ziemlich große Sache ...«

»Ach du *Scheiße.*« Ich stöhnte.

»Hey, das wird toll. Ihr werdet das super ...«

»Ja, kann sein. Ich muss jetzt gehen«, sagte ich und war

schon halb zur Tür raus, als Mr Jordan mich noch einmal rief.

Ich drehte mich um.

Plötzlich sah er traurig aus. »Ich hoffe, dass du dich von all dem nicht zu sehr runterziehen lässt«, sagte er. »Wenn du die Highschool erst mal hinter dir hast, wird das Leben besser. Ich schwöre.«

Ich wollte sagen: *Warum sind Sie dann noch hier?* Aber ich beschloss, ihn zu schonen. Stattdessen lächelte ich nur müde und ging.

15. KAPITEL

Als ich in den Tanzraum kam, klatschte Navid in die Hände und sagte grinsend: »Wichtige Neuigkeiten.«

»Ach ja?« Am liebsten hätte ich ihn erwürgt.

»Die Schultalentshow«, sagte er und grinste noch breiter. »Wir sind dabei. Die Show steigt zwei Wochen nach den Winterferien, was bedeutet, dass wir noch drei Monate haben, um uns vorzubereiten. Heute fangen wir an.«

»Bullshit, Navid.«

Sein Lächeln erstarb. »Hey«, sagte er. »Ich dachte, du hättest dir vorgenommen, von jetzt an netter zu sein. Was ist aus dem Plan geworden?«

Ich verdrehte die Augen. »Warum hast du mir nicht erzählt, dass du uns für diese beknackte Talentshow angemeldet hast?«

»Ich hätte nicht gedacht, dass du was dagegen hast.«

»Hab ich aber, okay? Ich hab was dagegen. Ich habe keine Ahnung, wie du auf die Idee kommst, ich hätte Lust, vor der ganzen Schule aufzutreten. Ich hasse diese Schule.«

147

»Ja. Aber fairerweise«, er zeigte auf mich, »musst du zugeben, dass du mehr oder weniger alles hasst.«

»Ist das für euch denn okay?«, fragte ich die anderen. Jacobi, Carlos und Bijan, die so getan hatten, als würden sie von unserem Gespräch nichts mitkriegen, schauten auf. »Wollt ihr vor der ganzen Schule auftreten?«

Carlos zuckte mit den Achseln.

Bijan trank einen Schluck aus seiner Wasserflasche.

Jacobi lachte nur. »Ich bin jedenfalls deswegen nicht sauer auf Navid«, sagte er. »Könnte doch cool werden.«

Toll. Dann reagierte ich also über, ja? Dann war ich also die Einzige hier, die das für eine bescheuerte Idee hielt? Ganz, ganz toll.

Ich seufzte, sagte: »Wie ihr meint«, und setzte mich auf den Boden, um meine Sneaker noch mal fester zu binden.

»Komm schon, das wird lustig«, sagte Navid. »Vertrau mir.«

»Ich krieg keinen einzigen Freeze hin«, sagte ich und funkelte ihn wütend an. »Wie soll das lustig werden? Ich mache mich doch komplett zum Affen.«

»Lass das meine Sorge sein, okay? Du wirst jeden Tag besser. Und wir haben noch massenhaft Zeit.«

Ich knurrte etwas Unverständliches.

Bijan kam zu mir und setzte sich neben mich. Ich warf ihm aus dem Augenwinkel einen Blick zu. »Was?«, fragte ich.

»Nichts.« Er trug große quadratische Brillantstecker in beiden Ohrläppchen. Seine Augenbrauen waren perfekt gezupft. Seine Zähne waren superweiß. Das fiel mir auf, weil er mich jetzt anlächelte.

»*Was?*«, sagte ich noch mal.

»Was hast du für ein Problem?«, fragte er und lachte. »Warum machst du dir so einen Stress?«

Ich verknotete meine Schnürsenkel. »Mache ich nicht. Alles gut.«

»Okay«, sagte er. »Steh auf.«

»Was? Warum?«

»Ich bring dir heute den Backflip bei.«

Meine Augen weiteten sich.

Er wedelte mit der Hand. »Steh auf.«

»Warum?«, sagte ich.

Bijan lachte. »Weil der dir Spaß machen wird. Du bist klein, aber kräftig. Ich könnte mir vorstellen, dass du ihn schnell draufhast. So schwierig ist er nicht.«

Er *war* schwierig.

Ich hatte Angst, mir bei dem Rückwärtssprung die Arme zu brechen. Und das Rückgrat. Trotzdem machte es mir tatsächlich Spaß, mich der Herausforderung zu stellen. Bijan war in einem früheren Leben mal Turner gewesen. Er redete nie darüber, warum er aufgehört hatte, aber seine Bewegungen waren so präzise und kraftvoll, dass ich mich oft fragte, weshalb er sein Talent an unsere kleine AG verschwendete. Ich war ihm dankbar, dass er sich die Zeit nahm, mit mir zu trainieren. Ein bisschen Mitleid war sicher auch dabei, aber bei Bijan kam ich damit klar. Ich ertrug sogar seine Frotzeleien.

Nach dem gefühlt hundertsten gescheiterten Versuch, einen sauberen Backflip hinzubekommen, blieb ich schließlich am Boden liegen und stand nicht mehr auf. Ich atmete schwer. Meine Arme und Beine zitterten. Navid lief auf den Händen im Raum herum und übte Scissorkicks. Jacobi machte Windmills, einen klassischen Powermove, den er schon lange perfektioniert hatte, aber diesmal versuchte er, gleich im Anschluss daran geschmeidig in den Flare überzuwechseln. Carlos sah ihm mit in die Hüften gestemmten Händen zu, seinen Helm unter einen Arm geklemmt. Carlos hätte tagelang Headspins machen können und brauchte den Helm eigentlich gar nicht, so gut war er. Ich beobachtete die vier Jungs voller Bewunderung und hatte gleichzeitig das Gefühl, selbst nichts zu können.

Von uns allen war ich ganz klar diejenige mit dem wenigsten Talent. Natürlich machte es ihnen nichts aus, öffentlich aufzutreten. Sie waren schon jetzt richtig gut.

Ich dagegen musste noch unendlich viel lernen.

»Du kriegst das schon hin«, sagte Bijan.

Ich sah zu ihm auf.

»Und denk nicht, du wärst die Einzige, die die Highschool scheiße findet, okay? Denk nicht, dass du darauf ein Patent hast.«

Ich verdrehte die Augen. »Hab ich nie gedacht.«

»Gut.« Er warf mir einen Blick zu. »Das wollte ich nur klarstellen.«

»Was ich dich schon lange mal fragen wollte«, sagte ich. »Ist jemand, der nur zu achtzig Prozent schwul ist, nicht bisexuell?«

Bijan runzelte die Stirn und überlegte einen Moment. »Hm«, sagte er dann. »Kann sein.«

»Das heißt, du weißt es nicht?«

150

Er legte den Kopf schräg. »Ich bin noch dabei, es rauszu-finden.«

»Wissen deine Eltern es?«

Er sah mich mit hochgezogenen Augenbrauen an. »Was glaubst du?«

»Nein?«

»Genau. Und das soll auch so bleiben. Ich will jetzt noch nicht mit ihnen darüber sprechen.«

»Okay.«

»Das mach ich dann vielleicht auf meinem Sterbebett.«

»Deine Entscheidung«, sagte ich. »Deine achtzig Prozent sind bei mir jedenfalls sicher.«

Bijan lachte. »Du weißt schon, dass man bei dir echt über-haupt nicht durchblickt, oder?«

»Was? Wieso?«

Er schaute kopfschüttelnd in die Ferne. »Ist einfach so.«

Ich hatte keine Chance, noch mal nachzufragen, was er meinte, weil Navid in dem Moment rief, dass wir unsere Sachen zusammenpacken sollten, unsere Zeit sei um.

»Ich sterbe vor Hunger«, sagte er und trabte auf uns zu. »Wollen wir uns was zu essen holen?«

Mir war nie der Gedanke gekommen, es könnte irgendwie etwas Besonderes sein, dass ich als Zehntklässlerin mit einer Gruppe von Typen aus der Abschlussklasse abhing.

Navid war eben mein Bruder, und die drei waren seine Freunde. Ich war daran gewöhnt, dass er haufenweise Jungs kannte, mit denen ich zwangsläufig – in der Schule und zu Hause – auch zu tun hatte. Normalerweise interessierten sie

151

mich nicht groß. Er und seine Freunde aßen mein Essen, brachten meine Sachen durcheinander, und manchmal kamen sie aus dem Bad und informierten mich, ohne die geringste Spur von Verlegenheit, darüber, dass sie das Fenster aufgemacht hätten, ich aber vielleicht lieber eine Weile nicht reingehen sollte, falls ich nicht an einer Gasvergiftung sterben wollte.

Ekelhaft.

Manche fand ich am Anfang süß, aber nachdem ich sie dann eine Woche lang intensiv erlebt hatte, zog ich es in der Regel doch vor, mich in meinem Zimmer zu verschanzen, wenn sie bei uns waren.

Als wir an diesem Tag aus dem Tanzraum kamen, stellte sich heraus, dass Navid und seine Freunde aus irgendwelchen für mich nicht wirklich nachvollziehbaren Gründen an der Schule anscheinend als cool galten. Als so cool, dass sich sogar Cheerleader für sie interessierten.

Mir war aufgefallen, dass ich in der letzten Zeit erstaunlich viele von ihnen sah. Mehr als jemals zuvor. Auf einmal schienen sie überall zu sein. Es dauerte peinlich lang, bis mir klarwurde, dass ich ihnen natürlich deswegen tagtäglich begegnete, weil sie auch hier trainierten. Ich war also nicht überrascht, eine Gruppe von Cheerleadern zu sehen, als wir aus dem Tanzraum kamen. Überrascht war ich darüber, dass eines der Mädchen mir zuwinkte.

Aber das konnte nicht sein, sie meinte garantiert jemand anderen. Ich war so überzeugt davon, dass ihr Winken nicht mir galt, dass ich geschlagene fünfzehn Sekunden nicht reagierte, bis Navid mich anstupste.

»Äh ... ich glaub, das Mädchen da will irgendwas von dir, oder?«

Es war zwar kaum vorstellbar, aber sie meinte mit ihrem Gewinke wohl wirklich mich.

»Ja, kann sein«, sagte ich. »Gehen wir?«

»Willst du nicht fragen, was sie möchte?«, fragte Jacobi fast ein bisschen vorwurfsvoll.

»Nein«, sagte ich. »Ich wette hundert zu eins, dass sie irgendeine Fiesheit loswerden will, und darauf verzichte ich lieber.«

Bijan sah mich kopfschüttelnd an und lächelte – fast.

Navid gab mir einen Schubs. »Du hast gesagt, dass du ab jetzt ein bisschen netter sein willst.«

»Habe ich nicht.«

Aber die drei sahen so enttäuscht aus, dass ich schließlich nachgab. Ich brauchte zehn Schritte bis zu ihr, und jeder einzelne davon war eine Qual, aber ich hielt durch.

Als ich bei ihr war, packte sie mich am Arm.

Ich erstarrte.

»Hey.« Sie schaute mich noch nicht mal an, sondern sah über meine Schulter hinweg zu den Jungs. »Der heiße Typ, mit dem du da unterwegs bist ... Wie heißt der?«

Wahnsinn. Es gab so ungefähr überhaupt nichts, was ich an diesem Gesprächseinstieg nicht zum Kotzen fand.

»Äh ... Wer bist *du*?«, fragte ich.

»Hä?« Jetzt sah sie mich an. »Ich? Ach so. Bethany. Sag mal, bist du etwa mit denen befreundet?«

Na bitte. Genau das meinte ich. Das war der Grund, warum ich nicht mit anderen Leuten redete. »Hast du mich

153

deswegen zu dir rübergewunken? Weil ich dich verkuppeln soll?«

»Ja, genau.« Sie schaute wieder in ihre Richtung. »Der mit den blauen Augen, wer ist das?«

»Wer? Carlos?« Ich runzelte die Stirn. »Schwarze Locken?«

Sie nickte. »Er heißt also Carlos, ja?«

Ich seufzte.

»Carlos!«, brüllte ich. »Kannst du bitte mal kurz kommen?«

Er schlenderte mit verwunderter Miene zu uns. Aber als ich ihm Bethany vorstellte, strahlte er.

»Viel Spaß noch«, sagte ich. »Bis dann.«

Bethany versuchte, sich bei mir zu bedanken, aber ich winkte ab. Diese ganze Aktion war in jeder Beziehung so dermaßen entwürdigend für das weibliche Geschlecht, dass ich nicht mehr als nötig mit dem Mädchen zu tun haben wollte. Während ich mich umdrehte, sah ich plötzlich ein bekanntes Gesicht.

Ocean kam aus der Halle.

Er hatte die große Sporttasche umhängen, mit der ich ihn schon mal gesehen hatte, und sah aus, als hätte er gerade frisch geduscht. Seine Haare waren feucht, und seine Wangen gerötet. Er ging über den Flur und verschwand in einem anderen Raum.

Sein Anblick versetzte mir einen schmerzhaften Stich.

Die letzten beiden Tage war ich ihm gegenüber bewusst wortkarg und zurückhaltend gewesen, obwohl es genau das Gegenteil von dem war, was ich fühlte. Aber er sollte sich keine falschen Hoffnungen machen, sollte auf keinen Fall glauben, dass etwas aus uns werden könnte. Zweimal hatte er nach dem Unterricht versucht, mit mir zu reden, und jedes Mal hatte ich ihn abgewimmelt. Ich vermied es, ihn anzusehen, war nicht mehr online gewesen und antwortete einsilbig, wenn er in Bio etwas zu mir sagte. Ich tat, was ich für das einzig Richtige hielt. Er sollte nicht glauben, ich wäre an ihm interessiert. Natürlich spürte ich, dass ihn mein Verhalten verwirrte und verletzte.

Aber was hätte ich machen sollen?

Ich war zu feige, um offen mit ihm zu sprechen, und hoffte, er würde von selbst erkennen, dass das mit uns keinen Sinn hatte. Es hatte ja schon vorher Jungs gegeben, die irgendwie von mir fasziniert gewesen waren, und obwohl ich das Gefühl hatte, dass das mit Ocean etwas anderes war, ging ich davon aus, dass sein Interesse an mir genauso abebben würde, wie es bei den anderen gewesen war. Dass er mich vergessen, sich wieder auf seine Freunde konzentrieren und irgendwann eine nette blonde Freundin haben würde.

Eigentlich absurd, ich weiß. Die ganze Zeit hatte ich mir gewünscht, an dieser Schule Freunde zu finden, und jetzt wollte jemand meine Freundschaft, und ich hätte am liebsten die Löschtaste gedrückt. Aber schließlich hatte ich jemanden gesucht, mit dem ich einfach nur befreundet sein konnte, am liebsten ein Mädchen – und keinen *festen Freund*. Ich wollte einfach ein ganz normales Leben haben, wie andere Jugendliche auch: in der Mittagspause mit meinen Freunden – Plural – am Tisch sitzen, ins Kino gehen, ich wäre sogar bereit gewesen, ihnen zuliebe so zu tun, als würde ich mich wegen des Uni-Einstufungstests auch verrückt machen.

Wobei ich mich mittlerweile fragte, ob es so etwas wie ein normales Leben für Jugendliche überhaupt gab.

»Hey, können wir langsam mal los? Ich verhungere.« Navid tippte mir auf die Schulter.

»Ja, klar«, sagte ich, schaute aber immer noch auf die Tür, durch die Ocean eben verschwunden war. »Lass uns abhauen.«

16. KAPITEL

Am nächsten Tag kam ich – wie versprochen – wieder zu Mr Jordan in den Kurs, was für mehr Aufsehen sorgte, als ich erwartet hätte. Ich war nicht davon ausgegangen, dass es überhaupt irgendjemanden interessierte, dass ich ein paar Tage nicht da gewesen war. Aber als ich mich an meinen Vierertisch setzte, wurde ich angestarrt, als wären mir Flügel gewachsen. »Was?«, fragte ich und ließ meinen Rucksack neben mich auf den Boden fallen.

»Wolltest du wirklich aus dem Kurs austreten?«, fragte eines der Mädchen. Shauna.

»Ja«, sagte ich.

»Echt?« Eines der anderen Mädchen, Leilani, sah mich mit großen Augen an. »Ganz schön krasse Reaktion.«

Ich runzelte die Stirn. »Warum krass? Ich fand es krass von Mr Jordan, mich öffentlich demütigen zu lassen.«

Die beiden wirkten nicht überzeugt.

»Und warum ist Ocean dir so schnell hinterher? Was sollte das?« Leilani wieder.

Ich wunderte mich, dass sie ihn überhaupt kannte. Der Kurs war ein Wahlpflichtkurs, weshalb die Teilnehmer bunt aus den unterschiedlichen Jahrgängen zusammengewürfelt waren. Leilani und Shauna waren zum Beispiel schon in der Elften. »Keine Ahnung«, sagte ich. »Wahrscheinlich hab ich ihm leidgetan.«

Shauna wollte mir gerade noch eine Frage stellen, als Mr Jordan in die Hände klatschte.

»Okay, Leute. Es ist mal wieder Zeit für eine Veränderung. Wir bleiben hier immer in Bewegung.« Er deutete ein paar Cha-Cha-Cha-Tanzschritte an. Der Typ war echt schräg. Als ich lachte, blieb er stehen, lächelte und sagte: »Schön, dich wiederzusehen, Shirin.« Alle drehten sich zu mir um, und ich hörte auf zu lachen.

»Seid ihr bereit?«, wandte er sich wieder an die Klasse. »Alle aufstehen. Neue Gruppe, neue Bekanntschaften.« Um mich herum wurde Stöhnen laut, was ziemlich genau meine Stimmung wiedergab. Ich hatte keine Lust, schon wieder neue Leute kennenzulernen. Für mich gab es nichts Schlimmeres.

Aber ich verstand auch, dass es Mr Jordan genau darum ging.

Also seufzte ich resigniert und ließ mich in eine neue Gruppe einteilen. Ein paar Minuten später saß ich in einer anderen Ecke des Raums mit drei neuen Mädchen zusammen, die offensichtlich alle auch keine große Lust aufs Kennenlernen hatten. Keine sah mich an.

»Hey.«

Ich fuhr herum.

Ocean saß an einem der Nachbartische und lehnte sich in seinem Stuhl zurück. Er lächelte, aber sein Blick wirkte zugleich leicht besorgt. Wachsam.

»Hey«, sagte ich.

»Hallo«, sagte er.

Er hatte sich einen Bleistift hinters Ohr geklemmt. Ich hatte nicht gewusst, dass es im wahren Leben Leute gab, die das wirklich machten. Aber gleichzeitig fand ich es auch extrem süß. Fand *ihn* süß. Shit. Das machte mich echt fertig.

Als ich mich wieder zum Tisch drehte, war ich kurz etwas irritiert, weil mich alle drei Mädchen plötzlich anstarrten.

»Und vergesst nicht, euch einander vorzustellen«, rief Mr Jordan. »Namen sind wichtig!« Er griff nach dem großen Einmachglas, das immer auf seinem Pult stand. »Das Diskussionsthema heute lautet ...« Er zog einen Zettel heraus und las ihn laut vor. »Der Israel-Palästina-Konflikt! Ah, das wird gut!«, sagte er. »Hamas! Terrorismus! Welche Rolle spielt der Iran? Ich schreibe euch ein paar Stichwörter an die Tafel. Viel Spaß!«

Ich beugte mich vor und presste die Stirn auf die Tischplatte.

Es wird wohl niemanden überraschen, dass meine Strategie, Ocean auf Abstand zu halten, massiv scheiterte. Ich gab mir wirklich Mühe, desinteressiert zu wirken, aber das war natürlich nur gespielt. Gerade weil ich mir verboten hatte, an ihn zu denken, musste ich ununterbrochen an ihn denken.

Und auf einmal sah ich ihn viel zu oft.

Er war überall, wo ich war. Irgendwann begann ich mich zu fragen, ob es vielleicht nicht bloß Zufall war, dass er mir die ganze Zeit über den Weg lief. War er womöglich immer schon da gewesen, und ich hatte ihn vorher nur nie bemerkt? So ähnlich war es mir gegangen, als sich Navid seinen Nissan Sentra gekauft hatte. Vorher hatte ich das Modell nie auf der Straße gesehen, kaum hatte er den Wagen, fuhren ständig alte Nissan Sentras an mir vorbei.

Oceans Dauerpräsenz stresste mich.

Es machte mich schon nervös, im selben Klassenraum mit ihm zu sitzen. Am schlimmsten war es in Bio, weil wir da direkt miteinander zu tun hatten. Ich versuchte, schlechte Seiten an ihm zu finden, konnte aber beim besten Willen keine entdecken. Es war, als wäre Ocean von Natur aus genau so, dass ich ihn mögen *musste*. Er strahlte eine unglaubliche Gelassenheit aus, die mir das Gefühl gab, dass mir nichts passieren konnte. Als könnte ich bei ihm meinen Schutzschild runterlassen.

Was mich nur noch nervöser machte.

Ich hatte geglaubt, wenn ich mich nicht auf Gespräche mit ihm einließe – nur dann etwas sagte, wenn es absolut nicht anders ging –, würde sich die Anspannung zwischen uns legen, aber sie wurde dadurch nur noch stärker. Als wären unsere Körper durch eine Feder miteinander verbunden, die von einer unsichtbaren Kurbel immer straffer gezogen wurde, je weniger wir miteinander redeten. Als würden wir beide mit angehaltenem Atem auf etwas warten, was kommen musste. Und mein Schweigen sagte wahrscheinlich mehr, als ich mit Worten hätte ausdrücken können.

Es stellte sich als unmöglich heraus, mich ihm zu entziehen.

Heute klappte es in Bio gerade mal dreißig Minuten lang. Ich trommelte mit meinem Bleistift auf eine leere Seite in meinem Berichtsheft, vermied jeden Blick auf die tote Katze zwischen uns und überlegte wieder mal verzweifelt, ob es nicht doch etwas gab, was ich an Ocean irgendwie doof fand, als er plötzlich sagte: »Spreche ich deinen Namen eigentlich richtig aus?«

Überrascht setzte ich mich auf. »Wie bitte? Nein.«

»Nein? Im Ernst jetzt?« Er lachte, sah aber gleichzeitig ein bisschen gekränkt aus. »Warum hast du mir das nie gesagt?«

Ich beugte mich achselzuckend wieder über mein Heft. »Weil sowieso keiner meinen Namen richtig ausspricht.«

»Ja, okay, aber *ich* würde ihn gern richtig aussprechen.« Er berührte mich am Arm, damit ich ihn wieder ansah. »Wie spricht man ihn denn aus?«

Er sagte *Shi–riiin*, was wesentlich besser war, als das, was die meisten Leute machten, die ihn zu zwei kurzen, harten Silben zerhackten. *Sh-rn*. Ich versuchte, ihm zu erklären, dass beide i lang waren und das r gerollt wurde, so dass der Name weich klang, beinahe zärtlich.

Ocean machte mehrere Versuche, ihn korrekt auszusprechen, was mich zum Lachen brachte. Aber ich war auch ein bisschen gerührt.

»Ein schöner Name«, sagte er. »Hat er eine Bedeutung?«

Ich lachte verlegen und schüttelte den Kopf.

»Also ja?«, sagte er und sah mich mit großen Augen an. »Ist es irgendwas Schlimmes?«

»Nein.« Ich seufzte. »Shirin bedeutet *süß*. Was nicht so wirklich zu mir passt, oder? Ich glaube, meine Eltern hatten sich eine andere Tochter erhofft.«

»Wie meinst du das?«

»Bis jetzt hat mir noch niemand unterstellt, süß zu sein.«

Ocean lachte, dann zuckte er mit den Schultern. »Ja, okay«, sagte er. »Vielleicht nicht direkt süß ...« Er zögerte, griff nach seinem Stift und rollte ihn zwischen den Handflächen. »Eher ... na ja ...«

Er beendete den Satz nicht. Schaute mich nicht an. Seufzte.

Ich wusste nicht, wie ich reagieren sollte. Wusste nicht, was ich sagen sollte. Ich hätte gern gehört, wie ich seiner Meinung nach war, aber ich wollte nicht, dass er wusste, dass ich es wissen wollte, weshalb ich bloß stumm wartete.

»Du bist ... stark«, sagte er schließlich, den Blick immer noch auf seinen Bleistift gerichtet. »Als hättest du vor nichts Angst.«

Ich weiß nicht, was ich zu hören gehofft hatte, aber das hatte ich ganz sicher nicht erwartet. Einen Moment lang war ich tatsächlich sprachlos.

Ich fühlte mich so selten stark.

Meistens hatte ich Angst.

Als Ocean schließlich den Blick hob, flüsterte ich: »Ich habe vor so vielen Sachen Angst.«

Wir sahen uns an, und dann klingelte es. Plötzlich verlegen, sprang ich auf, packte meine Sachen zusammen und rannte aus dem Klassenraum.

An diesem Abend bekam ich von ihm eine SMS.

wovor hast du angst?, schrieb er.

Ich antwortete nicht.

Als ich am nächsten Tag in den Biosaal kam, war ich fest entschlossen, in einem herkulischen Kraftakt wieder zu versuchen, stumm und unnahbar zu sein, aber dann fiel alles in sich zusammen.

Nein, krachte zusammen.

Buchstäblich.

Ich kann nicht genau sagen, wie es dazu kam. Ocean hatte wohl zu hastig einen Schritt zur Seite gemacht – jemand lief mit einer nassen toten Katze zwischen den Tischen hindurch –, jedenfalls kam ich genau in diesem Moment zu unserem Platz, und wir stießen zusammen. Es war wie im Film.

Ich stolperte, klammerte mich an ihn, an seinen Körper, der weich war und zugleich hart, er schloss die Arme um mich und stammelte: »S...sorry!« Als ich erschrocken den Kopf hochriss, glitten meine Lippen unabsichtlich über seinen Hals, und ich atmete ihn einen Augenblick ein. Er ließ abrupt los, ich stolperte, er griff nach mir, ich sah ihn an, sah in seine Augen, groß, tief, besorgt, ich wich zurück, kappte die Verbindung. Schwankte.

Es war die unbeholfenste körperliche Interaktion, die man sich nur vorstellen kann. Alles in allem dauerte sie kaum eine Sekunde. Ich bin mir sicher, dass niemand etwas davon mitbekommen hatte. Aber mir entging nicht, wie Ocean sich an den Hals fasste, an die Stelle, an der mein Mund seine Haut gestreift hatte. Und mein Herz geriet aus dem Takt, als ich daran dachte, wie es sich angefühlt hatte, seine Arme um mich zu spüren.

Den Rest der Stunde sagte keiner von uns auch nur ein Wort.

Sobald es klingelte, griff ich nach meinem Rucksack und stürzte los – bereit, um mein Leben zu laufen. Ocean rief meinen Namen, und die pure Höflichkeit zwang mich, stehen zu bleiben, aber ich drehte mich nicht um. Mein Herz klopfte wild, hatte seit einer Stunde wild geklopft. Ich fühlte mich, als stünde ich unter Strom, wie eine Batterie, die zu lange in der Ladestation gesteckt hatte. In mir stoben die Funken, und ich wusste genau, ich musste weg. Weg von ihm. Dass ich so lange neben ihm hatte sitzen müssen, war zu viel gewesen.

Ich hatte schon oft für irgendwelche Jungs geschwärmt, aber sie hatten mir nie wirklich etwas bedeutet. Ich hatte mich in kitschige Tagträume und bescheuerte Phantasien mit ihnen reingesteigert, hatte ihnen viele, viele Seiten meines Tagebuchs gewidmet und sie wieder vergessen.

Aber ich hatte noch nie jemandem berührt, bei dem ich so etwas gefühlt hatte wie das hier. Als wäre ich elektrisiert.

»Hey«, sagte er.

Es kostete mich alle Kraft, mich umzudrehen, aber ich tat es, und als ich ihn anschaute, sah er verändert aus. Er sah aus, als hätte er genauso viel Angst wie ich.

»Hey«, sagte ich fast unhörbar.

»Können wir reden?«, fragte er.

Ich schüttelte den Kopf. »Ich muss gehen.«

Ich sah, wie er schluckte. Sah, wie sein Kehlkopf sich auf und ab bewegte. Er sagte: »Okay«, aber dann kam er auf mich zu, direkt auf mich zu, und ich spürte, wie etwas in meinem Kopf explodierte. Wahrscheinlich Hirnzellen, die starben. Er sah nicht mich an, sondern das winzige Stück Boden zwischen uns, und ich wartete darauf, dass er etwas sagte, aber das tat er nicht. Er stand nur da, und ich sah, wie sich sein Brustkorb hob und senkte, wie er ein- und ausatmete, und mir wurde schwindelig und heiß, und mein Herz hörte nicht auf zu rasen, konnte nicht aufhören, und dann – ohne mich zu berühren, ohne mich auch nur anzuschauen – sprach er es flüsternd aus. »Ich muss es einfach wissen«, sagte er. »Ob du das auch spürst, meine ich.«

Und jetzt erst sah er auf. Schaute mir in die Augen.

Ich blieb stumm. Ich hatte vergessen, wie man spricht. Aber er musste eine Antwort in meinen Augen gesehen haben, denn er atmete plötzlich leise aus, schaute kurz auf meine Lippen und machte einen Schritt zurück. Griff nach seinem Rucksack.

Und ging.

Ich wusste nicht, ob ich mich davon jemals wieder erholen würde.

17. KAPITEL

Beim Training stellte ich mich an wie die letzte Idiotin.

Ich hatte alles vergessen, selbst die simpelsten Bewegungsabläufe. Konnte nur noch an ihn denken. Daran, dass wir uns nur *unabsichtlich* berührt hatten und wie es sich wohl anfühlen würde, wenn wir uns *mit voller Absicht* berühren würden. Wow. Dass es mich dann wahrscheinlich zerreißen würde. Aber ich wollte nicht, dass jemand mir das Herz brach. Ich konnte mir nicht vorstellen, wie jemals etwas Gutes aus der Sache – aus uns – werden könnte und wie wir es schaffen sollten, das alles unbeschadet zu überstehen. Ich wusste nicht, was ich tun sollte.

Mein Leben war außer Kontrolle geraten.

Ich fragte mich, wie es wohl wäre, ihn zu küssen. Und auf einmal konnte ich an nichts anderes mehr denken. Ich war total unerfahren. Zwar hatte sich ein Junge tatsächlich mal getraut, mich auf die Wange zu küssen, und ich hatte es nicht eklig gefunden, aber das Ganze war so verkrampft gewesen, dass ich selbst bei der Erinnerung daran noch rot wurde.

167

Ich war lächerlich unvorbereitet.

Navid hatte schon viele Mädchen geküsst, das wusste ich, aber nicht, was er sonst alles gemacht hatte. Ich fragte ihn auch nicht danach, im Gegenteil hatte ich ihn schon ein paarmal bitten müssen, den Mund zu halten, als er mir unbedingt Einzelheiten erzählen wollte. Komischerweise hatte er in der Beziehung überhaupt keine Hemmungen. Meine Eltern ahnten bestimmt, dass er Freundinnen hatte, taten aber lieber so, als wüssten sie es nicht. Ich war mir ziemlich sicher, dass sie einen simultanen Herzinfarkt bekommen würden, wenn sie wüssten, dass ich auch nur daran dachte, einen Jungen zu küssen. Wobei die beiden bei meinen Überlegungen überraschenderweise keine Rolle spielten.

Die Vorstellung, Ocean zu küssen, fühlte sich nicht falsch oder verboten an. Aber ihn zu küssen, würde auch nichts besser machen.

Mein Bruder warf seine Wasserflasche in meine Richtung, und ich zuckte zusammen.

»Alles okay mit dir?«, fragte er. »Du siehst irgendwie krank aus.«

Ich fühlte mich auch irgendwie krank. Vielleicht hatte ich ja Fieber. Eigentlich war ich mir sicher, keins zu haben, aber meine Haut war glühend heiß. Am liebsten hätte ich mich ins Bett verkrochen. »Stimmt«, sagte ich. »Mir ist irgendwie komisch. Wäre es okay, wenn ich heute früher Schluss machen und schon mal nach Hause gehen würde?«

Mein Bruder kam zu mir, hob die Flasche auf und legte mir eine Hand auf die Stirn. Seine Augen weiteten sich. »Kein Problem. Ich fahr dich«, sagte er.

»Wirklich?«

Er sah mich empört an. »Meinst du, ich lasse meine Schwester mit Fieber nach Hause laufen?«

»Ich habe kein Fieber.«

»Doch«, sagte er. »Hast du.«

Er hatte recht. Weil meine Eltern um diese Zeit beide noch arbeiten waren, sorgte Navid dafür, dass ich mich ins Bett legte, und brachte mir Wasser und Tabletten.

Ich war nicht krank, mir war nur komisch, und ich wusste nicht, was ich hatte. Mir fehlte sonst nichts, bloß meine Temperatur war erhöht.

Trotzdem schlief ich sofort ein.

Als ich aufwachte, war es dunkel. Mir war schwummrig. Ich sah mich blinzelnd um und griff nach der Wasserflasche, die Navid mir hingestellt hatte, weil meine Kehle wie ausgedörrt war. Ich setzte mich auf, trank die ganze Flasche leer, drückte meine heiße Stirn gegen die kühle Wand und fragte mich, was mit mir los war. In diesem Moment bemerkte ich mein Handy auf dem Nachttisch. Ich hatte fünf ungelesene Nachrichten. Die ersten beiden waren schon vor sechs Stunden geschrieben worden.

hey
wie war das training?

Danach waren noch drei Nachrichten von ihm gekommen, die er erst vor zehn Minuten geschrieben hatte. Ich schaute auf die Uhr. Es war zwei Uhr morgens.

wahrscheinlich schläfst du längst
aber falls nicht ... kannst du mich anrufen?
(entschuldige, dass ich dein
sms-kontingent aufbrauche)

Obwohl ich sicher nicht in der Verfassung war zu telefonieren, dachte ich nicht lange nach. Ich klickte im Verzeichnis bis zu seiner Nummer und rief ihn sofort an. Während ich wartete, zog ich mir die Bettdecke über den Kopf, um meine Stimme zu dämpfen. Ich wollte meinen Eltern nicht erklären müssen, warum ich kostbare Handyminuten vergeudete, um mitten in der Nacht mit einem Jungen zu sprechen. Ich hatte keine Ahnung, was ich sagen würde.

Ocean meldete sich nach dem ersten Klingeln. Wollte er vielleicht auch nicht, dass seine Mutter etwas mitbekam? Aber als er in ganz normaler Lautstärke »Hey« sagte, wurde mir klar, dass ich die Einzige war, die Angst hatte, ihre Eltern könnten etwas mitkriegen. »Hi«, flüsterte ich. »Ich verstecke mich unter meiner Bettdecke.«

Er lachte. »Wieso das denn?«

»Alle schlafen«, sagte ich leise. »Meine Eltern würden mich umbringen, wenn sie mich so spät am Handy erwischen würden. Außerdem sind die Handyminuten teuer.«

Er sagte »Tut mir leid«, hörte sich aber nicht so an, als würde es ihm wirklich leidtun.

»Ich habe übrigens Fieber. Ich liege schon seit dem Nachmittag im Bett«, erklärte ich. »Ich bin gerade erst aufgewacht und habe deine Nachrichten gesehen.«

»Was?« Er klang erschrocken. »Wovon hast du Fieber?«

»Ich weiß es nicht.«

»Fühlst du dich krank?«

»Na ja, ich fühle mich ein bisschen komisch, aber ich glaube nicht, dass es was Schlimmes ist.«

Schweigen am anderen Ende.

»Bist du noch dran?«, fragte ich.

»Ja. Es ist nur ... Ich habe gar nicht darüber nachgedacht, bis du es gesagt hast, aber mir geht es auch nicht gut.«

»O nein«, flüsterte ich. »Vielleicht hast du dich bei mir angesteckt.«

»Nein«, sagte er. »Ich ...«

In meinem Kopf sprühten wieder Funken.

»Können wir bitte darüber reden?« Seine Stimme war leise und klang beunruhigt. »Ich weiß, dass du mir aus dem Weg gehst, aber ich verstehe nicht, warum. Und wenn wir nicht darüber reden, dann ... dann kann ich nicht ...«

»Worüber reden?«

»Über uns«, stieß er hervor. »Über uns. Ich möchte gern über uns sprechen. *Gott*. Ich kann nicht klar denken, wenn du da bist.« Und dann. »Ich weiß nicht, was los ist.«

Meine eigene Fähigkeit zu denken, verlangsamte sich abrupt, während sich mein Herzschlag gleichzeitig beschleunigte. Eine schrecklich schöne Nervosität überkam mich und schnürte mir die Kehle zu.

Ich war wie gelähmt.

Ich hätte so gern etwas gesagt, wusste aber nicht, wie oder was und ob ich nicht lieber stumm bleiben sollte. Auf einmal hinterfragte ich alles, war nicht in der Lage, eine Entscheidung zu treffen. Nachdem wir mehrere Sekunden lang gemeinsam geschwiegen hatten, sagte er schließlich: »Bin das nur ich? Bilde ich mir das ein?«

Seine Stimme brach mir das Herz. Wie schaffte er es, so mutig zu sein? Sich so verletzlich zu zeigen? Ocean war keiner, der Spielchen spielte. Er war keiner, der verwirrende, mehrdeutige Sachen sagte. Er stellte sich einfach hin, setzte sein Herz den Elementen aus und ... wow ... davor hatte ich größte Hochachtung.

Aber es machte mir auch Angst.

War das Fieber womöglich einfach eine Reaktion auf ihn, auf das hier, auf die ganze Situation? Denn je mehr er sagte, desto benommener fühlte ich mich. Mein Kopf schwamm, mir war heiß, ich verdampfte langsam.

Ich schloss die Augen. »Ocean«, flüsterte ich.

»Ja?«

»Ich ... ich bin nur ...«

Ich schloss den Mund. Versuchte meine Gedanken zu sortieren. Ich hörte ihn atmen. Spürte, dass er wartete, auf egal was, und auf einmal riss mein Herz auf, und ich erkannte, dass es keinen Sinn hatte, ihm weiter etwas vorzumachen. Er hatte es verdient, die Wahrheit zu hören. Wenigstens das.

»Du bildest dir das nicht ein«, sagte ich.

Ich hörte, wie er ausatmete. »Tu ich nicht?«, sagte er dann, und seine Stimme klang heiser.

»Nein. Tust du nicht. Ich spüre das auch.«

Eine Weile lang sagte keiner von uns etwas. Wir drückten uns beide schweigend unsere Handys ans Ohr und lauschten unseren Atemzügen.

»Warum stößt du mich dann weg?«, sagte er irgendwann. »Wovor hast du Angst?«

»*Davor*«, sagte ich mit geschlossenen Augen. »Ich habe vor dem hier Angst. Dem, was wir hier gerade machen. Das kann nichts werden«, sagte ich zu ihm. »Das hat keine Zukunft.«

»Warum nicht?«, fragte er. »Wegen deinen Eltern? Weil ich nicht aus dem Iran bin? Weil ich kein Muslim bin?«

Meine Lider flogen auf, und ich lachte, aber es war kein fröhliches Lachen. »Nein«, sagte ich. »Nicht wegen meinen Eltern. Ich meine ... klar, sie wären bestimmt nicht begeistert, wenn ich dich anschleppen würde, aber nicht, weil du kein Muslim bist. Meine Eltern wären von keinem Jungen begeistert«, sagte ich. »Grundsätzlich. Das hat nichts mit dir zu tun. Außerdem ... wäre mir das egal.« Ich seufzte schwer. »Das ist es nicht.«

»Was dann?«

Ich schwieg, aber Ocean drängte mich nicht. Er sagte kein Wort. Er wartete einfach.

Irgendwann antwortete ich.

»Du bist total nett«, sagte ich zu ihm. »Aber du hast keine Ahnung, wie kompliziert das wäre. Du weißt nicht, wie sehr sich dein Leben ... mit mir ... verändern würde«, sagte ich. »Glaub mir, du hast einfach keine Ahnung.«

»Was meinst du damit?«

»Ich meine, dass die Welt echt schlimm ist, Ocean. Dass die Leute total rassistisch sind.«

Ocean schwieg eine volle Sekunde lang, dann sagte er entgeistert: »*Deswegen* machst du dir Sorgen?«

»Ja«, sagte ich leise. »Ja, genau deswegen.«

»Aber mir ist es egal, was andere Leute denken.«

Wieder wurde mir heiß. Mir flirrte der Kopf.

»Hör zu«, sagte er sanft. »Das mit uns muss ja nicht ... Ich will dich zu nichts drängen. Ich würde dich einfach nur gern kennenlernen. Ich bin ... Ich meine, wir sind heute *aus Versehen* zusammengestoßen, und jetzt kann ich schon seit Stunden nicht mehr normal atmen.« Seine Stimme klang wieder gepresst. »Ich fühle mich irgendwie ... Das ist verrückt. Ich will einfach wissen, was das ist«, sagte er schließlich. »Ich will wissen, was hier gerade passiert.«

Mein Herz schlug zu heftig. Zu schnell.

Ich flüsterte: »Mir geht es ganz genauso.«

»Wirklich?«

»Ja«, sagte ich leise.

Er holte tief Luft. »Könnten wir nicht ...« Er klang nervös. »Ich meine, könnten wir nicht einfach mal was zusammen machen? Außerhalb der Schule? Irgendwo weit, weit weg von unserer widerlichen Biokatze?«

Ich lachte. Mir war ein bisschen schwindelig.

»Ist das ein Ja?«

Ich seufzte. Ich hätte mir so sehr gewünscht, einfach ja sagen zu können. Stattdessen sagte ich: »Vielleicht. Aber mach mir keinen Heiratsantrag, okay? Von denen kriege ich schon zu viele.«

»Du machst Witze?« Ocean lachte. »Du brichst mir das Herz und machst Witze darüber. Wow.«

»Ja.« Ich seufzte. Keine Ahnung, warum ich so war, wie ich war. Ich lächelte.

»Moment mal ... das Ja gerade. Was hat das bedeutet? *Ja,* dass du mal was mit mir unternimmst?«

»Ja.«

»Ja?«

»Ja«, sagte ich leise. »Ich würde echt gern mal was mit dir unternehmen.« Ich war aufgeregt und glücklich und hatte furchtbare Angst – alles gleichzeitig. Aber ich spürte auch, dass meine Temperatur wieder anstieg. Genauer gesagt, fühlte ich mich, als würde ich gleich ohnmächtig werden. »Aber ich muss jetzt Schluss machen«, sagte ich. »Ich rufe dich wieder an, okay?«

»Okay«, sagte er. »Okay.«

Wir legten auf.

Und ich blieb die nächsten drei Tage im Bett.

18. KAPITEL

Ich kam das ganze Wochenende nicht aus dem Bett. Am Montag ging das Fieber endlich runter, aber meine Mutter erlaubte mir trotzdem noch nicht aufzustehen. Ich sagte ihr, dass ich keine anderen Symptome hätte und damit also gesund wäre, aber sie ließ nicht mit sich reden. Ich war nicht erkältet. Mir tat nichts weh. Ich spürte nichts Ungewöhnliches außer dieser unerklärlichen Hitze im Kopf.

Es fühlte sich ein bisschen so an, als wäre mein Gehirn dampfgegart worden.

Ocean hatte mir mehrere SMS geschrieben, aber ich war die meiste Zeit so benebelt, dass ich es nicht schaffte, ihm zu antworten. Ich ging davon aus, dass er schon irgendwie mitbekommen würde, dass ich immer noch zu Hause war, hätte aber niemals damit gerechnet, dass er meinen Bruder ausfindig machen würde.

Am Montag kam Navid nach der Schule in mein Zimmer. Er setzte sich auf die Bettkante und schnippte mir gegen die Stirn.

»Lass«, brummte ich, wälzte mich auf die andere Seite und drückte mein Gesicht ins Kissen.

»Dein Freund hat dich heute gesucht.«

Ich drehte mich so schnell wieder um, dass ich mir fast den Hals verrenkt hätte. »Wie bitte?«

»Du hast mich schon verstanden.«

»Er ist nicht mein Freund.«

Navid zog die Augenbrauen hoch. »Nicht? Hm, ich hab keine Ahnung, was du mit dem Typen gemacht hast, der nicht dein Freund ist«, sagte er. »Aber ich bin mir ziemlich sicher, dass er in dich verliebt ist.«

»Hör auf«, sagte ich und drückte das Gesicht wieder ins Kissen.

»Ohne Witz.«

Ich zeigte ihm, ohne ihn anzusehen, den Mittelfinger.

»Deine Sache«, sagte Navid. »Du musst mir ja nicht glauben. Ich dachte nur, dass es dich vielleicht interessiert. Er hat sich Sorgen gemacht. Vielleicht solltest du ihn anrufen.«

Ich richtete mich auf, knuffte das Kissen unter meinem Kopf zurecht und sah meinen Bruder ungläubig an. »Ist das jetzt dein Ernst?«

Navid zuckte mit den Schultern.

»Du hast nicht vor, ihn zu verprügeln?«, sagte ich. »Du sagst mir, ich soll ihn *anrufen*?«

»Der Typ tut mir leid. Er scheint ganz nett zu sein.«

»Äh.« Ich lachte. »Okay.«

»Doch, wirklich.« Navid stand auf. »Aber eine Sache muss ich dir sagen.«

Ich verdrehte die Augen.

»Wenn du kein echtes Interesse an ihm hast«, sagte Navid ernst, »dann sag ihm das gleich.«

»Was? Wovon redest du?«

Er schüttelte den Kopf. »Dass du kein Arschloch sein sollst.«

»Ich bin kein Arschloch.«

Mein Bruder war schon an der Tür, aber jetzt lachte er. Laut. »Du bist *knallhart*«, sagte er. »Und ich will nicht mitansehen müssen, wie du diesem Typen das Herz in tausend Einzelteile zerschmetterst, okay? Er kam mir so ... unschuldig vor. Er hat eindeutig keine Ahnung, worauf er sich mit dir eingelassen hat.«

Ich starrte Navid fassungslos an.

»Versprich es mir einfach«, sagte er. »Okay? Wenn du nicht wirklich in ihn verliebt bist, fang erst gar nichts mit ihm an.«

Aber ich war verliebt. Mein Problem war nicht, ob ich in ihn verliebt war oder nicht. Mein Problem war, dass ich nicht in ihn verliebt sein *wollte*.

Ich konnte die Zukunft vor mir sehen. Ich sah vor mir, wie wir zusammen irgendwo hingingen, egal, wohin, und jemand eine fiese Bemerkung über mich fallen lassen würde. Ich sah vor mir, wie Ocean erstarren würde. Wie wir verkrampft tun würden, als wäre nichts, obwohl wir beide am liebsten im Boden versinken würden; natürlich wäre er verunsichert und wüsste nicht, wie er damit umgehen soll.

Und dann würde er beschließen, mich vielleicht lieber doch nicht mehr in der Öffentlichkeit zu treffen. Ich wusste jetzt schon, wie seine Freunde auf mich reagieren würden, seine Familie. Ich konnte mir lebhaft die kaum verhohlenen, missbilligenden und / oder empörten Blicke vorstellen, die ihn erkennen lassen würden, dass seine eigenen Freunde verkappte Rassisten waren, dass seine Eltern zwar gern so taten, als hätten sie keinerlei Vorurteile gegenüber uns nicht ganz so weißen Amerikanern, es mit ihrer vermeintlichen Offenheit aber ganz schnell vorbei war, wenn wir ihren Sohn küssten.

Wenn Ocean sich mit mir einließ, würde die Blase platzen, in der er so schön sicher und bequem gelebt hatte. Alles an mir – meine Hautfarbe, meine Kleidung – war nach dem elften September zum Politikum geworden. Früher hatten die Leute bloß mit Befremden auf mich reagiert. Da war ich noch eine normale Absonderlichkeit gewesen, zwar unergründlich, aber etwas, das leicht ignoriert und als unwichtig abgeschrieben werden konnte. Aber dann war der September gekommen, an dem das Entsetzliche passiert war, und am nächsten Tag war ich im gleißenden Licht der Scheinwerfer aufgewacht. Dass ich genauso geschockt und entsetzt war wie alle anderen, änderte nichts. Mir wurde die Trauer nicht abgenommen. Menschen, die noch nie was mit mir zu tun gehabt hatten, bezeichneten mich als Mörderin. Auf der Straße wurde ich von Fremden beschimpft, genau wie in der Schule, im Supermarkt, an Tankstellen, in Restaurants. Leute sagten mir, ich solle wieder da hingehen, wo ich hergekommen war. *Geh nach Hause. Geh zurück nach Afghanistan, du Kamelfickerin, du Terroristin.*

Ich wollte antworten, dass ich nur eine Straße weiter

wohnte. Ich wollte sagen, dass ich noch nie in meinem Leben in Afghanistan gewesen war. Ich wollte sagen, dass ich erst ein einziges Mal ein echtes Kamel gesehen hatte – im Urlaub in Kanada –, das aber weitaus netter gewesen wäre, als viele der Menschen, die mir hier begegneten.

Aber was ich sagte, spielte sowieso keine Rolle mehr. Die Leute sprachen über mich, über meinen Kopf hinweg, an meiner Stelle, ohne nach meiner Meinung zu fragen. Ich war zu einem Diskussionsthema geworden. Zu einem Teil der Statistik. Vom elften September an durfte ich nicht mehr einfach nur ein Mädchen sein, ein Mensch aus Fleisch und Blut – nein, ich war jetzt automatisch mehr.

Ich war zum Störfaktor geworden. Zu jemandem, dessen bloße Anwesenheit peinliche Gesprächspausen hervorrief.

Und deswegen wusste ich jetzt schon: Egal, was das mit Ocean und mir war, es würde in Tränen enden.

Also rief ich ihn nicht an.

19. KAPITEL

Ich behaupte nicht, dass ich davon überzeugt war, das Richtige zu tun, indem ich Ocean doch wieder ignorierte. Überhaupt nicht. Ich war einfach überfordert und stellte mich deshalb tot. Ich mochte Ocean, und ich glaube, das war meine etwas verkorkste Art, ihn zu schützen. Uns beide zu schützen. Ich hatte die Hoffnung, dadurch vielleicht wieder an den Punkt zurückspulen zu können, an dem wir einfach nur zufällig in denselben Kursen saßen, uns gut verstanden und freundlich zueinander waren. Punkt.

Wir sind erst sechzehn, dachte ich.

Es wird vorübergehen.

Ocean würde ein süßes Mädchen mit einem problemlos auszusprechenden Namen zum Abschlussball einladen, und auch ich würde weiterziehen – im wahrsten Sinn des Wortes. Früher oder später würde mein Vater die nächste, besser bezahlte Arbeit finden und stolz verkünden, dass wir in eine bessere Stadt ziehen würden, eine bessere Wohngegend, einer besseren Zukunft entgegen.

Alles würde gut werden. Oder jedenfalls so gut wie gut.

Das einzige Problem an diesem Plan war natürlich, dass Ocean andere Pläne hatte.

Am Dienstag saß ich wieder in Mr Jordans Kurs, bekam aber mit ziemlicher Sicherheit eine miese Mitarbeitsnote, weil ich die ganze Stunde lang kein Wort von mir gab. Das hatte zwei Gründe:

Erstens war ich durch den unerklärlichen Fieberschub immer noch angeschlagen, und zweitens versuchte ich, möglichst keine Aufmerksamkeit auf mich zu ziehen.

Ich schaute Ocean nicht an. Ich schaute auch sonst niemanden an. Ich tat so, als würde ich nichts um mich herum mitbekommen, weil ich hoffte, dass Ocean das als endgültigen Wink mit dem Zaunpfahl verstehen und endlich aufhören würde, mit mir reden zu wollen.

Ein bescheuerter Plan.

Zum Ende der Stunde war ich sofort aus dem Raum geflohen und rannte gerade den noch leeren Flur entlang, als Ocean mich einholte, am Handgelenk festhielt und zu sich drehte. Er sah besorgt aus. Ein bisschen blass. Ich fragte mich, wie ich wohl für ihn aussah.

»Hey«, sagte er leise.

»Hey«, sagte ich.

Er hielt mich immer noch fest. Seine Finger waren um mein Handgelenk geschlungen wie ein loses Armband. Ich schaute auf seine Hand. Nicht, weil mir die Berührung unangenehm war, aber als er meinen Blick sah, zuckte er zusammen und ließ los.

»Ich möchte mich entschuldigen«, sagte er.

»Wofür?«

»Für das, was ich getan habe. Egal, was«, sagte er. »Ich habe irgendwas falsch gemacht, oder? Irgendwas stört dich.«

Mein Herz zog sich zusammen, hörte auf zu schlagen. Ocean war so nett. Er war so nett, und er machte es mir so schwer.

»Du hast nichts falsch gemacht«, sagte ich. »Ich schwöre.«

»Nicht?« Er sah trotzdem besorgt aus.

Ich schüttelte den Kopf. »Aber ich muss jetzt echt weiter, okay? Die nächste Stunde fängt gleich an.« Ich wandte mich zum Gehen, da sagte er meinen Namen. Sagte ihn so, dass es wie eine Frage klang. Ich drehte mich um.

»Können wir reden?«, sagte er. »In der Pause?«

Ich sah ihm in die Augen, sah, dass er versuchte, sich nicht anmerken zu lassen, wie verletzt er war.Und in diesem Moment spürte ich ganz deutlich, dass mein Weg der falsche war. Ich hatte zugelassen, dass es so weit gekommen war, jetzt konnte ich nicht einfach wegschauen und abwarten und hoffen, dass sich alles von selbst lösen würde. Das wäre grausam. Nein. Ich würde Ocean – in klaren und eindringlichen Worten – erklären müssen, warum wir so nicht weitermachen durften. Dass wir das zwischen uns, was es auch war, beenden mussten.

Deswegen sagte ich: »Okay.«

Ich erklärte ihm, wo mein Baum stand, und sagte, ich würde dort auf ihn warten.

Natürlich hatte ich nicht damit rechnen können, dass dort schon jemand anderes auf mich warten würde.

Als ich um die Ecke bog, lehnte Yusef am Baumstamm.

Yusef.

Ich fand immer noch, dass er sehr gut aussah, und es wäre gelogen zu behaupten, ich hätte in der letzten Woche nicht auch mal an ihn gedacht, aber ich hatte nicht oft Grund gehabt, an ihn zu denken, weil wir uns in der Schule kaum über den Weg liefen.

Was machte er hier?

Es war mir gar nicht recht, dass er da war. Ich war auch so schon nervös genug wegen des Gesprächs, das ich gleich führen musste, und ich hatte keine Lust, auch noch Yusef sagen zu müssen, dass er bitte woanders hingehen soll. Mit welchem Recht denn auch? Das hier war öffentlicher Raum. Also zog ich mein Handy aus der Tasche, bog scharf nach links ab und tippte eine SMS an Ocean, ob wir uns woanders treffen könnten.

Bevor ich sie abschickte, hörte ich jemanden nach mir rufen und drehte mich überrascht um.

»Hey. Wo willst du hin?« Yusef kam auf mich zu. Er lächelte.

An einem anderen Tag, zu einer anderen Zeit, hätte mich sein Lächeln vielleicht interessiert. Heute war ich viel zu sehr mit anderem beschäftigt.

»Oh, hi. Entschuldige«, sagte ich. »Ich suche jemanden.«

»Okay«, sagte er und folgte meinem Blick.

Ich schaute mit zusammengekniffenen Augen über den Hof, wo sich die meisten Schüler während der Mittagspause aufhielten, was genau der Grund war, weshalb ich mich selten dort aufhielt. Leichte Gereiztheit stieg in mir auf, was Yusef gegenüber nicht fair war. Er konnte ja nicht wissen, dass ich jetzt wirklich keine Zeit für irgendetwas anderes hatte. Es war nicht so, als würde ich ihn nicht nett finden, nur war das eben der denkbar falscheste Moment für eine lockere Unterhaltung.

»Ich wollte mal wieder bei meinem Baum vorbeischauen«, sagte er. »Ich hatte gehofft, dass du vielleicht auch hier wärst.«

»Das ist nett«, sagte ich und starrte weiter mit gerunzelter Stirn in die Ferne.

Yusef beugte sich in mein Blickfeld. »Wen suchst du denn? Vielleicht kann ich dir helfen?«

»Nein, nein«, sagte ich. »Ich wollte nur ...«

»Hey.«

Ich fuhr herum. Die Erleichterung, die ich im ersten Moment spürte, verwandelte sich sofort in nervöse Anspannung. Ocean sah etwas irritiert aus. Er schaute zwischen mir und Yusef, der viel zu dicht neben mir stand, hin und her.

Ich trat hastig ein paar Schritte zur Seite.

»Hey.« Ich versuchte zu lächeln. Ocean wandte sich zu mir, wirkte aber verunsichert.

»Hast du *ihn* gesucht?«, fragte Yusef. Er klang überrascht.

Ich musste mich zusammenreißen, um ihm nicht zu sagen, dass er anscheinend überhaupt keine Antennen dafür hatte, wann es besser war zu gehen ...

»Hey, Alter. Alles klar?«, sagte Yusef zu Ocean, was sich

187

weniger nach einer Frage als nach einer Feststellung anhörte, und streckte ihm die Hand hin. Aber nicht, um seine
zu schütteln, sondern um ihn an zu sich ziehen, halb zu um-
armen und ihm gleichzeitig auf den Rücken zu klatschen.
»Du kennst Shirin?«, sagte er. »Die Welt ist klein.«

Ocean ließ Yusefs freundschaftliche Bro-Begrüßung geduldig über sich ergehen, was wahrscheinlich hauptsächlich damit zu tun hatte, dass er eben ein netter Mensch war.
Er sah nämlich irgendwie sauer aus und sagte kein Wort zu
Yusef. Gab ihm keine Antwort und keine Erklärung.

»Hey, äh ...«, sagte ich stattdessen zu Yusef. »Ich würde
mich mit Ocean gern ungestört unterhalten, okay? Wir gehen vielleicht lieber irgendwohin, wo ...«

»Ach so, verstehe«, sagte Yusef. »Dann mache ich es kurz.
Ich wollte dich nur fragen, ob du nächste Woche fastest.
Meine Familie organisiert am ersten Abend immer ein großes *Iftar,* und du und dein Bruder – und auch eure Eltern,
falls sie Zeit haben – seid herzlich eingeladen.«

Was zur Hölle ...?

»Woher weißt du, dass ich einen Bruder habe?«

Yusef zog die Brauen zusammen. »Navid ist in den meisten von meinen Kursen. Als du letztes Mal von deinem Bruder erzählt hast, habe ich zwei und zwei zusammengezählt.
Hat er nichts zu dir gesagt?«

»Äh ...« Ich warf einen Blick zu Ocean, der plötzlich aussah, als hätte ihm jemand in den Magen geboxt. »Danke. Ich
sage es Navid, und er gibt dir dann Bescheid. Ich muss jetzt
aber wirklich ...«

Keine Ahnung, ob wir uns dann überhaupt noch richtig

verabschiedet haben. Ich sah nur den Ausdruck auf Oceans Gesicht, als Yusef davonschlenderte.

Er sah aus, als hätte ich ihn verraten.

Ich sagte ihm, dass ich gerne irgendwo mit ihm hingehen würde, wo wir unsere Ruhe hätten, aber mir fiel nur die Bibliothek ein, und dort durfte man nicht reden.

Er sagte: »Auf dem Parkplatz steht mein Auto.«

Mehr nicht.

Wir gingen schweigend zu seinem Wagen. Erst als wir die Türen zugezogen hatten und auf der Rückbank saßen – in unserer eigenen kleinen Welt – sah er mich wieder an und sagte: »Bist du ...?« Er seufzte, drehte den Kopf weg und starrte nach vorn. »Bist du mit dem Typen zusammen? Mit Yusef?«

»Was? Nein.«

Er sah mich an.

»*Nein*. Ich bin mit niemandem zusammen.«

»Ach so.« Seine Schultern entspannten sich etwas. Wir setzten uns so hin, dass wir uns anschauten. Ocean lehnte mit dem Rücken an der Tür. Er sah erschöpft aus, rieb sich mit beiden Händen übers Gesicht, dann sagte er: »Was ist los? Was ist zwischen unserem Telefonat und jetzt passiert?«

»Vielleicht hatte ich zu viel Zeit, über alles nachzudenken.«

Er schaute mich an, als hätte ich ihm gerade das Herz gebrochen. Und als er sagte: »Du willst nicht mit mir zusammen sein«, klang er auch genau so.

Ocean sagte immer, was er dachte. Er wirkte in jeder Beziehung ehrlich und aufrichtig, und das fand ich bewunderns-

189

wert. Aber jetzt gerade machte seine Aufrichtigkeit dieses Gespräch für mich noch schwieriger.

Dabei hatte ich doch einen Plan gehabt.

Ich hatte mir alles zurechtgelegt; hatte vorgehabt, eine Geschichte zu erzählen, ein Bild zu malen, ihm sehr, sehr, sehr deutlich zu machen, warum das mit uns zum Scheitern verurteilt war, warum es vernünftiger war, jetzt alles zu tun, um zu vermeiden, dass wir sehenden Auges der für uns beide schmerzhaften, aber unausweichlichen Zerstörung von dem zusteuerten, was zwischen uns entstanden war. Aber mit einem Mal kamen mir all meine sorgfältig zurechtgelegten Argumente kläglich vor. Dumm. Unmöglich zu formulieren. Ein Blick auf ihn und alles in meinem Kopf wirbelte durcheinander. Meine Gedanken hatten sich heillos verheddert, und mir würde nichts anderes übrigbleiben, als sie ihm ungeordnet, wie sie waren, entgegenzuschleudern.

Und trotzdem brauchte ich zu lang. Schwieg zu lang.

Rang nach Worten.

Ocean setzte sich auf, beugte sich vor, mir entgegen, und meine Brust wurde eng. Ich roch ihn – seinen ganz eigenen Duft –, er war überall. Ich begriff plötzlich, dass ich in seinem Auto saß, und zum ersten Mal sah ich mich um, sah mir an, wo wir überhaupt waren … wer er war. Ich wollte diesen Moment archivieren, ihn in Wort und Bild festhalten. Wollte mich für immer daran erinnern können. Mich an ihn erinnern können.

Es war das erste Mal, dass ich mich bewusst an jemanden erinnern wollte.

»Hey«, sagte er, aber ganz leise. Ich weiß nicht, was er in

meinem Gesicht sah, in meinen Augen oder meiner Miene, aber auf einmal wirkte er verändert. Vielleicht hatte er erkannt, dass es mich erwischt hatte – so richtig erwischt – und dass das alles für mich nicht einfach war, weil ich in Wirklichkeit gar nicht von ihm wegwollte.

Mein Blick begegnete seinem.

Er berührte meine Wange, seine Finger strichen über meine Haut, und ich keuchte auf. Zuckte zurück. Es kam so unerwartet, dass ich überreagierte. Mein Atem ging zu schnell, und in meinem Kopf loderten wieder Flammen auf.

»Es tut mir leid«, sagte ich. »Ich kann das nicht.«

»Warum nicht?«

»Weil«, sagte ich. »Weil.«

»Weil was?«

»Weil es nichts werden kann.« Ich war durcheinander und hilflos. Ich hörte mich bescheuert an. »Es kann einfach nichts werden.«

»Aber hängt das nicht von uns ab?«, fragte er. »Können wir nicht selbst entscheiden, ob etwas daraus wird oder nicht?«

Ich schüttelte den Kopf. »So einfach ist das nicht. Du verstehst das nicht. Aber dafür kannst du nichts«, sagte ich. »Was man nicht kennt, das ... kennt man eben nicht. Du kannst das nicht einschätzen. Du kannst dir nicht vorstellen, wie sich dein Leben verändern würde, wenn du mit mir zusammen wärst ... mit jemandem wie mir ...« Ich stockte. Suchte verzweifelt nach Worten. »Du würdest Probleme kriegen«, sagte ich, »garantiert. Mit deinen Freunden, mit deiner Familie ...«

»Warum bist du dir eigentlich so sicher, dass ich mich dafür interessiere, was andere Leute denken? Vielleicht ist mir das ja egal.«

»Es wird dir nicht egal sein«, sagte ich.

»Doch. Ist es mir jetzt schon.«

»Das sagst du so einfach«, erwiderte ich kopfschüttelnd. »Aber du hast keine Ahnung, Ocean. Es wird dir nicht egal sein. Ganz sicher nicht.«

»Warum kannst du nicht mir überlassen, was mir egal ist und was nicht?«

Ich schüttelte nur immer weiter den Kopf. Ich brachte es nicht über mich, ihn anzusehen.

»Jetzt hör mir mal zu«, sagte er und griff nach meinen Händen. Erst in dem Moment merkte ich, dass ich zitterte. Er drückte meine Finger. Zog mich näher zu sich. Mein Herz klopfte wild.

»Hör mir zu«, sagte er noch mal. »Es ist mir egal, was andere denken. Es ist mir egal, okay?«

»Ist es nicht«, sagte ich leise. »Das denkst du jetzt, aber es ist dir nicht egal.«

»Wie kannst du so was sagen?«

»Weil ich das von mir selbst kenne«, sagte ich. »Ich rede mir auch die ganze Zeit ein, es wäre mir egal, was andere Leute denken. Ich behaupte, dass ich einen Scheiß auf die Meinung von irgendwelchen Arschlöchern gebe, aber das stimmt nicht«, sagte ich, und meine Augen brannten. »Es stimmt nicht, weil es mir jedes Mal weh tut, und das bedeutet, dass es mir eben nicht egal ist. Das bedeutet, dass ich nicht stark genug bin. Es tut mir *weh*, wenn jemand was Fieses über mich sagt, jedes Mal, wenn jemand einen rassis-

192

tischen Kommentar abgibt, wenn irgendein geistig verwirrter Obdachloser, an dem ich vorbeigehe, eine Hasstirade loslässt. Und es ist nicht so, als würde es mit der Zeit weniger weh tun. Ich erhole mich nur schneller davon. Du hast keine Ahnung, wie das ist«, sagte ich. »Du hast keine Ahnung, wie mein Leben aussieht und wie es wäre, ein Teil davon zu sein. Wie es wäre, wenn du der Welt offen zeigen würdest, dass du auf meiner Seite stehst. Damit würdest du dich nämlich selbst zur Zielscheibe machen. Mit deinem schönen, sorgenfreien Leben wäre es dann vorbei ...«

»Ich habe kein schönes, sorgenfreies Leben«, unterbrach Ocean mich heftig, und seine Augen leuchteten hell und durchdringend. »Falls mein Leben ein Beispiel dafür ist, wie ein schönes, sorgenfreies Leben aussieht, ist diese Welt noch viel kaputter, als ich gedacht hätte. Weil ich nämlich mit meinem Leben nicht glücklich bin und auf gar keinen Fall so werden will wie meine Eltern. Oder wie die anderen Leute um mich rum. Ich will selbst bestimmen, wie ich lebe, okay? Ich bestimme, mit wem ich zusammen bin.«

Mein Herz hämmerte in meiner Brust, und ich brachte kein Wort heraus, konnte ihn nur anschauen.

»Vielleicht ist es *dir* nicht egal, was andere Leute sagen.« Seine Stimme war jetzt etwas sanfter. »Das ist okay. Aber – ganz ehrlich – mir schon.«

»Ocean«, flüsterte ich. »*Bitte.*«

Er hielt immer noch meine Hände, und was er sagte, fühlte sich so überzeugt und so wahr an. Und ich wusste nicht, wie ich ausdrücken sollte, dass sich das, was ich für ihn empfand, nicht geändert hatte, nicht das kleinste bisschen, und dass jedes Wort von ihm mir das Gefühl gab, als würde mein Herz gleich implodieren.

»Bitte tu das nicht«, sagte er. »Bitte sag nicht, dass du nichts von mir willst, nur weil du zu viel auf die Meinungen von irgendwelchen Rassisten und Arschlöchern gibst. Sag, du willst nichts von mir, weil du mich scheiße findest«, sagte er. »Sag mir, dass du mich hässlich findest und mich hasst, und ich schwöre dir, das würde weniger weh tun.«

»Das kann ich nicht«, sagte ich. »Ich finde dich großartig.«

Er seufzte und sah mich nicht an, als er sagte: »Das hilft nicht.«

»Und ich finde, dass du wunderschöne Augen hast.«

Er schaute überrascht auf. »Ja?«

Ich nickte.

Ocean lachte leise. Er zog meine Hände an seine Brust, und er fühlte sich so stark an. Ich spürte sein Herz unter meinen Handflächen, spürte, wie es gegen seine Rippen hämmerte. Ich spürte die Konturen seines Körpers unter seinem T-Shirt, und mir wurde ein bisschen schwindelig.

»Hey«, sagte er.

Ich sah ihm in die Augen.

»Kannst du mir bitte irgendeine total gemeine Beleidigung an den Kopf werfen? Kannst du bitte irgendwas sagen, was mich dazu bringen könnte, dich ein bisschen scheiße zu finden?«

Ich schüttelte den Kopf. »Es tut mir so leid, Ocean. Wirklich. Alles.«

»Ich verstehe nur nicht, warum du dir so sicher bist.« Sein Blick war wieder niedergeschlagen. »Ich meine, wie kannst du dir so sicher sein, dass es nicht funktioniert, ohne uns überhaupt eine Chance zu geben?«

»Weil ich es nun mal weiß«, sagte ich. »Ich weiß, was passieren wird.«

»Das kannst du nicht wissen.«

»Doch«, sagte ich. »Kann ich. Ich weiß genau, wie die Geschichte weitergehen wird.«

»Nein. Du denkst, du wüsstest es. Aber du hast keine Ahnung, was passieren wird.«

»Doch«, sagte ich. »Doch, ich ...«

Und er küsste mich.

Aber nicht so, wie ich es in Büchern gelesen hatte. Sein Kuss war auch nicht flüchtig oder ganz zart und schlicht. Er küsste mich, und es war wie ein Rausch, als würden all meine Sinne miteinander verschmelzen. Ich bestand nur noch aus Herzschlag und Atem. Herzschlag und Atem in unendlicher Wiederholung. Es war ganz anders, als ich es erwartet hatte. Es war schöner, viel schöner, vielleicht das Schönste jemals. Ich hatte noch nie geküsst und brauchte aus irgendeinem Grund trotzdem keine Anleitung. Ich ließ mich fallen, ergab mich seiner Umarmung, seine Lippen teilten meine, und ich war überwältigt von dem, was ich fühlte, überwältigt davon, wie süß er schmeckte und wie warm, und ich spürte kaum die Autotür im Rücken und dachte an nichts, an gar nichts, außer daran, wie absolut unglaublich das alles war, als er sich plötzlich, nach Luft ringend, von mir löste. Seine Stirn an meine gepresst, atmete er aus, sagte leise *Wow,* und als ich schon dachte, jetzt wäre es vorbei, küsste er mich noch mal. Und dann noch mal. Und noch mal.

Irgendwo in weiter Ferne hörte ich das Klingeln der Schulglocke und hörte es, als würde ich zum ersten Mal etwas hören.

Und mit einem Mal waren alle Gedanken wieder da.

Es war wie ein Überschallknall.

Viel zu schnell setzte ich mich auf, schaute wild um mich, hyperventilierte fast. »O mein Gott«, sagte ich. »O mein Gott, Ocean ...«

Er küsste mich wieder.

Und ich versank.

Als wir uns das nächste Mal voneinander losrissen, atmeten wir beide heftig, er sah mich an und sagte: *Mann o Mann,* aber so leise, als würde er mit sich selbst sprechen, und ich sagte: »Ich muss gehen, ich muss gehen!«; er sah mich – immer noch benommen – an, und ich griff nach meinem Rucksack, und seine Augen weiteten sich plötzlich, und er sagte: »Geh nicht.«

»Ich muss«, sagte ich. »Es hat gerade geklingelt. Ich muss in meinen nächsten Kurs.«

Das war natürlich gelogen, der nächste Kurs war mir total egal, ich war nur feige und wollte davonlaufen. Und als ich die Finger um den Griff legte und die Tür aufstieß, sagte er: »Nein, warte ...«

Und ich sagte: »Vielleicht sollten wir lieber einfach nur Freunde bleiben, okay?«, und dann sprang ich aus dem Wagen, bevor er mich noch einmal küssen konnte.

Ich schaute zurück – nur einmal –, sah, wie er mir durch die Scheibe hinterherschaute, und ging davon.

Er sah aus wie betäubt.

Und ich wusste, ich hatte gerade alles nur noch schlimmer gemacht.

20. KAPITEL

Ich ging nach der Pause nicht in Bio.

Das Projekt »Tote Katze« war zwar offiziell beendet – wir würden jetzt erst mal wieder für eine Weile normalen Unterricht machen, bevor wir die nächste praktische Aufgabe bekamen –, aber ich schaffte es trotzdem nicht hinzugehen. Ich hätte einfach nicht gewusst, wie ich mich verhalten sollte, wenn ich ihn jetzt gleich wiedersehen würde. Es war alles noch zu frisch. Mein Körper schien nur noch aus Nerven zu bestehen, als wären Muskeln und Knochen entfernt worden, um Platz zu schaffen für all die neuen Gefühle.

Jetzt war es amtlich: Das zwischen uns war endgültig außer Kontrolle geraten.

Im Laufe des Tages hatte ich mir immer wieder verwirrt und staunend über die Lippen gestrichen und war mir nicht sicher gewesen, ob ich mir alles nicht vielleicht doch nur eingebildet hatte. Die Hitze in meinem Kopf ließ nicht nach. Was war nur aus meinem Leben geworden?

Zum Training ging ich dann aber wieder. Ich war nur an

den Tagen nicht im Tanzraum gewesen, an denen ich krank gewesen war, sonst stand ich immer pünktlich auf der Matte, egal, wie es mir ging. Breakdance gab mir etwas, auf das ich mich konzentrieren konnte, über das ich Kontrolle hatte. Ganz einfach: Wenn ich mich reinhängte, machte ich Fortschritte. Das war unkompliziert.

Das fand ich gut.

»Sag mal, was machst du eigentlich für eine Scheiße?«

So wurde ich von meinem Bruder begrüßt.

Ich ließ meine Sporttasche auf den Boden fallen. Jacobi, Bijan und Carlos drückten sich in einer Ecke des Tanzraums herum und taten so, als würden sie nicht zu uns rüberstarren.

»Was denn?«, fragte ich und versuchte, in ihren Gesichtern zu lesen. »Was ist los?«

Navid schloss die Augen. Öffnete sie. Schaute an die Decke. Fuhr sich mit beiden Händen durch die Haare. »Ich hab dir gesagt, dass du ihn *anrufen* sollst«, sagte er. »Ich hab nicht gesagt, dass du mit ihm *rummachen* sollst.«

Ich wäre am liebsten im Boden versunken. Ich versuchte, etwas zu sagen, aber meine Lippen waren wie taub, mein Gehirn war wie taub, alles war taub.

Navid schüttelte den Kopf. »Hör zu«, sagte er. »Es ist mir egal, okay? Es ist mir egal, ob du mit irgendeinem Typen knutschst – ich hab dich nie für eine Heilige gehalten –, aber du musst vorsichtig sein, okay? Mit so einem wie ihm kannst du nicht einfach so rummachen. Das kriegen doch alle mit.«

Endlich schaffte ich es, die Lippen zu öffnen, aber als ich zu sprechen anfing, kam nur Flüstern heraus. »Navid«, sagte ich und gab mir größte Mühe, nicht an einem Herzinfarkt zu sterben. »Wovon redest du?«

Er sah plötzlich verwirrt aus. Schaute mich an, als würde er sich fragen, ob meine Panik echt war. Als wüsste er nicht, ob ich ihm nicht vielleicht nur vorspielte, dass mir absolut unbegreiflich war, wie er erfahren haben konnte, dass ich heute zum ersten Mal in meinem Leben einen Jungen geküsst hatte.

»Autos«, klärte er mich auf, »haben Fensterscheiben.«

»Und?«

»Und«, sagte er gereizt, »ihr seid gesehen worden.«

»Ja«, sagte ich. »Das habe ich mittlerweile begriffen. Na und?« Ich brüllte es fast, so schnell verwandelte sich meine Panik in Wut. »Was geht das irgendwen an? Warum denkt irgendwer, dass *dich* das was angeht?«

Navid betrachtete mich stirnrunzelnd. Er schien sich immer noch nicht sicher zu sein, ob ich mich nicht absichtlich dumm stellte. »Weißt du überhaupt, was das für ein Typ ist?«, sagte er. »Dieser Ocean?«

»Na klar.«

»Dann verstehe ich nicht, warum du so erstaunt bist.«

Ich atmete schwer. Ich wollte schreien. »Navid«, sagte ich stattdessen bedächtig. »Ich schwöre zu Gott, wenn du mir nicht sofort sagst, was hier los ist, kriegst du einen Tritt in die Eier.«

»Hey«, sagte er und duckte sich unwillkürlich. »Kein Grund, gewalttätig zu werden.«

»*Ich verstehe nicht, worum es hier geht!*« Jetzt brüllte ich doch. »Warum interessiert das irgendjemanden? Was geht es irgendjemanden an, wen ich küsse oder nicht küsse? Ich kenne an dieser Schule *niemanden*.«

»Shirin«, sagte er und lachte plötzlich. »Du musst an dieser Schule niemanden kennen. Es reicht, dass *ihn* alle kennen. Dein Freund ist hier eine große Nummer.«

»Er ist nicht mein Freund.«

»Egal.«

Und dann kroch Panik in mir auf, schnürte mir die Kehle zu ...

»Was soll das heißen?«, fragte ich. »Dass er eine große Nummer ist?«

»Er ist so was wie der Goldjunge hier. Ocean spielt im Basketballauswahlteam der Schule.«

Ich musste mich auf den Boden setzen, weil mir plötzlich der Kopf schwirrte. Mir war schlecht. Wirklich richtig schlecht. Ich hatte keine Ahnung von Basketball. Von Sport überhaupt. Ich hatte keine Ahnung, wer was mit dem Ball anstellte oder wie man ihn ins Netz beförderte oder warum es so vielen Leuten wichtig war, dass er überhaupt darin landete, aber eins hatte ich schon am ersten Tag begriffen: An dieser Highschool waren alle total besessen von ihrem Basketballteam.

Im Vorjahr hatte die Mannschaft eine Spitzensaison hingelegt und war nach wie vor ungeschlagen. Ich bekam das jeden Morgen übers Lautsprechersystem zu hören. Wir wurden täglich von der Schulleitung daran erinnert, dass die Saison wieder begonnen hatte, dass wir unser Team unterstützen und uns nicht nur die Heimspiele ansehen, sondern auch zu den Auswärtsspielen fahren sollten, dass wir zur moralischen Unterstützung der Mannschaft in den Schulfarben gekleidet zu den Pep Rallys gehen sollten, weil Gemeinschaftssinn ja so wichtig war. Aber ich war noch nie auf einer dieser Pep Rallys gewesen, die vor den Spielen stattfanden, um die Spieler zu motivieren. Ich hatte mir auch noch nie ein Spiel irgendeiner Schulmannschaft angeschaut – an keiner einzigen der Schulen, an denen ich gewesen war. Ich machte nur das Allernötigste. Ich übernahm keine Ehrenämter. Ich beteiligte mich nicht an irgendetwas. Ich war nie Mitglied im Key Club oder irgendeiner anderen Jugendorganisation gewesen. Letzte Woche waren wir dazu aufgerufen worden, am Tag des ersten Spiels der Saison schwarzgekleidet zur Schule zu kommen. Das Ganze sollte ein kleiner Witz sein: Wir sollten aussehen, als würden wir auf die Beerdigung des gegnerischen Teams gehen.

Ich fand die Aktion *lächerlich*.

Und dann ...

»Moment mal«, sagte ich verwirrt. »Wie kann er überhaupt in der Oberstufenmannschaft spielen? Er ist doch erst in der Zehnten.«

Navid sah mich an, als wäre ich komplett bescheuert. »Ist das dein Ernst? Wie kann es sein, dass ich mehr über diesen Typen weiß als du? Er ist in der Elften.«

»Aber er ist in zwei von meinen ...« Ich beendete den Satz nicht.

Biologie war einer der AP-Kurse, die ich mit Sondergenehmigung belegen durfte, weil ich den anderen meines Jahrgangs in diesem Fach ein Jahr voraus war. Eigentlich stand er erst der Oberstufe offen. Und »Internationale Beziehungen« war ein Wahlpflichtfach.

Nur Neuntklässler durften nicht teilnehmen.

Ocean war ein Jahr älter als ich. Das erklärte auch, warum er schon so konkrete Vorstellungen gehabt hatte, als wir über Colleges gesprochen haben. Er hatte darüber geredet, als wäre das eine Entscheidung, die er bald treffen müsste. Das College war für ihn der nächste Schritt. Bald würde er den Einstufungstest machen. Nächstes Jahr musste er sich um einen Studienplatz bewerben.

Er war Basketballer.

O mein Gott.

Ich ließ mich auf den Rücken fallen, lag auf dem zerkratzten Boden des Tanzraums und starrte zu den in der Decke versenkten Lampen auf. Ich hätte mich so gern in Luft aufgelöst. »Wie schlimm ist es?«, fragte ich, und meine Stimme klang ängstlich. »Ist es ... richtig schlimm?«

Navid seufzte. Er kam zu mir und starrte auf mich herunter. »Es ist nicht *schlimm*. Es ist nur ... na ja ... ungewöhnlich. Die Leute reden über euch. Die wissen nicht, was sie davon halten sollen.«

»Verdammt«, stöhnte ich und kniff meine Augen zusammen.

Das war exakt das, was ich nicht gewollt hatte.

21. KAPITEL

Als ich an diesem Tag nach Hause kam, war ich zum ersten Mal froh, dass sich meine Eltern so überhaupt nicht für mein schulisches Leben interessierten. Ich war mir sogar ziemlich sicher, dass mein Vater nicht mal wusste, in welchem Stadtteil meine Schule überhaupt lag. Wenn ich eine Stunde später als ausgemacht aus einem Harry-Potter-Film kam, gerieten sie in Panik – aber der Gedanke, dass eine amerikanische Highschool womöglich gefährlicher für ihre Tochter sein könnte als die dunklen Straßen der Vorstadt, lag völlig außerhalb ihres Vorstellungsvermögens.

Sie hatten noch nie Anteil an dem genommen, was in der Schule so passierte. Im Gegensatz zu anderen Eltern übernahmen sie keine organisatorischen Aufgaben und zeigten sich nie bei Schulveranstaltungen. Lasen die Mitteilungsbriefe der Schulleitung nicht. Engagierten sich nicht im Elternbeirat und führten auch nie Aufsicht bei Schulbällen. Meine Mutter hatte das Schulgelände lediglich am Tag der Anmeldung betreten, um die Unterlagen zu unterschreiben.

Nur ein einziges Mal hatten meine Eltern auf etwas reagiert, das mit der Schule zu tun hatte. Nämlich kurz nach dem elften September, als ich auf dem Heimweg von der Schule zu Boden gerissen worden war. Mein Bruder hat mir an diesem Tag praktisch das Leben gerettet. Die beiden Typen waren kurz davor gewesen, meinen Kopf auf den Asphalt zu schlagen, als Navid gerade noch rechtzeitig mit der Polizei kam. Das Ganze war geplant gewesen; jemand hatte im Unterricht mitbekommen, wie die beiden davon gesprochen hatten, mir zu folgen, und hatte Navid davon erzählt.

Eine Festnahme gab es an diesem Tag nicht. Als die Typen die Sirene des Streifenwagen hörten, ließen sie mich los. Ich saß am ganzen Körper zitternd auf dem Gehweg und zerrte mir das Kopftuch herunter. Die Polizisten seufzten, sagten den zwei Arschlöchern, sie sollten keinen Blödsinn machen, und schickten sie nach Hause.

Navid tobte.

Er brüllte, dass sie doch etwas tun müssten, dass sie diese Schweine festnehmen müssten, aber die Polizisten sagten, er sollte sich beruhigen und kein Drama aus der Sache machen, das wären doch nur dumme Jungs, die mal über die Stränge geschlagen hätten. Und dann kamen sie zu mir, schauten auf mich runter und fragten, ob ich okay sei.

Ich verstand die Frage nicht.

»Bist du *okay*?«, fragte einer von ihnen noch mal.

Ich lebte noch, und aus irgendeinem Grund dachte ich, das müsste dann wohl bedeuten, dass ich okay war. Deshalb nickte ich.

»Hör mal, Mädchen«, sagte er. »Vielleicht solltest du dir

noch mal überlegen, ob das da wirklich sein muss ...« Er zeigte vage auf mein Tuch. »Ich meine, wenn du so rumläufst ...« Er schüttelte den Kopf. Lachte leise. »Na ja, entschuldige, aber damit forderst du es natürlich geradezu heraus. Mach dich nicht selbst zur Zielscheibe«, sagte er und seufzte. »Das sind gerade schwierige Zeiten. Die Leute haben eben Angst. Verstehst du?« Und dann: »Sprichst du Englisch?«

Ich weiß noch, dass ich so gezittert habe, dass ich kaum aufrecht sitzen konnte. Ich weiß noch, dass ich zu dem Polizisten hochgeschaut und wie machtlos ich mich gefühlt habe. Ich weiß noch, dass ich auf die Waffe an seinem Gürtel starrte und Todesangst hatte.

»Hier«, sagte er und hielt mir eine Karte hin. »Ruf diese Nummer an, falls du dich irgendwie bedroht fühlst, ja?«

Ich nahm die Karte. Es war die Nummer des Jugendnotdiensts. Ich glaube nicht, dass sie erst an diesem Tag entstanden ist – diese wahnsinnige Wut in mir –, aber es war ein einschneidender Moment, den ich niemals vergessen würde.

Als ich nach Hause kam – noch immer so unter Schock, dass ich nicht mal in der Lage war zu weinen –, erkannte ich meine Eltern kaum wieder. Zum allerersten Mal kamen sie mir klein vor. Sie waren wie gelähmt. Mein Vater sagte mir, dass ich vielleicht aufhören sollte, Kopftuch zu tragen. Dass es vielleicht besser so für mich wäre. Leichter.

Ich sagte nein.

Ich sagte ihm, dass mir nichts passiert sei, dass alles in Ordnung wäre, dass sie sich keine Sorgen machen müssten, ich würde mich unter die Dusche stellen, und danach würde es mir wieder gutgehen. Es sei nichts, sagte ich. Ich sagte ihnen das alles, weil ich spürte, dass sie die Lüge noch dringender brauchten als ich. Aber als wir nur einen Monat später wieder umzogen, wusste ich, dass das kein Zufall war.

Ich hatte in der letzten Zeit viel nachgedacht über diesen ganzen Bullshit. Die Erschöpfung, die meine persönliche Entscheidung begleitete, mir jeden Tag ein Tuch um mein Haar zu binden. Ich war es so leid, mich immer und immer wieder damit auseinandersetzen zu müssen. Es kotzte mich an, dass dieses eine Thema alles vergiftete. Es kotzte mich an, dass ich mir überhaupt Gedanken darüber machte. Es kotzte mich an zu wissen, dass die Welt mich so lange schikanieren würde, bis ich irgendwann selbst glauben würde, dass *ich* das Problem war.

Ich bekam keine Atempause.

Ich dachte an zu Hause, an die vertrauten, tröstlichen Geräusche und Gerüche und klammerte mich daran fest wie an eine Rettungsleine. Ich ging den Weg, den ich immer ging, aber heute konnte ich nicht klar denken.

Ich bog immer wieder falsch ab.

Als ich schließlich – später als normalerweise – die Haustür aufstieß, wehte mir ein köstlicher Duft entgegen. Ein Duft, der mich jedes Mal, wenn ich ihn roch, automatisch in meine Kindheit zurückversetzte: in Olivenöl schmorende Zwiebeln.

Und ich spürte, wie sich alles in mir entspannte.

Ich ließ meinen Rucksack fallen, sank in einen Küchenstuhl und betrachtete meine Mutter, die ein ohne Zweifel wirklich herausragender Mensch war. Sie bewältigte so viel. Hatte so viel überlebt. Sie war die mutigste und stärkste Frau, die ich kannte. Obwohl ich wusste, dass sie tagtäglich allen möglichen Arten von Diskriminierung ausgesetzt war, sprach sie selten darüber. Stattdessen kämpfte sie sich weiter durch, überwand alle Hindernisse und beklagte sich nie. Ich wünschte mir, eines Tages ihre Gelassenheit und ihr Durchhaltevermögen haben zu können. Ma arbeitete jeden Tag, kam vor meinem Vater nach Hause, um uns unglaublich gutes Essen zu kochen, und hatte immer ein Lächeln, einen Klaps auf den Hinterkopf oder einen überwältigend klugen Spruch in petto.

Ich hätte sie so gern gefragt, was ich tun sollte, aber ich wusste, dass ich höchstwahrscheinlich einen Klaps auf den Hinterkopf bekommen würde, weshalb ich es dann doch ließ. Stattdessen seufzte ich nur. Auf meinem Handy hatte ich sechs verpasste Anrufe von Ocean und zwei SMS ...

bitte ruf mich an
bitte

... ich hatte sie schon hundertmal gelesen. Ich starrte auf seine Wörter auf meinem Display, und in mir war zu viel Gefühl auf einmal. Allein bei der Erinnerung an unseren Kuss wurde mir heiß. Ich erinnerte mich so deutlich daran, erinnerte mich an jeden Quadratzentimeter von ihm. Mein Gedächtnis hatte jede einzelne Sekunde in überraschender Detailtreue aufgezeichnet, und ich spielte die Erinnerung immer und immer wieder in Dauerschleife ab. Wenn ich die Augen schloss, spürte ich seine Lippen auf meinen. Ich erinnerte mich an seine Augen, wie er mich angesehen hatte, und plötzlich glühte meine Haut wie elektrisch aufgeladen. Aber wenn ich an die Konsequenzen dachte – die Blicke, denen ich morgen in der Schule ausgesetzt sein würde –, fühlte ich mich furchtbar und schämte mich. Wie naiv von mir, nicht gewusst zu haben, welchen Platz er in der Hackordnung dieser Scheißschule einnahm. Wie dumm von mir, ihn nicht gefragt zu haben, was er in seiner Freizeit machte. Plötzlich ärgerte ich mich darüber, nie zu diesen Pep Rallys gegangen zu sein. Dann hätte ich ihn gesehen, wie er inmitten der anderen Spieler in die Sporthalle einmarschiert wäre.

Dann hätte ich es gewusst.

Aber jetzt steckte ich knietief im Sumpf und hatte keine Ahnung, was ich tun sollte. Ocean zu ignorieren, war wohl keine Option mehr – ich bezweifelte, dass es jemals wirklich eine gewesen war –, aber ob Reden etwas bringen würde, wusste ich auch nicht. Das hatte ich ja schon versucht. Vor ein paar Stunden. Genau das war ja mein schöner Plan gewesen. Ich hatte fest vorgehabt, die Sache mit ihm wie ein reifer, erwachsener Mensch von Angesicht zu Angesicht zu beenden. Ich hätte es auch – das wäre mir sogar lieber gewesen – auf die feige Art machen und ihm eine kurze, unfreundliche SMS schicken können, dass er mich gefälligst ein für alle Mal in Ruhe lassen soll; aber ich hatte mich korrekt verhalten wollen. Ich hatte geglaubt, er hätte es verdient, dass ich mit ihm ehrlich über alles rede. Und dann war irgendwie alles ganz anders gekommen. Ich hatte es vermasselt.

Ich tat, was ich konnte, um den Moment der Wahrheit hinauszuzögern. Blieb viel länger unten bei meinen Eltern als an anderen Abenden. Ich aß extrem langsam, schob immer noch das Essen auf dem Teller hin und her, als die anderen schon fertig waren, und antwortete: »Alles gut, ich bin nur müde«, auf die besorgten Fragen meiner Eltern. Navid sagte nichts, warf mir nur ein mitfühlendes Lächeln zu, wofür ich ihm dankbar war.

Aber das half auch nicht.

Ich schindete Zeit. Ich wollte nicht nach oben, wo ich mich, allein in der Stille hinter der geschlossenen Tür meines Zimmers, gezwungen fühlen würde, eine Entscheidung zu treffen. Ich hatte Angst, doch wieder schwach zu werden und Ocean anzurufen. Und wenn ich dann seine Stimme hörte, konnte ich womöglich nicht mehr objektiv denken und würde mich dazu breitschlagen lassen, es doch zu *versuchen,* zu schauen, was passierte, nur um irgendwann wieder irgendwo mit ihm allein sein zu können, weil ich mir so sehr wünschte, noch einmal so geküsst zu werden. Aber ich wusste auch, dass diese Situation mich krank machte, deswegen zögerte ich sie hinaus.

Aber um drei Uhr morgens ließ sie sich nicht mehr weiter hinauszögern. Ich lag im Bett, hellwach und unfähig abzuschalten – weder meinen Kopf noch meinen Körper –, als auf dem Tisch neben mir mein Handy summte. Oceans Nachricht war so schlicht, dass es mir das Herz brach.

:(

Ich weiß nicht, warum ausgerechnet der traurige Smiley meinen Schutzschirm durchbrach. Vielleicht, weil er so menschlich wirkte. So lebendig.

Ich griff nach dem Handy, weil ich schwach war und weil ich ihn vermisste und weil ich schon seit Stunden dagelegen und an ihn gedacht hatte; innerlich hatte ich mich schon lange vor seiner SMS geschlagen gegeben.

Obwohl ich wusste, dass es ein Fehler war.

Ich klickte mich bis zu seiner Nummer durch und wusste, noch während mein Finger über dem grünen Knopf schwebte, dass ich damit nur Ärger heraufbeschwören würde. Aber ich war eben auch ein sechzehnjähriges Mädchen. Mein Herz war noch nicht ausgehärtet. Ich war in keiner Beziehung ein Vorbild für irgendwas. Und ich war definitiv keine Heilige, wie mein Bruder so schön gesagt hatte. Ich war weit davon entfernt.

Also rief ich ihn an.

Ocean klang anders, als er sich meldete. Nervös. Ich hörte, wie er einmal ausatmete, bevor er »Hey« sagte.

»Hi«, flüsterte ich und zog mir wieder die Bettdecke über den Kopf.

Am anderen Ende blieb es paar Sekunden lang still.

Ich wartete.

»Und ich dachte schon, du würdest nicht anrufen«, sagte er dann. »Also ich meine ... nie mehr.«

»Es tut mir leid.«

»Ist es, weil ich dich geküsst habe?«, sagte er, und seine Stimme klang gepresst. »War das ... hätte ich das nicht tun sollen?«

Ich kniff die Augen zu. Dieses Gespräch war jetzt schon zu viel für meine Nerven. »Ocean«, sagte ich. »Der Kuss war so schön.« Ich hörte ihn atmen. Ich hörte, wie sich sein Atem veränderte, als ich das sagte, und dachte, dass ich vielleicht alles noch schlimmer machte, aber dann konnte ich einfach nicht anders und sagte: »Der Kuss war perfekt. Der Kuss hat mich umgehauen.«

Er sagte immer noch nichts.

Und dann ...

»Warum hast du angerufen?«, flüsterte er, und seine Stimme brach fast dabei.

Das war er. Das war jetzt der Moment, in dem ich es ihm sagen musste. Danach würde er mich höchstwahrscheinlich umbringen, aber ich musste es sagen.

»Weil«, sagte ich, »ich es nicht versuchen will.«

Ich hörte, wie der Atem aus ihm herausströmte. Ich hörte, wie er sich vom Telefon wegdrehte, unterdrückt fluchte und dann sagte: »Ist es wegen den Idioten an der Schule? Weil wir gesehen worden sind?«

»Damit hat es auf jeden Fall zu tun, ja.«

Er fluchte wieder.

Leise sagte ich: »Ich hab nicht gewusst, dass du in der Basketballmannschaft bist.«

Ich kam mir ein bisschen doof vor, so etwas zu sagen, weil es eigentlich vollkommen egal sein sollte, welchen Sport er machte, aber irgendwie ärgerte ich mich darüber, dass er mir das nicht selbst erzählt hatte. Immerhin war er nicht irgendein x-beliebiger Schüler, der in seiner Freizeit Basketball spielte – er war der Star unserer Schulmannschaft.

213

Anscheinend hatte er für sein Alter schon jede Menge Tore geschossen. Oder Körbe. Was auch immer. Nachdem ich vorhin schließlich den Mut aufgebracht hatte, nach oben zu gehen und mich in mein Zimmer einzuschließen, hatte ich im Netz seinen Namen eingegeben. Ich hatte Zeitungsartikel gefunden, Blogs und Schul-Webcasts mit Informationen über ihn. Offenbar hatten ihn schon Scouts verschiedener Collegeteams im Visier, von einem Sportstipendium war die Rede, von seinem Potential, seiner Zukunft. Als ich tiefer grub, stieß ich auf ein anonymes Livejournal, das nur ihm gewidmet war und exakte Statistiken aufstellte. Ich las Zahlen, die mir nichts sagten, las viel über *Rebounds* und *Steals*. Nichts davon verstand ich.

Aber ich verstand, dass Basketball eine sehr große Rolle in Oceans Leben spielte. Und dass das offensichtlich schon seit einiger Zeit so war. Obwohl ich an meiner Ahnungslosigkeit wahrscheinlich selbst schuld war – ich hätte ihm ja auch ein paar Fragen stellen können –, fand ich es merkwürdig, dass er so gar nichts davon erzählt hatte. Er hatte das Thema Basketball noch nicht mal beiläufig erwähnt, wirklich kein einziges Mal.

Als er jetzt sagte: »Mir wäre es auch lieber gewesen, wenn du das nie rausgefunden hättest«, begann ich zu ahnen, dass es einen Grund dafür gab.

Und dann brach es aus ihm heraus ...

Nach der Trennung seiner Eltern hätte er angefangen, Basketball zu spielen, sagte er, weil der neue Freund seiner Mutter Jugendtrainer gewesen sei. Eigentlich hätte er es vor allem seiner Mutter zuliebe gemacht, die sich wünschte, dass er auch Zeit mit ihrem Freund verbrachte. Es hätte sich dann ziemlich schnell herausgestellt, dass er talentiert war, worüber sich der Freund freute, was wiederum die Mutter freute – und wenn sie glücklich war, war auch Ocean glücklich.

Als er zwölf war, hätten sich die Mutter und ihr Freund dann getrennt. Er hätte damals gern mit dem Basketball aufgehört, aber seine Mutter sei dagegen gewesen. Der Sport täte ihm gut, und seine Erfolge würden sie stolz machen. Und dann passierte etwas Schreckliches. Die Eltern seiner Mutter kamen durch einen tragischen Autounfall ums Leben, und sie brach zusammen, war wie gelähmt. Der Unfall wäre in zweifacher Hinsicht schlimm gewesen, sagte Ocean. Einerseits, weil es sehr lange gedauert hätte, bis seine Mutter halbwegs darüber hinweg war, und andererseits, weil sie danach nicht mehr zur Arbeit gehen musste, weil die Eltern ihr ein so großes Erbe – Grundbesitz, Aktien und Geld – hinterlassen hatten. Geld, das letztlich sein Leben zerstört hätte.

Dadurch, dass seine Mutter nicht mehr arbeiten musste, wäre sie nur noch ausgegangen und hätte krampfhaft versucht, einen neuen Mann zu finden. Es wäre schrecklich für ihn gewesen, ihre Verzweiflung mitanzusehen. Er hätte alles getan, um seine Mutter glücklich zu machen und zu verhindern, dass sie heulend zu Hause saß, und im Laufe der Zeit hätten sich die Rollen irgendwann umgekehrt. Auf einmal wäre er derjenige gewesen, der die ganze Verantwortung trug, während sie nur an sich dachte.

»Meine Mutter bekommt überhaupt nicht mit, ob ich zu

Hause bin oder nicht«, sagte er. »Meistens ist sie sowieso mit Freundinnen unterwegs oder trifft sich mit irgendeinem neuen Typen, den ich gar nicht kennenlernen will. Sie geht davon aus, dass ich meinen Weg schon irgendwie mache, und sagt mir immer, was für ein großartiger Sohn ich bin. Oft verschwindet sie einfach, legt mir Geld auf den Küchentisch, und ich habe keine Ahnung, wann ich das nächste Mal von ihr höre. Sie kommt und geht, wie sie Lust hat, und macht, was sie will. So was wie ein geregeltes Leben gibt es bei ihr nicht, und sie fühlt sich für nichts verantwortlich. Sie kommt ja noch nicht mal zu meinen Spielen. Einmal habe ich eine ganze Woche woanders geschlafen, um zu schauen, was passiert. Sie hat mich nicht mal angerufen. Als ich wieder nach Hause gekommen bin, war sie überrascht. Sie dachte, ich wäre in einem Basketballcamp oder so was.« Er holte tief Luft. »Dabei war das mitten im Schuljahr.«

Er sagte, er würde deshalb weiter Basketball spielen, weil das Team für ihn zu so einer Art Ersatzfamilie geworden sei. Die einzige, die er noch hätte.

»Aber der Druck ist krass«, sagte er. »Ständig geht es nur darum, Leistung zu bringen, und ich merke, dass ich langsam einen richtigen Hass bekomme. Und zwar auf alles, was damit zu tun hat. Mein Coach stresst mich ohne Ende, macht Druck, dass ich wegen der Scouts Präsenz zeigen soll, es geht nur noch um meine Spielerstatistik, die Meisterschaften, was weiß ich.« Er seufzte. »Ich frage mich oft, warum ich mir das überhaupt antue. Ich habe nie Basketball gespielt, weil ich den Sport so liebe. Trotzdem ist er mittlerweile zu etwas geworden, das mein ganzes Leben bestimmt. Wie ein Parasit. Und um mich herum sind alle total *besessen* davon.« In seine Stimme mischte sich jetzt Wut. »Als gäbe es nichts Wichtigeres, kein anderes Thema. Ich werde nur noch darauf reduziert, dass ich Basketball spiele«, sagte er. »Als wäre das das Einzige, was mich ausmacht. Alles, was ich bin. Und das ist es nicht.«

»Natürlich nicht«, sagte ich, aber meine Stimme klang dünn. Traurig. Ich wusste genau, wie man sich fühlt, wenn man über eine einzige, äußerliche Sache definiert und in eine Schublade gesteckt wird, aus der man nicht mehr rauskommt.

Man fühlt sich, als wäre man kurz davor zu explodieren.

»Das mit deiner Mutter tut mir echt leid«, sagte ich.

»Mir tut es leid, dass ich dir das alles nicht schon früher erzählt habe.«

»Das ist okay«, sagte ich. »Ich verstehe das.«

Er holte tief Luft. »Auch wenn sich das für dich merkwürdig anhört, aber ... ich fand es gerade toll, dass du nichts über mich gewusst und mich nicht gekannt hast. Nicht nur am ersten Tag, sondern auch die Monate danach. Dass es dir egal war, wer ich bin. Ich habe die ganze Zeit damit gerechnet, dass du es rausfindest, weil du mich vielleicht mal auf einer Veranstaltung oder einem Spiel siehst, keine Ahnung. Aber du warst ja nie da. Du hast mich nie nach der Schule gesehen.«

Nach der Schule? Plötzlich erinnerte ich mich ganz deutlich an den Tag, an dem er in der Tür des Tanzraums stand. Und an das eine Mal, als ich ihn für den Bruchteil einer

Sekunde über den Gang gehen gesehen hatte. »Warum? Was machst du denn nach der Schule?«

Ocean lachte. »Siehst du? Genau das meine ich. Ich trainiere natürlich«, sagte er. »Wir sind immer in der Sporthalle. Ich habe mitbekommen, dass du jeden Tag mit den Jungs im Tanzraum warst, und dachte eigentlich, dass du irgendwann ...« Er lachte. »Ich war mir sicher, dass wir uns eines Tages über den Weg laufen und du mich in meinen Basketballklamotten siehst, und dann wüsstest du alles. Aber das ist nie passiert. Ich fand es total schön, dass du nichts von dem ganzen Basketballhype mitbekommen hast, weil ich das Gefühl hatte, dass es dir wirklich um *mich* geht. Dass du mich kennenlernen willst.«

»Ich wollte dich kennenlernen«, sagte ich. »Will ich immer noch.«

Er seufzte. »Warum sagst du dann, dass das mit uns nichts werden kann? Warum wirfst du dann alles weg?«

»Das tu ich doch gar nicht. Wir wären doch trotzdem weiter befreundet und würden reden und alles«, sagte ich. »Aber wir könnten gleichzeitig auch ein bisschen mehr Abstand halten.«

»Ich will keinen Abstand von dir«, sagte er. »Ich habe noch nie weniger Abstand von jemandem gewollt.«

Ich wusste nicht, was ich darauf sagen sollte. Mir tat das Herz weh.

»Willst du das denn?«, fragte er, und seine Stimme war wieder gepresst. »Willst du Abstand von mir? Ehrlich?«

»Natürlich nicht«, flüsterte ich.

Er war ein, zwei Sekunden still. Und als er wieder etwas

sagte, war seine Stimme leise und ... sie klang so zärtlich. Er sagte: »Baby, bitte tu das nicht.«

Eine Flutwelle von Gefühlen schlug über mir zusammen. Ich konnte kaum noch atmen. Dass er mich gerade »Baby« genannt hatte, *wie* er es gesagt hatte – so selbstverständlich und gleichzeitig, als würde es alles bedeuten ... In diesem einen Wort lag so viel. Als wollte er nur mich, als würde er sich wünschen, dass wir zusammengehören.

»Bitte«, flüsterte er. »Lass uns zusammen sein. Lass uns zusammen Sachen machen. Ich will mehr Zeit mit dir verbringen.«

Er versprach mir, dass er mich auch nie mehr küssen würde, und ich war kurz davor zu sagen: *Versprich mir das bloß nicht!*, ließ es aber.

Stattdessen tat ich genau das, was ich mir vorgenommen hatte, nicht zu tun.

Ich gab nach.

22. KAPITEL

Der nächste Tag in der Schule war seltsam.

Von jemandem, der eher verstohlen beäugt wurde, war ich auf einmal zu jemandem geworden, den man ganz unverhohlen anstarrte. Wenn ich an Schülergrüppchen vorbeikam, wurde offen über mich geredet. Einige zeigten sogar mit dem Finger auf mich.

Es erwies sich als sehr nützlich, dass ich so viel Übung darin hatte, alles um mich herum zu ignorieren. Ich sah nichts und niemanden an, während ich mich durch die Schule bewegte. Ocean und ich hatten uns keine Strategie zurechtgelegt, wie wir damit umgehen sollten, weil er sich ja so sicher gewesen war, dass alles okay sein würde – dass wir von Idioten umgeben waren, die uns egal sein konnten. Mir war natürlich klar gewesen, dass er sich da irrte. In dieser Kloake namens Highschool würde es uns nichts bringen, so zu tun, als gingen uns die anderen nichts an. Ich spürte, wie es um uns herum brodelte, und ahnte, dass es nur eine Frage der Zeit war, bis es überkochen und richtig hässlich werden würde. Aber am ersten Tag ging es noch. Halbwegs jedenfalls.

Die ersten vier Stunden waren kein großes Problem. Die Kopfhörer unter dem Kopftuch versteckt, hörte ich Musik und blendete die Außenwelt komplett aus. Auch in Mr Jordans Kurs lief es okay, weil Ocean und ich in unterschiedlichen Gruppen waren. Nach der Stunde kam er zu mir. Er strahlte mich an, sagte hi, ich sagte hi, und dann trennten wir uns wieder, weil wir für unsere nächsten Kurse in unterschiedliche Richtungen mussten.

Aber in der Mittagspause kam dann der Knaller.

Ich war draußen unterwegs, als sich auf einmal ein Mädchen, das ich noch nie gesehen hatte, so unerwartet vor mir aufbaute, dass ich vor Schreck fast gegen eine der Picknickbänke geprallt wäre.

Im ersten Moment war ich sprachlos.

»Was soll das?«, sagte ich.

Sie war schön, Inderin wahrscheinlich, mit langen schwarzen Haaren und ausdrucksstarken Augen, mit denen sie mich jetzt anfunkelte, als wollte sie mich umbringen. Sie schäumte vor Wut. »Du bist ein ganz schlechtes Vorbild für *alle* muslimischen Mädchen!«, fauchte sie.

Ich war so entgeistert, dass ich sogar lachen musste. Nur kurz, aber trotzdem.

Ich hatte mir alle möglichen schrecklichen Sachen vorgestellt, die ich heute zu hören bekommen würde, aber – wow – nicht so was.

Kurz kam mir der Gedanke, dass sie mich vielleicht bloß

verarschen wollte. Ich gab ihr die Chance, alles zurückzunehmen. Zu grinsen.

Aber sie grinste nicht.

»Meinst du das ernst?«, fragte ich.

»Weißt du, wie ich mich jeden Tag anstrengen muss, um den Schaden wiedergutzumachen, den Leute wie du unserem Glauben antun? Dem Bild der muslimischen Frau im Allgemeinen?«

Ich sah sie verständnislos an. »Kannst du mir mal verraten, wovon du sprichst?«

»Du kannst nicht einfach so irgendwelche Jungs küssen!«, rief sie.

Ich sah sie an. »Hast du noch nie geküsst?«

»Hier geht es nicht um mich«, schnaubte sie. »Hier geht es um dich. Du trägst Hidschab«, sagte sie. »Aber du trittst alles mit Füßen, wofür er steht.«

»Äh. Alles klar.« Ich sah sie mit zusammengekniffenen Augen an, zeigte ihr lächelnd den Mittelfinger und ging davon.

Sie lief mir hinterher.

»Mädchen wie du verdienen es nicht, Hidschab zu tragen«, sagte sie, als sie zu mir aufgeholt hatte. »Es wäre für alle besser, wenn du ihn abnehmen würdest.«

Ich blieb stehen. Drehte mich zu ihr um. »Du verkörperst alles, was mit der Menschheit nicht stimmt«, sagte ich. »Du verkörperst alles, was mit der Religion nicht stimmt. Leute wie du sind schuld daran, dass wir anderen für verrückt gehalten werden, aber das kapierst du ja nicht.« Ich schüttelte den Kopf. »Du weißt einen Scheißdreck über mich, okay? Du weißt einen Scheißdreck darüber, wie mein Leben aussieht

223

oder was ich durchgemacht habe oder warum ich beschlossen habe, Hidschab zu tragen, und du hast nicht das Recht, über mich zu urteilen oder darüber, wie ich lebe. Ich gestehe mir verdammt nochmal zu, ein Mensch zu sein, okay? Und du kannst zur Hölle fahren.«

Ihr klappte buchstäblich der Kiefer runter, so dass sie einen Moment lang aussah wie eine Anime-Figur. Ihre Augen waren riesig, und ihr Mund formte ein perfektes O.

»Boah«, sagte sie.

»Bye«, sagte ich.

»Du bist noch schlimmer, als ich gedacht hätte.«

»Mhm, ist klar.«

»Ich werde für dich beten.«

»Danke«, sagte ich und ging wieder weiter. »Das ist nett. Ich schreib nach der Pause einen Test, da könnte ich göttlichen Beistand gebrauchen.«

»Du bist ein schrecklicher Mensch!«, rief sie mir hinterher.

Ich winkte über die Schulter und ging davon.

Ocean saß unter meinem Baum.

Er stand auf, als er mich kommen sah. »Hey.« Seine Augen leuchteten im Sonnenlicht so hell – glücklich. Es war ein herrlicher Tag, Anfang November. Der Herbst hatte offiziell begonnen, und in der Luft lag eine köstliche Kühle.

»Hi«, sagte ich und lächelte.

»Wie war dein Tag?«, fragten wir beide gleichzeitig.

»Seltsam«, antworteten wir beide im selben Moment.

Er lachte. »Ja, genau«, sagte er. »Echt seltsam.«

Ich sagte nicht: *Siehst du, hab ich doch gleich gesagt,* weil ich nicht so sein wollte, konnte es mir aber nicht verkneifen, zumindest eine Variation davon loszuwerden. »Ja«, sagte ich und nickte. »Hab ich ... mir schon gedacht.«

Er grinste. »Ja, ja. Du hattest recht.«

»Und?«, sagte ich und grinste auch. »Bereust du es schon? Willst du Schluss machen?«

»Nein.« Er sah einen Moment richtig sauer aus, dass ich so was auch nur sagte. »Natürlich nicht.«

»Na gut.« Ich zuckte mit den Schultern. »Dann lass uns mal abwarten, wie die Shitshow weitergeht.«

23. KAPITEL

Unsere erste Woche war gar nicht so schlimm, wenn man davon absieht, dass ich angefangen hatte zu fasten, weshalb ich ein bisschen schlapp war. Trotzdem war der Ramadan – auch wenn sich das verrückt anhört – mein islamischer Lieblingsmonat. Die meisten Leute sind nicht scharf darauf, dreißig Tage lang vom Morgengrauen bis zur Abenddämmerung weder zu essen noch zu trinken, aber ich schon. Ich fand es toll, wie hellwach und klar ich mich während der Fastenzeit fühlte. Und zwar im Geist und im Herzen. Ich war viel mehr bei mir als sonst, und es kam mir vor, als würde mich das Fasten stärker machen. Wenn ich es schaffte, mich einen ganzen Monat lang in strengster Selbstdisziplin und Konzentration zu üben, war ich in der Lage, jedes Hindernis zu überwinden.

Egal, ob mental oder körperlich.

Navid *hasste* es.

Mein Bruder ging mir während des Ramadan total auf die Nerven. Er war nur am Motzen und Jammern. Er sagte, das ganze Fasten würde seinen sorgfältig ausgeklügelten Ernährungsplan durcheinanderbringen, der daraus bestand, nichts anderes als gebratene Hähnchenbrust zu sich zu nehmen und im Spiegel seinen Sixpack zu bewundern. Er behauptete, seine Bewegungen seien verlangsamt, weil seine Muskeln nicht genug Kraftstoff bekämen. Er klagte, sein ganzes hartes Training sei umsonst gewesen, er würde jeden Tag dünner und die mühsam aufgebaute Masse würde dahinschmelzen. Außerdem hätte er Kopfschmerzen, wäre müde und hätte Durst. Er starrte wütend auf seine Bauchmuskeln und knurrte: »Das ist echt so ein Blödsinn.«

So ging das den ganzen Tag.

Ocean wollte natürlich jedes Detail genau erklärt bekommen. Anfangs hatte ich ihn oft lachend gefragt, warum er das alles so *faszinierend* fand. Aber ich hatte aufgehört, mich über seine neugierigen Fragen lustig zu machen, weil das gemein gewesen wäre. Ich spürte, dass sein Interesse an mir und meinem Leben wirklich aufrichtig war, und wollte ihn nicht verletzen. Irgendwann sprachen wir über persisches Essen, und ich erinnerte ihn lächelnd daran, dass er allen Ernstes geglaubt hatte, Falafel und Hummus wären persisch. Er war so verlegen geworden, dass er mich kaum anschauen konnte.

Deshalb versuchte ich, Rücksicht zu nehmen.

Genau wie Ocean gesagt hatte, war es ihm anscheinend wirklich völlig egal, ob irgendjemand es merkwürdig fand, dass wir befreundet waren. Wobei wir auch sehr vorsichtig waren. Die Basketballsaison war mittlerweile in vollem Gange, was bedeutete, dass er die meiste Zeit zu tun hatte.

Wir versuchten, uns nicht zu viele Gedanken zu machen, und lebten von einem Tag zum nächsten.

Wir ließen es langsam angehen.

Ich lernte seine Freunde nicht kennen. Ich kam nicht mit zu ihm nach Hause. Wir verbrachten nicht jede freie Minute miteinander, auch nicht die Mittagspausen. Das ging von mir aus, nicht von ihm. Ocean war nicht begeistert darüber, dass ich ihn in gewisser Weise eben doch auf Abstand hielt, aber das war die einzige Chance, die ich für uns sah. Ich bestand darauf, dass wir unsere beiden Welten ganz behutsam zusammenführten, und das akzeptierte er. Trotzdem machte ich mir weiter Sorgen, weil ich wusste, dass noch viel passieren würde, womit wir klarkommen mussten. Womit er vielleicht ja jetzt schon klarkommen musste. Jeden Tag fragte ich ihn, ob irgendwas passiert sei oder ob jemand etwas zu ihm gesagt hätte, aber er weigerte sich, darüber zu reden. Er sagte, dass er darüber noch nicht mal nachdenken wollte, um dem Ganzen nicht noch mehr Raum zu geben.

Also versuchte ich, mich locker zu machen.

Nach einer Woche hörte ich auf zu fragen.

Ich wollte die Zeit, die wir zusammen verbrachten, einfach genießen.

Am ersten Wochenende, das Ocean und ich offiziell als Paar verbrachten, fand wieder ein Breakdance-Battle statt, auf den ich mich sehr freute. Ich hatte mir überlegt, dass ich ihn fragen würde, ob er mitkommen wollte. Und – Zusatzbonus: Meine Eltern hatten mir schon erlaubt hinzugehen. Ich hatte nicht vor, ihnen irgendwas von mir und Ocean zu erzählen, weil ich mir beim besten Willen kein Szenario vorstellen konnte, in dem sie mich freudestrahlend abends mit einem Jungen ausgehen lassen würden, der mich küssen wollte. In diesem Fall fand ich es völlig okay, sie anzulügen. Wobei ich wusste, dass es ihnen dabei nicht um seine Hautfarbe oder seine Religion ging, sondern schlicht darum, dass er ein Junge war. Es wollte ihnen einfach nicht in den Kopf, dass ihre Tochter eine normale Sechzehnjährige war, die sich für Menschen des anderen Geschlechts interessieren könnte. Punkt. Ich war froh, nicht mit ihnen darüber reden zu müssen, weil alles so schon stressig genug war; ich wollte nicht auch noch riskieren, dass meine Eltern einen Nervenzusammenbruch bekamen.

Ich war sehr zufrieden mit meiner wasserdichten Planung und sicher, dass das ein genialer Samstagabend werden würde. Ocean konnte ganz nebenbei Navid und die anderen Jungs kennenlernen, und ich hatte Gelegenheit, ihm die Welt zu zeigen, die ich liebte. Aber als ich ihm von meiner Idee erzählte, reagierte er überrascht.

»Oh«, sagte er erst und dann höflich: »Okay. Klar.«

Irgendetwas stimmte nicht.

»Du findest meine Idee nicht gut«, sagte ich. Wir waren am Handy. Es war spät, richtig spät, und ich hatte mich wieder flüsternd unter meine Bettdecke verkrochen.

»Nein, nein«, sagte er und lachte. »Eigentlich finde ich die Idee toll. Ich bin gespannt, wie so ein Battle abläuft. Das klingt echt cool. Es ist nur ...« Er zögerte. Lachte wieder. Schließlich hörte ich ihn seufzen.

»Was?«, fragte ich.

»Na ja, ich würde schon auch gern was mit dir allein machen.«

»Ach so«, sagte ich. Mein Herz schlug schneller.

»Aber du willst mit mir und vier anderen Jungs ausgehen.« Ich hörte das Lächeln in seiner Stimme. »Was total okay ist, wenn du das möchtest, aber ich ...«

»O Mann«, sagte ich. »Ich bin so doof.«

»Wie bitte? Du bist nicht doof. Sag so was nicht«, sagte er. »Du bist nicht doof, ich bin bloß egoistisch. Ich hatte mich darauf gefreut, dich für mich zu haben.«

Eine angenehme Wärme erfüllte mich, und ich musste lächeln.

»Können wir nicht beides machen?«, meinte er. »Können wir nicht zu dem Battle gehen und danach noch was alleine machen, nur du und ich?«

»Doch«, sagte ich. »Können wir auf jeden Fall.«

Die Veranstaltung begann ziemlich spät, lang nach Sonnenuntergang, weshalb Navid und ich das Fasten schon gebrochen und zu Abend gegessen hatten, bevor wir losfuhren. Carlos, Jacobi und Bijan warteten draußen auf dem Parkplatz auf uns. Als Ocean kam, waren wir bereits drinnen und mussten ein paar SMS hin- und herschicken, bis er uns fand.

Die Halle war gepackt voll.

Seit meinem ersten Battle war ich noch auf sechs weiteren gewesen – mittlerweile waren wir fast jedes Wochenende auf einem –, aber der hier war viel größer als die anderen. Die Crews waren besser, es ging um mehr. Als ich mich umsah, wurde mir wieder einmal klar, dass unsere Eltern uns niemals erlauben würden herzukommen, wenn sie wüssten, was hier abging.

Das war eigentlich kein geeigneter Ort für Highschool-Kids.

Die Leute um mich herum sahen alle aus, als wären sie auf dem College oder zumindest kurz davor. Auch wenn sie hart wirkten – Piercings, Tattoos, Hoodies und Sweatpants –, wusste ich, dass man aus ihrem Äußeren keine Schlüsse ziehen durfte. Der zurückhaltende Koreaner ganz hinten in der Ecke zum Beispiel, der kaum redete und zu den Battles immer in einem unauffälligen weißen T-Shirt, Cargo Pants und Brille kam, würde sich später bis auf metallic-glänzende Hotpants ausziehen und so krasse einhändige Airflares abliefern, dass allen die Spucke wegbleiben würde. Wenn der eigentliche Battle vorbei war und die Musik noch lief, bildeten sich aus dem Publikum heraus immer noch spontane Cyphers, Zuschauerkreise um einzelne Breaker, die Performances draufhatten, die uns nur noch staunen ließen. Das war gelebte Subkultur. Pures Adrenalin.

Ich *liebte* es.

Ocean sah sich mit großen Augen in der Halle um; die Jury ging zu ihren Plätzen, und der DJ heizte den Leuten ein, indem er die Bässe so laut drehte, dass die Wände vibrierten. Wir mussten schreien, um uns zu verständigen.

»Damit«, rief Ocean, »verbringst du also deine Wochenenden?«

Ich lachte. »Damit und mit Hausaufgaben.«

Der Saal war so brechend voll, dass Ocean und ich sowieso schon ziemlich dicht standen. Weil er mir nicht die Sicht nehmen wollte, hatte er sich hinter mich gestellt, und dadurch war es leicht für ihn, auch noch den letzten verbliebenen Zentimeter zwischen uns zu überbrücken. Als ich seine Hände um meine Taille spürte, blieb mir kurz die Luft weg. Er zog mich ganz langsam an sich. So unauffällig, dass wahrscheinlich niemand etwas davon mitbekam. Das Publikum ging total ab, und ich sah Navids Kopf ein paar Meter vor uns wippen, aber für mich fühlte es sich an, als wäre ich an diesem Abend auf zwei Events gleichzeitig.

Was auf der Bühne passierte, war unglaublich. Ich fand diese Battles immer aufregend und liebte es, Leuten zuzuschauen, die etwas machten, was sie wirklich gut konnten. Die Crews, die an diesen Wettkämpfen teilnahmen, gehörten sowieso zu den Besten ihrer Klasse.

Aber diesmal war es trotzdem nicht dasselbe. Ich war nur halb da.

Die andere Hälfte von mir konzentrierte sich in jedem einzelnen Moment auf den warmen, starken Körper in meinem Rücken. Es schien kaum vorstellbar, dass etwas so Unspektakuläres eine derart tiefgreifende Wirkung auf meinen Kreislauf haben konnte, aber es war so. Ich schaffte es nicht, meinen Herzschlag zu beruhigen, war nicht in der Lage zu entspannen. Wie denn auch? Ich war noch nie in meinem Leben jemandem so lange so nah gewesen. Meine Nerven lagen bloß, und dass wir fast nichts miteinander redeten, machte alles irgendwie noch intensiver. Ich hätte es nicht geschafft auszusprechen, wie unglaublich ich es fand, wie absolut wahnsinnig, dass ein Mensch einen anderen durch so wenig so viel fühlen lassen konnte. Aber ich wusste, dass

Ocean denselben Gedanken hatte. Ich spürte es in den fast unmerklichen Bewegungen seines Körpers. Ich merkte es an seinen unregelmäßigen Atemzügen. An seiner gepressten Stimme, als er sich vorbeugte und mir ins Ohr raunte: »Verdammt, wo bist du die ganze Zeit nur gewesen?«

Ich drehte den Kopf gerade so weit, dass ich ihm ins Gesicht sehen konnte, und flüsterte: »Komisch. Ich dachte, ich hätte dir gesagt, dass ich aus Kalifornien hergezogen bin.«

Ocean lachte und zog mich – auch wenn das unmöglich schien – noch näher an sich, schlang die Arme ganz um meine Hüften, schüttelte den Kopf und sagte lächelnd: »Nicht komisch. Das war ein ganz lahmer Witz.«

»Ich weiß, sorry«, sagte ich und lachte. »Du machst mich einfach zu nervös.«

»Tu ich das?«

Ich nickte.

Ich spürte, wie sich seine Brust hob, als er einatmete. Er sagte nichts, aber ich hörte das leichte Zittern, als er den Atem wieder ausstieß.

24. KAPITEL

An diesem Abend übertraf Navid sich selbst.

Als der Battle vorbei und alle Leute gegangen waren, schenkte er mir und Ocean eine zusätzliche Stunde, die wir allein verbringen konnten.

»Aber nur eine Stunde«, sagte er. »Das ist das Maximum, was ich rausholen kann. Wenn ich dich auch nur eine Sekunde nach elf zu Hause abliefere, bringt Ma mich um. Ist das klar?«

Ich lächelte nur.

»Oh, nein«, sagte er kopfschüttelnd. »Nicht dieses Lächeln. Ich bin in exakt einer Stunde wieder hier, und dann will ich dich auf gar keinen Fall so lächeln sehen. Ich erwarte dich mittelgut gelaunt zurück, okay? Wenn du zu viel Spaß hast, muss ich leider jemanden verprügeln.« Er sah Ocean an. »Hör zu«, sagte er. »Ich glaube, du bist in Ordnung, aber wenn du ihr weh tust, bring ich dich um. Verstanden?«

»Navid ...!«

235

»Nein, nein, schon okay.« Merkwürdigerweise grinste Ocean. »Das ist okay. Ich versteh das.«

Navid sah ihn an. »Guter Mann.«

»Bis nachher«, sagte ich.

Navid zog eine Augenbraue hoch, dann ging er endlich.

Ocean und ich standen plötzlich allein auf dem Parkplatz, und der Mond war zwar nur halbvoll, aber sein Licht leuchtete hell und sanft. Die Luft roch frisch und kühl und nach einer bestimmten Pflanze, deren Namen ich mir nie merken konnte, die aber immer erst abends ihren Duft entfaltete.

Plötzlich erschien mir die Welt voller Verheißungen.

Ocean ging mit mir zu seinem Wagen, und erst als ich mich angeschnallt hatte, fiel mir auf, dass ich ihn gar nicht gefragt hatte, wo wir eigentlich hinfuhren. Wobei mir das irgendwie egal war. Es hätte mich schon glücklich gemacht, einfach nur mit ihm in seinem Wagen zu sitzen und Musik zu hören.

Aber auch ohne dass ich fragte, sagte er, dass er gern mit mir zu einem Park fahren würde.

»Ist das okay für dich?« Er sah mich an. »Das ist einer meiner Lieblingsorte, und ich würde ihn dir gern zeigen.«

»Auf jeden Fall«, sagte ich.

Als wir losfuhren, ließ ich die Scheibe runter, legte meinen Kopf auf den angewinkelten Arm und schloss die Augen. Der Fahrtwind rauschte über mich hinweg. Ich liebte diesen Wind. Liebte den Geruch der Nachtluft. Er machte mich auf eine Art glücklich, die ich nie in Worte fassen konnte.

Ocean bog auf einen Parkplatz ein.

In der Ferne erhoben sich grasbewachsene Hügel, deren weiche Umrisse sich im schwachen Lichtschein vor dem Nachthimmel abzeichneten. Der Park wirkte riesig, als würde er sich bis in die Unendlichkeit erstrecken, war aber offensichtlich nachts geschlossen. Was ihn so einladend erscheinen ließ, war die Beleuchtung eines angrenzenden Basketballplatzes.

Nicht dass der Platz so beeindruckend gewesen wäre. Der Asphalt war verwittert, und die Körbe hatten keine Netze mehr, aber inmitten der Dunkelheit, nur vom Licht zweier hoher Straßenlaternen beleuchtet, wirkte er trotzdem besonders. Ocean machte den Motor aus, und um uns herum war plötzlich nur noch Schwärze und das milchige Mondlicht. Wir waren zu Silhouetten geworden.

»Hier habe ich angefangen, Basketball zu spielen«, sagte er leise. »Ich komme immer her, wenn ich das Gefühl habe, wahnsinnig zu werden.« Er atmete ein. »In letzter Zeit war ich oft hier. Ich versuche, mich daran zu erinnern, dass ich Basketball nicht schon immer schrecklich fand.«

Ich betrachtete sein Gesicht in der Dunkelheit.

Es drängte mich, etwas dazu zu sagen, aber ich zögerte, weil das offensichtlich ein so heikles Thema für ihn war. Ich wusste nicht, ob es das Richtige war.

Aber dann sagte ich es doch.

»Ich verstehe nicht, warum du trotzdem weiterspielst«, sagte ich. »Wenn es dich so unglücklich macht, kannst du dann nicht ... na ja ... einfach aufhören?«

Ocean lächelte, den Blick durch die Windschutzscheibe ins Dunkel gerichtet. »Das wäre echt schön«, sagte er. »Bei dir klingt es so einfach.« Er seufzte. »Aber Basketball ist hier eine Riesensache. Alle sind wahnsinnig stolz auf unser Team. Für viele ist das nicht bloß irgendein Sport, es ist ihr Leben. Die kommen zu allen Spielen. Wenn ich aufhören würde, würde ich viele Leute massiv enttäuschen. Die wären richtig sauer. Das wäre ... echt hart.«

»Das glaube ich dir«, sagte ich. »Aber sollte dir das nicht egal sein?«

Er sah mich an. Zog die Augenbrauen hoch.

»Ich meine das ernst«, sagte ich. »Ich habe keine Ahnung von Basketball, das stimmt, aber ich brauche nicht viel darüber zu wissen, um zu merken, dass Druck auf dich ausgeübt wird, etwas zu machen, was du nicht machen willst. Warum solltest du dir das anderen Leuten zuliebe antun? Was hast du davon?«

»Ich weiß nicht«, sagte er stirnrunzelnd. »Wahrscheinlich will ich das den Leuten, mit denen ich aufgewachsen bin, nicht antun. Basketball ist so ungefähr das einzige Thema, über das ich mit meiner Mutter noch spreche. Und den Coach kenne ich auch schon ewig. Ich kannte ihn schon, bevor ich an der Highschool angefangen habe zu spielen. Er hat so viel Zeit und Energie investiert, um mich dahin zu bringen, wo ich jetzt bin. Ich hab das Gefühl, ich bin ihm was schuldig. Für ihn hängt viel davon ab, dass ich dabei bin. Nicht nur für ihn«, sagte Ocean, »sondern für die ganze Schule. Wir sind kurz davor, das zu erreichen, worauf wir die letzten zwei Jahre hingearbeitet haben. Die Mannschaft zählt auf mich. Es wäre echt krass, jetzt alles hinzuschmeißen. Ich kann denen nicht einfach sagen, dass sie zum Teufel gehen sollen.«

Ich schwieg, und mir wurde klar, dass das alles wahrscheinlich sogar noch viel komplizierter war, als Ocean es mir jetzt beschrieb. Es ging eben nicht nur um Basketball, sondern um diese Stadt, in der er aufgewachsen war, um Dinge, die ich noch nicht durchschaute. Vielleicht konnte ich mir da wirklich kein Urteil erlauben.

Aber ich vertraute meinem Bauchgefühl.

»Ja«, sagte ich sanft. »Du sollst natürlich nichts tun, was sich nicht richtig anfühlt. Ich sage nicht, dass du mit dem Basketball aufhören sollst. Vielleicht ist das ja nicht die Lösung. Aber eins möchte ich dazu noch loswerden. Nur das. Vielleicht denkst du ja darüber nach, wenn du das nächste Mal deswegen gestresst bist, okay?«

»Ja?«

Ich seufzte. »Du konzentrierst dich die ganze Zeit darauf, dass du die anderen Leute nicht enttäuschen willst«, sagte ich. »Deine Mutter. Deinen Trainer. Deine Mannschaftskollegen. Alle. Aber von denen scheint sich keiner Gedanken darüber zu machen, wie es dir dabei eigentlich geht und ob sie nicht vielleicht *dich* enttäuschen. Die sind schuld daran, dass es dir schlechtgeht«, sagte ich. »Und dafür hasse ich sie.«

Er blinzelte.

»Weil das nicht fair ist«, sagte ich leise. »Du leidest, das müsste eigentlich jeder erkennen, der richtig hinsieht. Aber das ist denen anscheinend scheißegal.«

Ocean schaute weg. Senkte den Blick. »Wow.« Er lachte. »So wie du hat das bis jetzt noch nie jemand ausgesprochen.«

»Ich würde mir einfach wünschen, dass du auch an dich denkst. Du sorgst dich so viel um die anderen«, sagte ich. »Dann erlaub wenigstens mir, mich um dich zu sorgen. Ja? Ab jetzt sorge ich mich um dich.«

Ocean wurde still. Sein Blick war unergründlich, als er mich ansah. Und als er schließlich »Okay« sagte, war es fast ein Flüstern.

Plötzlich wurde ich unsicher.

»Entschuldige«, sagte ich. »War das zu hart? Ich kriege immer von allen gesagt, dass ich so hart bin, aber das mache ich nicht mit Absicht, ich wollte nur …«

»Ich finde dich perfekt, so wie du bist«, sagte er.

Auf der Rückfahrt redeten wir beide nicht viel, aber es war ein behagliches Schweigen. Irgendwann beugte sich Ocean zum Radio, und ich sah zu, wie er – die Hände vom Mondlicht weiß beschienen –, nach einem Song suchte, von dessen Text ich nichts mitbekommen und an den ich mich nicht erinnern würde.

Mein Herz schlug viel zu laut.

Sehr viel später in dieser Nacht schrieb er mir eine SMS.

du fehlst mir, schrieb er.
ich würde dich jetzt gern im arm halten

Ich schaute mir seine Wörter an, und in mir war so viel Gefühl.

du fehlst mir auch, schrieb ich zurück.

Ich lag im Bett und starrte an die Decke. Meine Lungen fühlten sich eng an, und ich fragte mich gerade, warum das so war – wie es sein konnte, dass ich vor lauter Glück keine Luft bekam –, als mein Handy noch einmal summte.

ich finde es schön, dass du dich um mich sorgst
ich hab schon gedacht, dass es nie
jemanden geben würde, der sich um mich sorgt

Etwas an seiner Ehrlichkeit brach mir das Herz.

klingt das komisch?, schrieb er.
zu wollen, dass sich jemand um einen sorgt?
nein, nicht komisch, antwortete ich.
nur menschlich

Und dann rief ich ihn an.

»Hi«, sagte er. Aber seine Stimme klang leise und so, als wäre er weit weg. Er hörte sich müde an.

»Oh, sorry – hast du schon geschlafen?«

»Nein, nein. Aber ich liege im Bett.«

»Ich auch.«

»Wieder mit dem Kopf unter der Decke?«

Ich lachte. »Hey, entweder so oder gar nicht, okay?«

»Ich beschwere mich nicht«, sagte er, und ich konnte ihn beinahe lächeln sehen. »Ich nehme, was du mir gibst.«

»Ja?«

»Mm-mhmm.«

»Du klingst so schläfrig.«

»Ja«, sagte er leise. »Ich weiß auch nicht. Ich bin müde, aber sehr glücklich.«

»Ja?«

»Ja«, flüsterte er. »Du machst mich sehr glücklich.« Er holte tief Luft. Lachte leise. »Du bist wie eine Glücksdroge.«

Ich lächelte. Ich wusste nicht, was ich sagen sollte.

»Bist du noch da?«

»Ja«, sagte ich. »Ich bin hier.«

»Was denkst du?«

»Ich denke, dass ich mir wünsche, du wärst hier bei mir.«

»Ja?«

»Ja«, sagte ich. »Das wäre schön.«

Er lachte und fragte: »Warum?«

Ich hatte das Gefühl, dass wir vielleicht beide denselben Gedanken hatten und ihn nicht aussprachen. Ich hätte ihn gern bei mir gehabt, weil ich ihn gern geküsst hätte. Die ganze Nacht lang. Ich dachte so oft an seinen Körper, daran, wie es gewesen war, seine Arme um mich zu spüren, wünschte mir, wir hätten mehr Zeit nur für uns zwei gehabt, wünschte mir, wir hätten mehr Zeit, wünschte mir *mehr*. Mehr von allem. In meinen Tagträumen stellte ich mir vor, er wäre bei mir im Zimmer. Stellte mir vor, in seinen Armen einzuschlafen. Fragte mich, wie es wäre, mich an ihn zu schmiegen und von ihm gehalten zu werden. Ich wollte so viel mit ihm erleben.

Daran dachte ich. Die ganze Zeit.

Irgendwie spürte ich, dass Ocean hoffte, ich würde genau das zu ihm sagen. Es laut aussprechen. Heute Nacht. Vielleicht gleich jetzt. Und das machte mir wahnsinnige Angst.

Aber er war mir zuliebe schon so oft über seinen Schatten gesprungen.

Ocean hatte immer ehrlich gesagt, was in ihm vorging. Selbst als er noch nicht gewusst hatte, wie ich empfinde, hatte er offen über seine Gefühle gesprochen – in Momenten, in denen ich an seiner Stelle nie etwas gesagt hätte.

Also nahm ich all meinen Mut zusammen.

»Ich wünschte, ich könnte jetzt in deinen Armen liegen«, sagte ich. »Ich wünschte, du wärst hier neben mir.« Ich schloss die Augen. »Ich spüre dich so gern. Du fühlst dich so gut an, so stark, so ruhig. Bei dir fühle ich mich geborgen. Du machst mich so glücklich, dass ich keine Luft mehr bekomme, aber auf die schönste Art, die man sich nur vorstellen kann, und ich ... ich denke an dich«, sagte ich. »Die ganze Zeit.«

Ich holte Luft. Ich öffnete die Augen, das heiße Handy gegen meine brennende Wange gepresst, und als er nichts sagte, war ich fast erleichtert. Ich ließ mich in die Stille hineinsinken. Lauschte seinen Atemzügen. Sein Schweigen gab mir das Gefühl, im All zu schweben, als könnte ich alles, was in mir war, einfach rauslassen.

Es gab noch so viel mehr, was ich ihm sagen wollte.

»Du bist so schön«, sagte ich leise. »Du hast die schönsten Augen und ein unglaubliches Lächeln, aber das ist es nicht nur ... Da ist so viel mehr. Du hast, ich weiß auch nicht ... du hast so ein tolles Herz. Du bist so ... nett. Ich habe noch nie

243

einen Jungen gekannt, der so nett war wie du, aber gleichzeitig bist du auch … na ja, eben sehr sexy. Was, glaube ich, echt was Besonderes ist. Bei mir funktioniert die Mischung jedenfalls verdammt gut«, sagte ich und lachte. »Und ich wünschte mir, du wärst hier. Ich vermisse dich. Ich weiß, wir haben uns erst vor ein paar Stunden gesehen, aber das ändert nichts daran. Ich kann mir nicht vorstellen, dass ich jemals genug von dir bekommen könnte. Und ich … ich möchte dich wieder küssen.«

Ich hörte ihn seufzen.

Oder vielleicht war es mehr ein sehr langsames Ausatmen. Seine Stimme war gepresst und ein wenig atemlos, als er schließlich sagte: »Wahrscheinlich besteht keine Chance, dass du jetzt noch rauskannst, oder?«

Ich lachte. »Das wäre so schön. Glaub mir, daran habe ich sogar auch schon gedacht.«

»Ich glaube aber nicht, dass du so sehr daran gedacht hast wie ich.«

Ich lächelte. »Ich glaube, ich muss jetzt Schluss machen«, sagte ich. »Es ist drei Uhr morgens.«

»Echt?«

»Ja.«

»Wow.«

Ich lachte wieder leise.

Wir sagten gute Nacht.

Und ich schloss die Augen, drückte mir das Handy an die Brust und spürte, wie sich mein Zimmer um mich drehte.

25. KAPITEL

Wir hatten es geschafft, zwei relativ dramafreie Wochen zu überstehen. Zwar wurde ich teilweise immer noch angestarrt, und es war offensichtlich, dass die Leute sich fragten, was zwischen uns beiden lief, aber meine Strategie, die Beziehung langsam und kontrolliert angehen zu lassen, funktionierte. Abends telefonierten wir meistens und trafen uns so oft, wie es unsere sonstigen Freizeitaktivitäten zuließen, aber in der Schule hielten wir uns möglichst voneinander fern. Bald wurde es unseren Mitschülern zu langweilig, weil nichts Neues passierte. Ich tat nichts, was die Gerüchteküche angeheizt hätte. Ich reagierte nicht auf dumme Fragen. Ocean hatte schon ein paarmal vorgeschlagen, mich morgens abzuholen und zur Schule zu fahren, aber ich nahm sein Angebot nicht an – auch wenn es mir schwerfiel –, weil ich nicht unnötig Aufsehen erregen wollte.

Ocean war nicht begeistert. Ich glaube sogar, dass er es richtig scheiße fand. Er litt darunter, dass ich ihn immer wieder auf Abstand hielt. Aber je mehr ich mich in ihn verliebte, desto stärker wurde mein Bedürfnis, ihn zu schützen. Und ich verliebte mich mit jedem Tag mehr.

An einem Tag trafen wir uns nach der Mittagspause an meinem Schließfach, wo ich gerade die Sachen für die nächste Stunde rausholte. Ocean lehnte mit dem Rücken an der Reihe hässlicher Metallspinde und warf einen Blick in mein offenes Fach, als seine Augen plötzlich aufblitzten.

»Ist das dein Tagebuch?«, fragte er.

Er nahm das zerfledderte Buch heraus, und mein Herz machte einen solchen Satz, dass ich kurz Sternchen sah. Ich riss es ihm aus der Hand, presste es an meine Brust und stand einen Moment lang richtig unter Schock. Er durfte nie, *niemals,* auch nur einen Blick hineinwerfen. Würde er die seitenlangen Beschreibungen darüber lesen, wie es sich für mich anfühlte, mit ihm zusammen oder auch nur in seiner Nähe zu sein, könnte ich ihm nie mehr in die Augen schauen. Das war alles viel zu heftig.

Wahrscheinlich würde er mich für wahnsinnig halten.

Erst lachte er über mich, über meine panische Reaktion, dann lächelte er. Er nahm meine Hand und strich ganz leicht über die Innenfläche, und ich schwöre, das allein reichte manchmal schon, dass mir schwindelig wurde.

Er drückte meine Hand an seine Brust, wie er es oft tat. Ich wusste nicht, warum, und er erklärte mir die Geste nie, aber das machte nichts. Ich fand sie wahnsinnig süß.

»Warum willst du nicht, dass ich dein Tagebuch lese?«, fragte er.

Ich schluckte. »Da steht sowieso nur langweiliges Zeug drin.«

Er lachte laut auf.

Das war der Moment, in dem ich ihn zum ersten Mal sah. Ich erinnere mich noch ganz deutlich. In dem Moment, in dem Ocean lachte und ich zu ihm aufschaute, spürte ich einen bohrenden Blick. Normalerweise ließ mich so etwas kalt, ich kümmerte mich nicht darum, aber dieser Blick fühlte sich anders an. Irgendwie ... brutal. Ich drehte den Kopf, und da stand ein Mann.

Stand da und sah mich kopfschüttelnd an.

Ich war so überrascht, dass ich einen Schritt zurückwich. Ich wusste nicht, wer er war, bis Ocean herumfuhr, um zu schauen, was mich so erschreckt hatte. Seine Miene entspannte sich sofort. »Hallo, Coach«, rief er, und obwohl der Mann – sein Basketballtrainer *Coach Hart*, wie ich später erfuhr – uns zunickte und lächelte, als wäre alles in bester Ordnung, wusste ich, dass ich ihn genau in der Millisekunde ertappt hatte, in der er jedes Detail meines Äußeren registriert hatte. Er warf kurz einen Blick auf Oceans und meine ineinander verschlungenen Hände.

Dann ging er davon.

Und in meinem Magen breitete sich plötzlich Übelkeit aus.

26. KAPITEL

Thanksgiving verbrachte Ocean bei uns.

Meine Eltern liebten das amerikanische Erntedankfest und feierten es mit allem, was dazugehört. Abgesehen davon hatte meine Mutter aber auch ein Herz für einsame Seelen. Unser Haus stand immer allen offen, die niemanden hatten – ganz besonders an den Feiertagen. Das war bei uns Tradition. Und so saßen an Thanksgiving jedes Jahr die unterschiedlichsten Menschen zusammen an unserem Tisch. Es gab immer welche – meistens Freunde meines Bruders –, die keine Familie hatten, mit der sie feiern konnten, oder ihre Familie so hassten, dass sie nicht mit ihr feiern wollten. Bei uns fanden alle Zuflucht.

Deshalb war es auch kein Problem, meine Eltern dazu zu bringen, Ocean einzuladen.

Ich sagte ihnen nur, dass er ein Mitschüler sei, bei dem zu Hause niemand ein Thanksgiving-Dinner zubereitete und der sich im Übrigen sehr für die persische Küche interessierte.

Vor allem damit rannte ich bei meinen Eltern offene Türen ein.

Die beiden nahmen voller Begeisterung jede Gelegenheit wahr, andere Leute in die alles umfassende persische Kultur einzuweihen. Egal, worum es ging – sie waren überzeugt davon, dass Perser es ursprünglich erfunden oder wenn nicht das, dann doch zumindest mit allerhöchster Wahrscheinlichkeit verbessert hatten. Schaffte man es, ihnen glaubwürdig darzulegen, dass irgendetwas von den Persern weder erfunden noch verbessert worden war, antworteten meine Eltern, dass es sich dann ja wohl kaum um etwas wirklich Wichtiges handeln könne.

In diesem Jahr fiel Thanksgiving mitten in den Ramadan, so dass wir unser Fasten mit einem Festmahl brechen konnten. Trotzdem begannen wir schon früh mit den Essensvorbereitungen, bei denen unsere Gäste immer gerne mithelfen durften.

Navid maulte und jammerte die ganze Zeit herum, dabei hatte er die einfachste Aufgabe bekommen und musste bloß den Kartoffelbrei machen. Ocean fand ihn zum Totlachen, obwohl ich ihm erklärte, dass das keine Show wäre, sondern Navids nerviger Normalzustand während der Fastenzeit.

»Trotzdem lustig«, sagte er achselzuckend.

Überrascht es irgendjemanden, dass meine Eltern sich sofort in ihn verliebten? Vielleicht lag es daran, dass er nicht widersprach, als sie ihm erklärten, dass Shakespeare auf Farsi *Sheikh pir* ausgesprochen wird, was »weiser Scheich« bedeutet und ihrer Meinung nach ein eindeutiger Beweis dafür war, dass Shakespeare in Wirklichkeit kein Engländer, sondern ein persischer Gelehrter gewesen war. Vielleicht lag es daran, dass Ocean vor dem Essen geduldig neben meinem Vater saß, der andere gern zwang, sich mit ihm seine aktuellen Lieblingsvideos im Internet anzusehen, und keinerlei Ermüdungsanzeichen zeigte – noch nicht mal, als er sich einen Film über das sensationell effiziente Design europäischer Badezimmer und Armaturen mit Mischbatterien anschauen musste. Die Wissensgebiete, für die sich mein Vater begeisterte, wechselten ständig. Diese Woche waren Wasserhähne dran.

Oder daran, dass Ocean nicht nur bereitwillig alles probierte, was sie ihm anboten, sondern dass es ihm auch wirklich zu schmecken schien. Meine Eltern, die für meinen Freund, der noch nie Persisch gegessen hatte, zusätzlich zum traditionellen Truthahn extra ein persisches Sechs-Gänge-Menü zubereitet hatten, ließen ihn beim Essen nicht aus den Augen. Jedes Mal, wenn er sagte, wie köstlich alles sei, sahen sie mich triumphierend an, warfen sich stolz wie Pfauen in die Brust und nahmen Oceans Begeisterung als weiteren Beleg dafür, dass Perser eben unschlagbar waren – auch beim Kochen.

Nachdem das Essen gegessen war und meine Mutter den Samowar angeworfen hatte, begannen meine Eltern Ocean – der aufmerksam vor ihnen saß – Farsi beizubringen. Nur dass sie es ihm nicht wirklich beibrachten, sondern bloß Sätze vorsprachen. Aus mir unerklärlichen Gründen schien meine Mutter zu glauben, die Fähigkeit, Farsi zu sprechen, ließe sich allein durch Hören direkt in das Gehirn eines Menschen übertragen.

Sie sagte einen komplizierten Satz und nickte Ocean auf-
munternd zu, völlig überzeugt davon, dass er die Sprache
begierig in sich aufsaugen würde, weil ... hallo? Warum
sollte er nicht Farsi lernen wollen? Schließlich war es erwie-
senermaßen die schönste Sprache der Welt. Meine Mutter
wiederholte ihren Satz. Dann deutete sie auf Ocean.

»Also?«, fragte sie ihn. »Was habe ich gerade gesagt?«

Oceans Augen weiteten sich.

»So funktioniert das mit dem Sprachenlernen nicht«,
mischte ich mich ein und verdrehte die Augen. »Du kannst
ihm Farsi nicht durch Osmose beibringen.«

Meine Mutter winkte ab. »Er hat es schon verstanden«,
sagte sie und sah Ocean an. »Du hast es doch verstanden,
oder? Er hat es verstanden«, sagte sie zu meinem Vater.

Mein Vater nickte, als wäre das eine Selbstverständlich-
keit.

»Er versteht kein Wort«, sagte ich. »Hört auf, sonst findet
er euch seltsam.«

»Wir sind nicht seltsam«, sagte mein Vater und sah belei-
digt aus. »Ocean findet Farsi schön. Er will Farsi lernen.« Er
sah Ocean an. »Stimmt's, Ocean?«

Ocean sagte: »Klar.«

Und meine Eltern waren begeistert.

»Ah. Das erinnert mich daran ...«, sagte mein Vater mit
leuchtenden Augen, »... dass ich vor kurzem ein wunderba-
res Gedicht gelesen habe, das ...« Er sprang vom Tisch auf
und lief los, um seine Brille und seine Bücher zu holen.

Ich stöhnte.

»Wenn er so anfängt, sitzen wir heute Nacht noch hier«,

flüsterte ich meiner Mutter zu. »Wir müssen ihn irgendwie aufhalten.«

Mein Mutter wedelte mit der Hand. »*Harf nazan.*« Sei ruhig.

Dann fragte sie Ocean, ob er noch etwas Tee wolle, und er sagte nein danke, und sie schenkte ihm trotzdem nach, und mein Vater verbrachte den Rest des Abends damit, wirklich hochkomplexe persische Gedichte vorzulesen – Rumi, Hafis, Saadi, einige der größten persischen Dichter – und zu versuchen, sie gleichzeitig zu übersetzen. Ich saß daneben und fragte mich ernsthaft, ob Ocean danach je wieder etwas mit mir zu tun haben wollte. Eigentlich liebte ich dieses Ritual und hatte schon viele Abende so mit meinen Eltern zusammengesessen, von besonders ergreifenden Versen teilweise zu Tränen gerührt. Das Problem war nur, dass es ewig dauerte, die altpersischen Gedichte ins Englische zu übersetzen, selbst wenn sie nur kurz waren, weil meine Eltern das alte Farsi zuerst für mich in modernes Farsi bringen mussten und mich anschließend baten, das moderne Farsi ins Englische zu übersetzen, nur um dann zwanzig Minuten später frustriert die Hände zu heben. »Es ist nicht dasselbe. Es ist einfach nicht dasselbe auf Englisch. Nein. Es hat nicht denselben Duft. Es verliert den Herzschlag. Dir wird nichts anderes übrigbleiben, als Farsi zu lernen«, sagten sie zu Ocean, der mich stumm ansah und lächelte.

Jedes Mal, wenn ich vorsichtig anregte, dass sie jetzt aber wirklich Schluss machen sollten, wandten sie sich an Ocean, der natürlich höflich behauptete, er fände das alles sehr interessant, worauf sich meine Mutter wieder erkundigte, ob er noch Tee wolle, und er nein danke sagte und sie ihm trotzdem nachschenkte und fragte, ob er noch etwas zu essen wolle, und er sagte nein danke, und sie füllte vier große Tupperbehälter mit Resten und stapelte sie zum Mitnehmen vor ihm auf. Er schien so aufrichtig dankbar, dass meine Eltern am Ende des Abends so dermaßen verliebt in ihn waren, dass sie wahrscheinlich sofort bereit gewesen wären, ihn als Sohn anstelle ihrer Tochter anzunehmen. »Er ist so höflich«, sagte meine Mutter die ganze Zeit zu mir. »Warum bist du nicht so höflich? Was haben wir falsch gemacht?« Sie sah Ocean an. »Ocean, *azizam*«, sagte sie. »Bitte sag Shirin, sie soll aufhören, die ganze Zeit so hässliche Schimpfwörter zu verwenden.«

Ocean hätte fast laut gelacht. Ich sah ihm an, wie sehr er sich zusammenreißen musste.

Ich warf ihm einen bösen Blick zu.

Meine Mutter ließ nicht locker. »Bei ihr geht das die ganze Zeit so: Arschloch hier, Bullshit da. Ich sage zu ihr, Shirin *jun*, warum immer Scheiße? Warum ist alles Scheiße für dich?«

»Jesus Christus, Ma«, sagte ich.

»Lass Jesus aus dem Spiel.« Sie zeigte streng mit dem Kochlöffel auf mich, bevor sie mir damit einen Klaps auf den Hinterkopf gab.

»O mein Gott«, sagte ich und wedelte sie weg. »Hör auf!«

Meine Mutter seufzte dramatisch. »Siehst du«, sagte sie jetzt wieder zu Ocean. »Kein Respekt.«

Ocean lächelte nur. Sein Gesicht zeigte, dass er sich immer noch zusammenreißen musste, damit aus dem Lächeln kein Lachen wurde. Er presste die Lippen aufeinander und räusperte sich. Aber seine Augen verrieten ihn.

Schließlich seufzte er, warf einen Blick auf die Frischhaltedosen und sagte, dass er jetzt wohl langsam mal gehen sollte. Irgendwie war es inzwischen fast Mitternacht geworden. Es waren wirklich viele Videos über Wasserhähne gewesen.

Alle standen auf, und Ocean sah mich an, als wollte er noch gar nicht gehen, als würde er viel lieber bleiben. Ich winkte ihm von der anderen Seite des Zimmers zu, während er sich noch einmal bei meinen Eltern bedankte, und ging nach oben. Ich wollte die Verabschiedung nicht in die Länge ziehen. Meine Eltern waren zu schlau. Zwar war ich mir ziemlich sicher, dass sie sich schon dachten, dass ich irgendwie in diesen Jungen verknallt war, aber sie sollten auf gar keinen Fall merken, wie rettungslos verliebt ich war.

Ein paar Minuten nachdem ich die Tür geschlossen hatte, klopfte es, und Navid stand mit Ocean davor. Ich sah die beiden entgeistert an.

»Ihr habt zehn Minuten«, sagte Navid. »Bitte schön, gern geschehen«, und schob Ocean in mein Zimmer.

Ocean schüttelte lächelnd den Kopf, fuhr sich durch die Haare, seufzte und lachte gleichzeitig. »Deine Familie ist echt lustig«, sagte er. »Navid hat mich hier hochgeschleppt, weil er mir angeblich seine Hantelbank zeigen wollte. Hat er wirklich eine?«

Ich nickte. Dabei war ich in heller Panik.

Dass Ocean plötzlich in meinem Zimmer stand, traf mich vollkommen unvorbereitet. Natürlich hatte Navid mir nur einen Gefallen tun wollen, aber dadurch hatte ich keine

Chance gehabt, aufzuräumen und sicherzustellen, dass nirgendwo BHs rumlagen, oder dafür zu sorgen, dass ich cooler wirkte, als ich es war. Mir kam der Gedanke, dass ich keine Ahnung hatte, wie mein Zimmer durch die Augen eines anderen betrachtet aussah.

Ocean sah sich um.

Die Überdecke meines schmalen Betts in der rechten Zimmerecke war zerwühlt, ein Trägershirt und Shorts, in denen ich geschlafen hatte, lagen zerknittert darauf. Die Kissen waren zu einem unordentlichen Berg aufgetürmt. In der Ladestation auf dem kleinen Nachttisch steckte mein Handy. Gegenüber stand mein Schreibtisch mit dem Computer und einem Stapel Bücher darauf. In einer Ecke meine Schneiderpuppe, auf deren Körper ein halbfertiges Schnittmuster steckte. Die Nähmaschine stand auf dem Boden zusammen mit einer geöffneten Kiste voller Utensilien – Fadenspulen, ein Stecknadelkissen, Pappetuis mit Nähnadeln. Mitten im Zimmer lagen neben einem aufgeschlagenen Skizzenblock mehrere Filzstifte auf dem Teppich verstreut, daneben ein alter Ghettoblaster und – noch ältere – Kopfhörer von meinem Vater. An den Wänden hing nicht viel, nur ein paar Kohlezeichnungen, die ich letztes Jahr gemacht hatte.

Ich betrachtete das Durcheinander und kam zu dem Schluss, dass ich jetzt auch nichts mehr daran ändern konnte. Ocean sah sich weiter um. Seine Beurteilung dauerte anscheinend länger. Ich wurde nervös.

»Wenn ich gewusst hätte, dass du heute in mein Zimmer kommst«, sagte ich, »hätte ich … äh … aufgeräumt«

Er schien mich gar nicht zu hören. Seine Augen waren auf

mein Bett gerichtet. »Da liegst du also, wenn du mit mir telefonierst?«, sagte er. »Und dich unter der Decke versteckst?«

Ich nickte.

Er ging zu meinem Bett, setzte sich darauf, sah sich um. Als er meine Schlafklamotten bemerkte, wirkte er einen Moment irgendwie verdattert, bevor er »Oh« sagte. Er sah mich an. »Das hört sich jetzt bestimmt ziemlich bescheuert an«, sagte er. »Aber mir ist gerade klargeworden, dass du das Kopftuch natürlich irgendwann mal ausziehst.«

»Äh. Ja«, sagte ich mit leichtem Lachen. »Ich schlafe tatsächlich ohne Kopftuch.«

»Dann ...« Er runzelte die Stirn. »Dann siehst du total anders aus, wenn wir nachts telefonieren.«

»Na ja, nicht *total*. Aber klar, irgendwie schon anders. Ja.«

»Und das sind die Sachen, in denen du schläfst?« Er legte seine Hand kurz auf mein Trägertop und die Shorts.

»Das sind jedenfalls die Sachen, die ich gestern Nacht anhatte«, sagte ich etwas verlegen. »Ja.«

Er nickte unbestimmt. »Okay.«

»Findest du das merkwürdig?«, sagte ich. »Ist dir das alles zu merkwürdig?«

Er lachte, stand auf und holte tief Luft. »Äh ... nein, aber ich sage dir ganz bestimmt nicht, was ich gerade gedacht habe.«

Ich schluckte trocken.

»Ich fürchte, unsere Zeit ist abgelaufen«, sagte er mit einem Blick zu meiner Wanduhr. Aber er ging nicht zur Tür, sondern auf mich zu, während er das sagte. Und dann stand er direkt vor mir.

»Ich glaub auch«, sagte ich leise.

Irgendwie kam er noch näher. Er schob beide Hände in die hinteren Taschen meiner Jeans, und ich schnappte nach Luft, als er mich ganz dicht an sich zog und seine Stirn auf meine drückte. Die Arme eng um meine Taille geschlungen, hielt er mich einen Moment lang einfach nur. »Hey«, flüsterte er. »Darf ich dir sagen, dass ich dich wirklich sehr schön finde? Darf ich dir das sagen?«

Ich musste noch lernen, ihm so nah zu sein und halbwegs gelassen zu bleiben. Vielleicht hatte ich nicht genug Lebenserfahrung, vielleicht lag es auch daran, dass er so – keine Ahnung – so *umwerfend* war. Ganz egal.

Im Inneren meines Herzens herrschte jedenfalls Chaos.

Dann fiel mir wieder ein, dass er mir gerade eine Frage gestellt hatte, und obwohl ich nicht glaubte, dass es die Art von Frage gewesen war, auf die eine Antwort erwartet wurde, wusste ich, dass ich trotzdem etwas sagen sollte. Irgendwas. Schnell.

Zu spät.

Er lehnte sich zurück, nur ein Stück. Er sah mir in die Augen, und in seinem Blick lag eine plötzliche Schwere. Vielleicht auch ein bisschen Angst.

Er sagte: »Was würdest du machen, wenn ich mich in dich verlieben würde?«

Und mein ganzer Körper beantwortete seine Frage. Hitze füllte meine Adern und die Spalten zwischen meinen Knochen, mein Herz bebte vor Gefühlen, und ich wusste nicht, wie ich ausdrücken sollte, was ich dachte, nämlich …

Ist das Liebe?

Und dann war es zu spät.

Navid klopfte an der Tür, und wir flogen auseinander wie Granatsplitter.

Oceans Gesicht war leicht gerötet. Er brauchte eine Sekunde, um sich zu sammeln, dann drehte er sich um, sah mich noch einmal an. Er verabschiedete sich nicht wirklich. Er sah mich nur an.

Und dann war er weg.

Zwei Stunden später kam eine SMS.

bist du im bett?
ja
kann ich dich was komisches fragen?

Ich starrte eine Sekunde auf mein Handy. Ich holte tief Luft.

okay, schrieb ich.
wie sehen deine haare eigentlich aus?

Ich lachte kurz laut auf, bis mir einfiel, dass meine Eltern schliefen. Mädchen interessierten sich nie für meine Haare, nur Jungs. Es war die immer gleiche Frage, die nie langweilig zu werden schien.

sie sind dunkelbraun, schrieb ich. *ziemlich lang*

Und dann rief er mich an.

»Hi«, sagte er.

»Hi.« Ich lächelte.

»Ich finde es schön, dass ich jetzt ein Bild vor mir habe, wenn ich mir vorstelle, wo du bist«, sagte er. »Wie dein Zimmer aussieht.«

»Ich kann noch immer nicht glauben, dass du heute hier warst.«

»Ja, vielen Dank übrigens noch mal. Du hast echt tolle Eltern. Das war ein richtig schöner Abend.«

»Ich bin so froh, dass du es nicht unerträglich fandest«, sagte ich. Ich dachte an seine Mutter und wurde traurig. Aber ich wusste nicht, wie ich ihm sagen sollte, dass ich mir für ihn wünschen würde, sie würde ihr Leben auf die Reihe bekommen. »Meine Eltern sind übrigens offiziell in dich verliebt.«

»Im Ernst?«

»Ja, ich bin sicher, sie würden dich sofort gegen mich eintauschen.«

Er lachte. Und dann sagte er eine Weile nichts.

»Hey«, sagte ich schließlich.

»Ja?«

»Ist alles okay?«

»Ja«, sagte er. »Ja.« Aber er klang ein bisschen nervös.

»Bist du sicher?«

»Ich hab nur gerade gedacht, dass dein Bruder echt ein ganz mieses Timing hat.«

Ich brauchte nur einen Augenblick, bis ich begriff, was er meinte.

Seine Frage. Ich hatte sie nicht beantwortet.

Und plötzlich war ich nervös. »Was hast du damit gemeint«, sagte ich, »als du gefragt hast, was ich *tun* würde? Warum hast du das so ausgedrückt?«

»Ich weiß nicht«, sagte er, und sein Atem ging unregelmäßig. »Ich glaube, ich wollte wissen, ob ich dich damit für immer verscheuchen würde.«

Seine Unsicherheit rührte mich. Dass er anscheinend wirklich keine Ahnung hatte, dass ich genauso hoffnungslos verliebt war wie er.

»Nein«, sagte ich leise. »Damit würdest du mich nicht verscheuchen.«

»Nein?«

»Nein«, sagte ich. »Keine Chance.«

27. KAPITEL

Der Ramadan war vorbei. Wir hatten gefeiert, hatten Geschenke ausgetauscht, und Navid hatte unsere gesamten Essensvorräte aufgegessen. Das Herbsthalbjahr näherte sich in schnellen Schritten seinem Ende. Mittlerweile war die zweite Dezemberwoche angebrochen, und ich hatte es geschafft, so viel Abstand zwischen mich und Ocean zu bringen, wie wir es beide gerade noch aushielten.

Es war über einen Monat her, seit er mich in seinem Auto geküsst hatte.

Unfassbar.

In der relativen Ruhe, die uns die selbstauferlegte Unauffälligkeit ermöglichte, verging die Zeit schneller. Sie verflog. Ich war glücklich, war vielleicht noch nie glücklicher gewesen. Ich hatte Spaß mit Ocean. Er war liebevoll und klug, und uns ging nie der Gesprächsstoff aus. Er hatte selten wirklich frei, weil seine Basketballaktivitäten fast alle Zeit auffraßen, aber irgendwie schafften wir es immer, uns zu sehen oder wenigstens zu telefonieren.

Ich fand diesen Kompromiss gut. Ich fühlte mich sicher. Natürlich war Heimlichtuerei damit verbunden, das schon, aber so konnte uns nichts passieren. Niemand wusste, was zwischen uns lief. Endlich wurde ich im Flur nicht mehr angestarrt.

Aber Ocean wollte mehr.

Es widerstrebte ihm, dass wir uns versteckten, als würden wir etwas Verbotenes machen. Er fand das schrecklich. Er sagte immer wieder, dass ihm die Meinung der anderen egal wäre und er keine Lust hätte, einen wichtigen Teil seines Lebens von einem Haufen von Schwachköpfen bestimmen zu lassen.

Ich konnte ihm schlecht widersprechen.

Ich hatte das Versteckspiel ja genauso satt; ich hatte es satt, in der Schule so zu tun, als würden wir uns kaum kennen, hatte es satt, immer nur vom Allerschlimmsten auszugehen. Aber Ocean war nun mal noch viel sichtbarer, als ihm das selbst überhaupt bewusst war. Als ich anfing, mich näher mit ihm – und seiner Welt – zu beschäftigen, erkannte ich die feinen Verwerfungen seines Lebens. Ocean hatte Exfreundinnen an der Schule, alte Mannschaftskollegen, es gab Rivalitäten. Mitschüler, die ihren Neid auf seine sportlichen Leistungen offen zeigten. Mädchen, die ihn dafür hassten, dass er kein Interesse an ihnen hatte. Und – was vielleicht noch gefährlicher war: Es gab Menschen, deren berufliche Perspektive vom Erfolg des Basketballteams abhing.

Ich hatte zwar gewusst, dass Ocean ein guter Spieler war, aber *wie* gut er tatsächlich war, wurde mir erst klar, als ich anfing, meine Antennen auf Empfang zu stellen. Obwohl er erst in die elfte Klasse ging, war er seinen Teamkollegen in sportlicher Hinsicht weit überlegen, wodurch er Aufmerksamkeit auf sich zog. Es hieß, dass er möglicherweise gut genug war, um auf regionaler oder sogar nationaler Ebene zum Spieler des Jahres gewählt zu werden. Auszeichnungen, die nicht nur er gewinnen würde, sondern auch sein Coach.

Das machte mich unruhig.

Ocean war jemand, auf den alle sich einigen konnten. Ein gutaussehender, entspannter Typ – ein echter *All American Boy* –, in den sich Mädchen leicht verliebten und von dem Scouts sofort wussten, wie sie ihn vermarkten konnten, einer, auf den alle in der kleinen Stadt stolz sein konnten, ein guter Junge mit herausragendem Talent und einer strahlenden Zukunft. Ich versuchte, ihm zu erklären, dass es schwierig werden könnte, unsere Beziehung öffentlich zu machen, weil es genug Leute gab, die mich nicht akzeptieren würden, aber Ocean verstand es nicht. Er konnte sich nicht vorstellen, dass das mit uns so eine große Sache war.

Und ich wollte mich nicht mit ihm streiten. Also kam ich ihm noch ein Stück entgegen.

Ich war einverstanden, als er vorschlug, mich am nächsten Morgen zu Hause abzuholen, so dass wir gemeinsam zur Schule fahren konnten. Ich glaubte, dass wir diesen kleinen, gut überlegten Schritt wagen könnten. Es war ja wirklich auch nichts dabei. Nur hatte ich nicht bedacht, dass es nicht umsonst so unendlich viele Highschool-Klischees gibt und dass Ocean in gewisser Weise genau einem dieser Klischees entsprach, ob er wollte oder nicht. Als einer der Schulstars genoss er offenbar das Privileg, seinen Wagen in einem ganz bestimmten Teil des Parkplatzes abstellen zu dürfen. Ich wusste solche Dinge nicht, und sie interessierten mich auch nicht, weil ich ja das merkwürdige Mädchen war, das jeden Morgen zu Fuß zur Schule kam. Ich hatte das morgendliche Parkplatzritual nie mitbekommen, kannte die »wichtigen« Schüler nicht, geschweige denn, dass ich jemals mit ihnen zu tun gehabt hätte. Aber als Ocean mir an diesem Morgen die Wagentür öffnete und ich ausstieg, trat ich in eine andere Welt. Alle waren da. Der Schulparkplatz war der Ort, an dem er und seine Freunde sich jeden Morgen trafen.

»Okay ... ich glaube, das war keine gute Idee«, sagte ich zu ihm, als er nach meiner Hand griff. »Ocean«, sagte ich noch mal. »Das war keine gute Idee.«

»Ach was«, sagte er und drückte meine Hand. »Wir sind nur zwei Menschen, die sich an den Händen halten. Das ist kein Weltuntergang.«

Ich fragte mich in diesem Moment, wie es wohl war, in seinem Gehirn zu leben. Ich fragte mich, in welcher Parallelwelt man gelebt haben muss, wenn man in der Lage ist, so etwas zu sagen und auch wirklich daran zu glauben.

Irrtum, hätte ich am liebsten zu ihm gesagt. Für manche Leute ist so was ein Weltuntergang.

Aber ich sagte es nicht. Ich sagte es deswegen nicht, weil es etwas anderes gab, worauf ich mich konzentrieren musste. Eine angespannte Stille hatte die Schülergruppe erfasst, die uns am nächsten stand, und obwohl ich geradeaus ins Leere schaute, befand sich jede Faser meines Körpers in Alarmbereitschaft. Ich wartete auf etwas – auf ein Zeichen von Feindseligkeit –, aber nichts passierte. Wir gingen ohne

Zwischenfall über den Parkplatz aufs Schulgebäude zu, verfolgt nur von bohrenden Blicken. Keiner sagte etwas. Allerdings hatte ich das Gefühl, dass es eher ein überraschtes Schweigen war, als wäre ihnen noch nicht klar, was sie denken sollten. Wie sie reagieren sollten.

Ocean und ich zogen aus dieser Erfahrung sehr unterschiedliche Schlüsse.

Ich sagte ihm, dass wir in Zukunft wieder getrennt zur Schule kommen sollten, dass es ein netter Versuch gewesen sei, aber ultimativ eine schlechte Idee.

Ocean war nicht meiner Meinung, im Gegenteil.

Er wies mich darauf hin, dass alles okay gelaufen war, dass es merkwürdig, aber nicht schlimm gewesen war, und wiederholte vor allem wieder, dass er keine Lust hätte, sich von anderen vorschreiben zu lassen, wie er sich verhalten sollte.

»Ich will mit dir zusammen sein«, sagte er. »Ich will deine Hand halten und die Pausen mit dir verbringen, und ich will nicht so tun müssen, als ...«, er seufzte schwer, »als würde ich dich nicht wahrnehmen, okay? Wenn das irgendwem nicht passt, ist mir das egal. Ich will nicht die ganze Zeit darüber nachdenken, was andere denken. Die interessieren mich einen Scheißdreck.«

»Sind das nicht deine Freunde?«, sagte ich.

»Wenn das meine Freunde wären«, sagte er, »würden sie sich für mich freuen.«

Der zweite Tag war schlimmer.

Als ich am zweiten Tag aus Oceans Wagen stieg, war keiner überrascht. Sie waren einfach nur Arschlöcher.

Einer sagte sogar: »Was willst du von Aladdin, Alter?«

Das war nichts Neues. Jedenfalls für mich nicht. Aus irgendeinem Grund beschimpfte man mich gern als »Aladdin«, was ich besonders schade fand, weil ich den Film als Kind geliebt hatte. Ich hätte in solchen Situationen gern gesagt, dass sich das nicht wirklich als Beleidigung eignet, weil Aladdin erstens ein Junge ist und man zweitens seine Haare sehen kann. Am meisten störte mich, dass sie sich nicht mal richtig Mühe gaben. Es gab schließlich auch wirklich fiese Gestalten im Film. Zum Beispiel hätten sie mich *Dschafar* nennen können. Aber leider waren die Situationen nie so, dass ich meine Kritik loswerden konnte.

Ocean und ich reagierten auch diesmal sehr unterschiedlich.

Ich war genervt, aber Ocean war wütend.

Ich spürte in diesem Augenblick, dass Ocean sogar noch stärker war, als er aussah. Er war schlank und sehnig, aber wie er jetzt neben mir stand, strahlte er massive Kraft aus. Jeder Muskel in seinem Körper war angespannt, seine Hand in meiner fühlt sich fremd an. Er sah wütend aus und zugleich angewidert, und dann schüttelte er den Kopf, und ich wusste, dass er gleich etwas sagen würde, als mich plötzlich mit voller Wucht eine angebissene Zimtschnecke am Kopf traf.

Ich erstarrte.

Einen Moment lang herrschte die totale Stille, während das klebrige Gebäck langsam an meinem Gesicht runterrutschte und zu Boden klatschte. Mein Tuch und meine Wange waren mit Zuckerglasur beschmiert.

Okay, dachte ich, das ist mal was Neues.

Der Typ, der die Schnecke auf mich geschleudert hatte, wieherte vor Lachen, und Ocean rastete aus. Er packte ihn am Kragen und versetzte ihm einen Stoß – einen wirklich heftigen Stoß. Ich war vor Scham wie versteinert, sah alles wie durch Nebel und wollte einfach nur weg.

Also ging ich.

Mit *Essen* war ich wirklich noch nie beworfen worden. Ich fühlte mich wie betäubt, als ich auf die Schule zuging, dumm, gedemütigt und betäubt. Ich wollte zum Mädchenklo, um mir das Gesicht zu waschen, aber Ocean lief mir hinterher und packte mich um die Taille.

»Hey«, sagte er außer Atem. »Hey ...«

Aber ich wollte ihn nicht ansehen, wollte nicht, dass er mich mit dem klebrigen Zeug im Gesicht sah, deswegen riss ich mich los. Ich sah ihm nicht in die Augen.

»Bist du okay?«, fragte er. »Es tut mir so leid ...«

»Ja«, antwortete ich, drehte mich aber sofort weg. »Ich ... ich gehe mir mal das Gesicht waschen, okay? Wir sehen uns später.«

»Warte noch«, sagte er. »Warte ...«

»Wir sehen uns später, Ocean, ich schwöre.« Ich hob die Hand zu einem Winken und ging weiter. »Alles okay.«

Natürlich war ich nicht okay. Ich würde wieder okay sein, das schon. Aber noch war es nicht so weit.

Auf der Mädchentoilette ließ ich meinen Rucksack auf den Boden fallen, riss mir das Tuch vom Kopf und feuchtete Papierhandtücher an, um mir die zuckrige Schmiere vom

Gesicht zu wischen. Ich rieb damit auch am Tuch herum, aber das reichte nicht. Seufzend wusch ich es unter fließendem Wasser, wrang es aus, hängte es mir feucht um den Hals und zog das Gummi aus meinem Pferdeschwanz, um mir die Haare neu zu binden.

Die Tür wurde aufgestoßen.

Ich war froh, dass ich wenigstens Zeit gehabt hatte, mir das Gesicht zu waschen, bevor mich jemand so sah. Das Mädchen stellte sich neben mich ans Waschbecken. Ich war ein bisschen verlegen, weil sie sich sicher fragte, warum ich ohne Kopftuch dastand und lauter zerknüllte feuchte Papiertücher um mich herumlagen. Aber vielleicht dachte sie nicht groß darüber nach oder würde zumindest keine Fragen stellen. Ich kannte sie nicht, und es war mir auch egal, wer sie war. Ich wollte heute mit niemandem mehr irgendwas zu tun haben müssen.

»Hey«, sagte sie, und ich hob automatisch den Kopf.

Ich werde mich für immer erinnern, wie meine Haare in langen Wellen um mein Gesicht schwangen, als ich mich zu ihr drehte, das Haargummi noch ums Handgelenk.

Ich sah sie fragend an.

Und sie schoss ein Foto von mir.

»Hey, was soll das?« Ich zuckte erschrocken zurück. »Warum hast du ...?

»Vielen Dank«, sagte sie lächelnd.

Ich war wie benommen. Sie ging, und es dauerte noch eine ganze Weile, bis ich wieder zu mir gekommen war. Und dann noch ein paar Sekunden, bis ich verstanden hatte.

Und als ich es verstanden hatte, stand ich da, wie erstarrt.

Mir war plötzlich so übel, dass ich dachte, ich würde ohnmächtig werden.

Der Tag hatte wirklich in jeder Beziehung beschissen angefangen.

Ocean fing mich im Flur ab. Er griff nach meiner Hand, und ich drehte mich um, und er sagte nichts. Sah mich nur an.

»Ein Mädchen hat mich eben auf der Toilette fotografiert«, sagte ich leise.

Er holte scharf Luft. »Ja«, sagte er. »Ich weiß.«

»Du weißt es?«

Er nickte.

Ich drehte mich weg. Ich wollte weinen, aber ich hatte mir geschworen, es nicht zu tun. Ich hatte es mir versprochen. Stattdessen flüsterte ich: »Was ist los, Ocean? Was läuft hier?«

Er schüttelte den Kopf. Sah niedergeschmettert aus. »Es ist meine Schuld«, sagte er. »Das ist alles meine Schuld. Ich hätte auf dich hören sollen. Ich hätte niemals zulassen dürfen, dass ...«

Und in diesem Moment kam ein Typ, den ich noch nie gesehen hatte, an uns vorbei, klopfte Ocean auf die Schulter und sagte: »Hey, Mann, ich versteh dich. Die würde ich auch flachlegen ...«

Ocean versetzte ihm einen harten Schubs, der Typ fluchte, verlor das Gleichgewicht und landete auf dem Ellbogen.

»Sag mal, habt ihr sie noch alle?«, schrie Ocean. »Was soll die Scheiße?«

Sie brüllten sich an, und ich ertrug es nicht mehr.

Ich musste weg.

Digitalkameras waren noch relativ neu, ich selbst hatte keine und kannte mich nicht so gut aus, weshalb ich nicht wusste, wie problemlos man die Fotos teilen konnte. Ich wusste nur, dass dieses Mädchen ein Bild von mir ohne Kopftuch gemacht hatte – ohne mein Einverständnis – und es jetzt herumzeigte. Ich hatte mich noch nie so ... vergewaltigt gefühlt, noch niemals. Ich wollte schreien

Das sind *meine* Haare, wollte ich schreien.

Es waren meine Haare, und es war mein Gesicht, und es war mein Körper, und es war verfickt nochmal ganz allein meine Sache, was ich damit machte.

Aber das interessierte natürlich keinen.

Ich beschloss zu gehen.

Ocean lief mir hinterher. Er entschuldigte sich immer wieder und gab sich solche Mühe, mich zu trösten, aber ich wollte einfach nur allein sein. Ich brauchte Zeit.

Also ging ich.

Eine Weile lief ich nur in der Gegend herum und versuchte, den Kopf freizubekommen. Etwas anderes fiel mir nicht ein. Irgendwie wäre ich auch gern nach Hause gegangen, aber ich hatte Angst, dass ich mich in mein Zimmer einschließen und nie mehr rauskommen würde. Und außerdem wollte ich auf gar keinen Fall weinen.

Ich *hätte* gern geweint. Ich hätte gern geweint, geschluchzt und laut geschrien, alles gleichzeitig, aber ich wollte dem Drang nicht nachgeben. Ich wollte dagegen ankämpfen.

Ich wollte das hier durchstehen, ohne den Kopf zu verlieren.

Als ein paar Stunden später eine SMS von Navid kam, wusste ich, dass es richtig schlimm war. Wenn Navid davon erfahren hatte, sah es übel aus. Und er machte sich Sorgen um mich.

Ich schrieb ihm, dass alles okay wäre, dass ich nicht mehr in der Schule sei, sondern in der Stadtbibliothek. Ich saß – ganz bewusst – in der Abteilung für Horrorromane.

Navid schrieb, ich solle zum Training kommen.

warum?, schrieb ich.

weil es dich auf andere gedanken bringen kann

Ich seufzte.

wie schlimm ist es?, tippte ich.

Ein paar Sekunden später:

na ja, toll ist es nicht

Nach Unterrichtsende schlich ich mich aufs Schulgelände zurück. Als ich mein Schließfach öffnete, um meine Sporttasche rauszuholen, fiel ein Zettel heraus. Ich faltete ihn auf und sah zwei nebeneinander ausgedruckte Fotos von mir. Eins mit Kopftuch, eins ohne.

Auf dem zweiten guckte ich zwar verwirrt, sah aber ansonsten ganz hübsch aus. Es war völlig okay. Ich mochte meine Haare. Ich fand sie schön. Außerdem war ich ziemlich fotogen und sah auf Bildern meistens sogar besser aus als in echt. Aber gerade das machte es so schlimm. Es war noch offensichtlicher, dass das hier kein alberner Streich war. Es ging nicht darum, mich hässlich oder lächerlich aussehen zu lassen.

Es war ein Machtspiel.

Wer auch immer sich diese Aktion ausgedacht hatte, hatte es darauf angelegt, mich im wahrsten Sinn des Wortes bloßzustellen, mich zu demütigen, indem er sich über meine Entscheidung hinwegsetzte, einen Teil von mir für mich zu behalten. Es ging darum, mir die Macht wegzunehmen, von der ich geglaubt hatte, sie über meinen eigenen Körper zu haben.

Das war das wirklich Schmerzhafte daran.

Als ich in den Tanzraum kam, sah Navid traurig aus.

»Geht's dir einigermaßen?«, fragte er und umarmte mich.

»Ja, geht schon«, sagte ich. »Diese Schule ist echt zum Kotzen.«

Er holte tief Luft. Drückte mich noch mal an sich, bevor er mich losließ. »Ja«, sagte er und atmete aus. »Ja, ist sie.«

»Diese Leute sind so was von abgefuckt«, sagte Bijan. Er sah richtig betroffen aus. »Das Ganze tut mir echt leid für dich.«

Ich wusste nicht, was ich darauf sagen sollte. Ich lächelte gezwungen.

Carlos und Jacobi versuchten, mich zu trösten.

»Zeig mir einfach, wer es ist«, sagte Carlos, »und ich mach sie für dich zu Kleinholz.«

Damit brachte er mich sogar wirklich zum Lächeln. »Ich weiß nicht mal, wer es war«, sagte ich. »Ich hab das Mädchen, das das Foto gemacht hat, zwar gesehen, aber ich weiß nichts über sie«, seufzte ich. »Ich kenne an dieser Schule niemanden.«

Jacobi wollte wissen, wie die Sache genau abgelaufen war, und ich erzählte, dass es auf der Mädchentoilette passiert war, nachdem ich mir die Glasur der Zimtschnecke abgewaschen hatte, die ein Typ nach mir geworfen hatte. Ich versuchte zu lachen, damit es sich wie eine lustige Geschichte anhörte, aber die vier waren plötzlich verstummt.

Ich blickte in versteinerte Gesichter.

»Dir hat ein Typ eine Zimtschnecke an den Kopf geworfen?«, fragte Navid fassungslos. Er sah stinksauer aus. »Ist das jetzt ein Witz?«

Ich blinzelte. Zögerte. »Nein?«

»Wer?« Das war jetzt wieder Jacobi. »Wer hat das getan?«

»Ich weiß nicht ...«

»Was für ein Hurensohn«, sagte Carlos.

»Und Ocean hat nichts gemacht?« Die Frage kam von Bijan. »Er hat einfach so zugeschaut, wie ein Typ dich mit Essen beschmeißt?«

»Wie bitte? Nein«, sagte ich schnell. »Nein, nein, er hat ... er hat sich auf ihn gestürzt, aber ich bin dann weggegangen, und ...«

»Das heißt, Ocean weiß, wer der Kerl ist.« Bijan wieder. Er sah nicht mich an, er sah Navid an.

»Ich glaube ja«, sagte ich vorsichtig. »Aber das ... das ist wirklich ...«

»Wisst ihr was? Drauf geschissen.« Navid griff nach seiner Tasche. Die anderen packten auch zusammen.

»Moment ... wo wollt ihr hin?«

»Das ist nicht dein Problem«, sagte Carlos.

»Wir sehen uns zu Hause«, sagte Navid und drückte im Vorbeigehen meinen Arm.

»Warte ... Navid ...!«

»Kommst du zu Fuß nach Hause?«, fragte Jacobi.

»Ja«, sagte ich. »Ja schon, aber ...«

»Alles klar, cool. Wir sehen uns morgen.«

Und dann gingen sie. Am nächsten Tag erfuhr ich, dass sie den Typen tatsächlich verprügelt hatten, weil die Polizei bei uns zu Hause klingelte und Navid sprechen wollte, der tat, als wäre nichts gewesen. Meinen geschockten Eltern erzählte er etwas von einem Missverständnis. Navid fand die Sache zum Totlachen. Nur Weiße würden wegen einer Prügelei die Cops rufen. Am Ende entschied sich der Typ, keine Anzeige zu erstatten, und damit war die Sache aus der Welt.

Navid passierte nichts.

Aber für mich wurde alles nur noch schlimmer.

28. KAPITEL

Dass ich diese Scheiße durchmachen musste, war eine Sache. Ich kannte das. Solche Tiefschläge konnte ich wegstecken, egal, wie weh sie taten. Es gelang mir so gut, nach außen hin den Eindruck zu erwecken, diese unsägliche Fotoaktion wäre mir vollkommen egal, dass sie nach ein paar Tagen kein Thema mehr war. Ich gab denen keine Macht. Schüttete kein Öl ins Feuer. Und so verpuffte die Geschichte schnell im Nichts.

Die andere Sache war Ocean, der in diesem Spiel ganz neu war.

Mitzuerleben, wie es ihn in seinem tiefsten Innersten traf und erschütterte, zum allerersten Mal das wahre Gesicht der Meute erblickt zu haben ...

Das war, als würde man miterleben, wie ein Kind zum ersten Mal vom Tod erfährt.

Er wurde von allen Seiten attackiert. Über Nacht war mein Gesicht schulweit bekanntgeworden, und dass der Typ, der mir die Zimtschnecke an den Kopf geworfen hatte, von

Navid verprügelt worden war, machte alles noch komplizierter. Ich will Navids Methoden nicht verteidigen, aber zumindest hat es danach niemand mehr gewagt, mich noch mal mit irgendetwas zu bewerfen. Dafür hatten die Leute an der Schule jetzt anscheinend richtig Angst vor mir. Und weil Angst gepaart mit Wut die möglicherweise gefährlichste Gefühlsmischung überhaupt ist, wuchs die Empörung darüber, dass Ocean mit mir zusammen war, nur noch mehr. Seine Freunde sagten schreckliche Dinge über mich und auch über ihn – Dinge, die ich noch nicht einmal wiederholen möchte –, und auf einmal sah er sich in der absurden Situation, mich und meinen Glauben gegen die bösartigsten Lügen verteidigen und mit anderen darüber diskutieren zu müssen, was es bedeutete, Muslima zu sein, was es bedeutete, *ich* zu sein. Das war unsagbar anstrengend.

Und trotzdem beharrte Ocean weiter darauf, das alles würde ihm nichts ausmachen.

Ihm vielleicht nicht, aber mir.

Ich zog mich immer mehr zurück, verkroch mich in mir selbst, wollte ihn und mich retten, indem ich unser neugefundenes Glück opferte. Natürlich bekam er das mit. Bekam mit, wie sich der Abstand zwischen uns wieder vergrößerte, merkte, wie ich die Gitter runterließ, wie ich mich abschottete. Und ich spürte seine wachsende Panik.

Trotzdem blieb Ocean unerschütterlich.

Er hatte eine Entscheidung getroffen, und seine Bereitschaft, dazu zu stehen, machte alle noch wütender. Seine Freunde wandten sich von ihm ab, er nahm es schulterzuckend hin, sein Coach schikanierte ihn, es war ihm egal.

Ich glaube, es war vor allem die Tatsache, dass er mehr zu mir hielt als zu ihnen – dass er anscheinend so wenig auf die Meinung der Menschen gab, die er doch viel länger kannte als mich –, die sie so aufbrachte.

Mitte Dezember, ein paar Tage vor Beginn der Winterferien, wurde es dann richtig hässlich.

Im Grunde war es nur ein Streich.

Ein dummer Streich. Jemand hatte Ocean eins auswischen wollen, aber das Ganze geriet so außer Kontrolle, dass es unsere gesamte Welt aus den Angeln riss.

Irgendjemand hatte das Computersystem der Schule gehackt und an sämtliche eingespeicherten Adressen im Schulbezirk eine Rundmail geschickt. Alle Schüler und alle Lehrer des Bezirks – sogar Eltern, die auf schulinternen Mailinglisten standen – bekamen die Nachricht. Der Inhalt dieser Mail war richtig schlimm. Und diesmal betraf es nicht mich. Es ging um Ocean.

Ihm wurde vorgeworfen, den Terrorismus zu unterstützen, antiamerikanisch eingestellt zu sein, zu glauben, es wäre in Ordnung, unschuldige Menschen zu töten, weil er selbst davon träumte, mit zweiundsiebzig Jungfrauen belohnt zu werden. In der Mail wurde dazu aufgerufen, ihn aus der Basketballmannschaft auszuschließen. Er sei ein erbärmlicher Vertreter seiner Heimatstadt, eine Beleidigung für alle Kriegsveteranen, die Fans des Teams seien. Er wurde mit den widerlichsten Schimpfwörtern belegt. Und was alles noch schlimmer machte, war das an die Mail angehängte Foto, das uns zeigte, wie wir Hand in Hand über das Schulgelände gingen. Da habt ihr den Beweis, schien das Bild zu sagen: Ocean steckt mit dem Feind unter einer Decke.

Die Schule bekam erboste Anrufe. Briefe. Entsetzte Eltern verlangten eine Erklärung, eine Konferenz, ein öffentliches Treffen besorgter Bürger im Rathaus. Ich hätte mir niemals vorgestellt, dass die kleinen Dramen rund um das Highschool-Basketballteam so viele Leute interessieren würden, aber da hatte ich mich geirrt. Und wie. Das Ganze war ein Riesenskandal. Wie sich herausstellte, war Ocean Desmond James eine wirklich große Nummer, wahrscheinlich sogar noch größer, als es ihm selbst klar gewesen war, bevor das alles passierte.

Trotzdem überraschte es mich letztlich nicht. Ich hatte ja damit gerechnet, hatte mich davor gefürchtet. Aber für Ocean war es sehr schwer zu ertragen, dass es so viele so furchtbare Menschen gab. Ich versuchte, ihm klarzumachen, dass es die Heuchler und die Rassisten immer schon gegeben hatte, aber er sagte, er hätte die Leute um sich herum nie so wahrgenommen, hätte es niemals für möglich gehalten, dass sie so sein könnten. Und ich sagte darauf: Ja, ich weiß. So ist das, wenn man die Welt von einer privilegierten Position aus betrachtet.

Er war entsetzt.

Sein Coach drängte ihn, das Problem zu lösen. Es wäre ganz einfach: Das Team müsse nur eine kurze Erklärung herausgeben, bei der Rundmail habe es sich um einen dummen Streich gehandelt, die ganze Geschichte sei Unsinn, kein Grund zur Aufregung. Sein Plan hatte natürlich einen

Haken. Um diese Erklärung glaubwürdig wirken zu lassen, durfte Ocean nicht immer wieder in Begleitung eines muslimischen Mädchens gesehen werden. Tatsächlich wäre es das Beste, sagte der Coach, wenn er überhaupt nicht mehr mit mir in Zusammenhang gebracht werden würde. Es hätte schon gereicht, dass an der Schule Gerüchte über uns im Umlauf seien, aber das gemeinsame Foto von uns sei zu viel. Gerade jetzt, wo das politische Klima so aufgeheizt sei. Alle großen Fernsehsender und Zeitungen würden berichten, wir stünden kurz vor einem Krieg gegen den Irak. In der letzten Zeit würden sich die schlechten Nachrichten überschlagen. Die Nerven lägen bei allen blank. Die Lage wäre extrem heikel. Der Coach schlug vor zu behaupten, das Foto wäre eine mit Photoshop bearbeitete Fälschung, aber diese Argumentation könne natürlich nur greifen, wenn Ocean versprach, sich nicht mehr mit mir zu treffen. Es durften keine weiteren Fotos von uns mehr auftauchen.

Ocean sagte, dass er das ganz bestimmt nicht tun würde. Er sagte seinem Coach, dass er ihn am Arsch lecken könne. Was die Situation natürlich nicht besser machte.

Mir sagte er immer wieder, wie leid ihm alles tue.

Wir wussten nicht mehr, wo wir uns treffen sollten – noch nicht mal, um einfach nur über alles zu reden. Nachts telefonierten wir, aber tagsüber hatten wir kaum Gelegenheit, uns zu sehen. In der Schule waren alle immer noch in heller Aufregung, weshalb wir es sogar vermieden, uns zwischen den Stunden im Flur zu unterhalten. Im Unterricht bekam ich mit, wie über uns getuschelt wurde. Und selbst den Lehrern war anzumerken, dass sie beunruhigt waren. Mr Jordan zeigte als Einziger Mitgefühl, aber helfen konnte er uns auch nicht. Es passierte täglich, dass Leute, die ich in meinem Leben noch nie auch nur angeschaut hatte, sich zu mir rüberbeugten, wenn ich mich an meinen Platz setzte, und fiese Bemerkungen abgaben.

»Was muss er eigentlich genau machen, um seine zweiundsiebzig Jungfrauen zu bekommen?«

»Ist es in eurer Religion nicht verboten, was mit weißen Jungs anzufangen?«

»Bist du eigentlich mit Saddam Hussein verwandt?«

»Was willst du überhaupt hier, wenn du Amerika so hasst?«

Ich sagte ihnen, dass sie mich in Ruhe lassen sollen, aber es war wie bei diesem Computerspiel »Whac-A-Mole«. Sie kamen immer wieder aus ihren Löchern.

An einem Nachmittag ging Ocean nicht zum Training, damit wir uns mal wieder treffen konnten. Neuerdings hatte sein Coach angefangen, der Mannschaft ständig unnötige Trainingseinheiten reinzudrücken, und Ocean war überzeugt davon, dass er das nur machte, um zu verhindern, dass wir Zeit miteinander verbringen konnten. Zwar war ich mir sicher, dass wir höllisch dafür würden büßen müssen, dass Ocean das Training schwänzte, aber ich freute mich, einen ruhigen Moment mit ihm zu haben. Ich hatte mich so sehr danach gesehnt, ihm endlich wieder gegenüberzusitzen und mich mit eigenen Augen davon überzeugen zu können, dass es ihm halbwegs gutging.

Wir saßen in seinem Wagen auf dem Parkplatz hinter dem *IHOP*.

»Das sind einfach Arschlöcher«, sagte er zu mir. »Es ist

nicht so schlimm, wie es aussieht, okay? Das kommt uns jetzt so vor, aber ich verspreche dir, dass es bald aufhört. Ich kümmere mich nicht darum. Es interessiert mich nicht, was die Leute sagen.« Er hielt mein Gesicht in beiden Händen. »Es ist mir egal, okay? Alles. Das schwöre ich dir. Für mich ändert sich nichts.«

Ich brachte es nicht einmal mehr über mich, ihm in die Augen zu sehen.

»Bitte«, sagte er. »Es ist mir egal. Ist es echt. Sollen sie mich doch aus der Mannschaft schmeißen. Das ist mir auch egal. Ist es mir immer gewesen. Okay?«

»Ja«, sagte ich leise. Aber ich wusste trotzdem, dass sein Leben schlimmer geworden war, seit ich darin eine Rolle spielte.

Ihm war es vielleicht egal.

Aber mir nicht.

Mir war es nicht egal. Der Schneeballeffekt hatte dafür gesorgt, dass alles immer schneller immer schlimmer geworden war, und ich konnte nicht länger so tun, als hätte ich keine Angst. Es war mir nicht egal, dass Ocean bei allen in der Stadt auf die schwarze Liste gesetzt wurde. Mir war seine Zukunft nicht egal. Ich sagte ihm, dass er, falls sie ihn aus dem Team werfen sollten, auch jede Chance auf ein Sportstipendium verlieren würde. Ocean sagte, deswegen sollte ich mir keine Sorgen machen, er bräuchte kein Stipendium, weil seine Mutter etwas von dem Geld, das sie geerbt hatte, für sein Studium zurückgelegt hätte.

Trotzdem belastete es mich.

Mir war es nicht egal.

Ich starrte kopfschüttelnd auf meine geöffneten Hände, während er mein Gesicht in seinen hielt. Ich hob den Blick. Er sah verzweifelt aus.

»Hey«, flüsterte er. »Tu das nicht, okay? Gib mich nicht auf. Ich stehe zu dir.«

Ich fühlte mich wie gelähmt.

Ich wusste nicht, wie ich mich verhalten sollte. Mein Bauchgefühl sagte mir, *geh weg*. Lass ihn sein Leben leben. Selbst Navid fand, dass es so nicht mehr weitergehen könnte.

Am nächsten Tag konfrontierte Coach Hart mich direkt.

Ich hätte wissen müssen, dass es nicht klug war, mich auf ein Gespräch mit ihm allein einzulassen, aber er fing mich im Flur ab und befahl mir, mit in sein Büro zu kommen. Er sagte, er würde sich nur ganz freundlich und in Ruhe mit mir über die Situation unterhalten wollen, aber kaum war ich über die Schwelle getreten und er hatte die Tür hinter mir geschlossen, begann er zu brüllen.

Er warf mir vor, Oceans Leben kaputtzumachen. Er sagte, er wünschte, ich wäre nie in diese Stadt gekommen. Er habe vom ersten Moment an gespürt, dass ich nur Ärger machen würde, und gleich geahnt, dass ich Ocean dazu überreden wollte, mit dem Basketball aufzuhören. Seit ich hier aufgetaucht wäre, hätte ich alles durcheinandergebracht. Ob mir eigentlich bewusst wäre, was ich anrichten würde? Eltern und Schüler im gesamten Bezirk wären massiv beunruhigt. Meinetwegen hätten Spiele verschoben werden müssen. Der Ruf des gesamten Teams wäre in Gefahr. In dieser Stadt würde man treu zur amerikanischen Flagge stehen, hier würden noch wahre Patrioten leben, und meine Beziehung zu Ocean schade dem Ansehen der Stadt. Die Basketballmannschaft hätte für den gesamten Bezirk nicht nur auf sportlicher Ebene eine Bedeutung, aber das könnte ich nicht verstehen, denn er sei sich sicher, da, wo ich herkäme, würde kein Basketball gespielt. Ich sagte ihm nicht, dass ich aus Kalifornien kam. Er gab mir aber auch keine Chance, etwas zu sagen. Und dann verlangte er von mir, Ocean verdammt nochmal in Ruhe zu lassen, bevor ich alles zerstören würde, was in seinem Leben je gut gewesen wäre.

»Du wirst diese Geschichte beenden, junge Dame«, sagte er zu mir. »Und zwar hier und jetzt.«

Ich hätte ihm gern gesagt, dass er zur Hölle fahren soll, aber in Wahrheit machte er mir Angst. Er war so aufgebracht und strahlte eine Gewaltbereitschaft aus, wie ich sie noch nie bei jemandem erlebt hatte. Ich war allein im Raum mit diesem erwachsenen Mann. Die Tür war zu. Ich fühlte mich komplett ohnmächtig. Ich traute ihm nicht.

Allerdings führte mir unsere kurze Unterhaltung die Situation noch klarer vor Augen und half mir, eine Entscheidung zu treffen.

Coach Hart war ein absolutes Arschloch, aber je lauter er brüllte, desto wütender wurde ich. Ich würde mich von ihm nicht einschüchtern lassen und aus lauter Angst tun, was er von mir verlangte. Ich würde mich nicht manipulieren lassen – von niemandem. Und je mehr der Coach auf mich einredete, desto mehr wuchs in mir die Überzeugung, dass es total feige wäre, mich in dieser Situation von Ocean zu trennen. Schlimmer noch, es wäre grausam.

Also sagte ich, dass ich das nicht tun würde.

Wenn ich mich nicht trennen würde, drohte der Coach, würde er dafür sorgen, dass Ocean wegen groben Fehlverhaltens für immer aus dem Team geworfen werden würde.

Ich sagte ihm, dass Ocean sicher herausfinden würde, dass er dahintersteckte.

»Wie kann man nur so stur sein!«, brüllte Coach Hart, die Augen verengt. Klein, kräftig gebaut und mit einem Gesicht, das schnell rot anlief, sah er auch aus wie jemand, der viel schrie. »Lass los«, sagte er. »Du machst allen nur unnötig Schwierigkeiten, und am Ende hast du nicht mal was davon. Er wird dich nach einer Woche vergessen haben.«

»Alles klar«, sagte ich. »Kann ich jetzt gehen?«

Sein Gesicht färbte sich noch röter. »Wenn dir etwas an ihm liegt«, sagte er, »lässt du ihn gehen und zerstörst nicht sein Leben.«

»Ich verstehe überhaupt nicht, warum sich alle so aufregen«, sagte ich. »Das alles nur wegen Basketball? Das ist doch lächerlich.«

»Für mich ist Basketball weit mehr als nur ein Beruf.« Er schlug mit der Faust auf den Tisch und stand auf. »Ich habe diesem Sport mein Leben gewidmet. Wir haben gute Chancen, in dieser Saison die Playoffs zu gewinnen, und Ocean muss liefern. Du lenkst ihn nur ab«, sagte er. »Und deshalb will ich, dass du verschwindest. Sofort.«

Als ich auf dem Nachhauseweg über alles nachdachte, wurde mir das ganze Ausmaß dieses Wahnsinns bewusst. Nachdem

ich dem brüllenden Mann nicht mehr direkt gegenüber-
saß, konnte ich die Lage etwas objektiver einschätzen. Der
Coach war offensichtlich so entschlossen, das Problem zu
eliminieren – *mich* zu eliminieren –, dass er nicht davor zu-
rückschreckte, sich brutal über Oceans Gefühle hinwegzu-
setzen.

Und jetzt bekam ich allmählich richtig Angst.

Nicht, weil ich befürchtete, dass Ocean nicht über einen
Rauswurf aus dem Team hinwegkommen würde. Oder weil
ich mich nicht getraut hätte, ihm zu sagen, dass sein Coach
mich massiv gedrängt hatte, mich von ihm zu trennen. Ich
wusste, dass Ocean mir glauben, dass er sich auf meine Seite
stellen würde. Aber das, was mir am meisten Angst machte,
waren nicht die Drohungen, nicht die Beleidigungen und
auch nicht die offene Fremdenfeindlichkeit. Nein, was mir
am meisten Angst machte, war ...

... dass ich nicht daran glaubte, dass ich das alles wert
war.

Ich stellte mir vor, wie Ocean irgendwann – erschöpft und
ausgelaugt von dieser emotionalen Tortur – aufwachen und
erkennen würde, dass es das alles nicht wert gewesen war. Genauer: dass *ich* es nicht wert gewesen war; dass er meinetwegen auf der Highschool die eine Gelegenheit verpasst hatte,
sich im entscheidenden Moment als Sportler zu beweisen,
und deshalb nie mehr die Chance bekommen würde, Col-
lege-Basketball zu spielen oder eines Tages womöglich sogar
in die Profiliga zu wechseln. Wenn dieser Aufstand, der hier
veranstaltet wurde, tatsächlich berechtigt war, dann war
Ocean nämlich gut genug, um all das und mehr zu errei-

chen. Zwar hatte ich ihn nie spielen sehen – was mir jetzt fast wie ein Witz vorkam –, aber es erschien unvorstellbar, dass die Leute sich so aufregen würden, wenn Ocean nicht ein wirklich extrem herausragendes Talent hätte, Bälle im Korb zu versenken.

Und plötzlich bekam ich noch mehr Angst.

Ich bekam Angst, dass Ocean womöglich bereit war, alles aufzugeben, was er kannte – alles, worauf er von frühester Jugend an hingearbeitet hatte –, nur um dann irgendwann festzustellen, dass ich ja gar nicht so toll war, wie er sich eingebildet hatte. Tja, echt blöd gelaufen.

Und wenn ich wegziehe?, dachte ich. Was, wenn Ocean sich in seiner Phantasie diese absolute Traumbeziehung mit mir ausmalte, die der Realität niemals standhalten konnte und sich zwangsläufig als mittelmäßig herausstellen musste?

Er würde mich hassen.

Ich bin erst sechzehn, dachte ich. Er war erst siebzehn. Wir waren fast noch Kinder. Uns erschien das hier wie unser Leben – die letzten Monate hatten sich angefühlt wie eine Ewigkeit –, aber die Zeit an der Highschool war nicht alles, oder? Nein, natürlich nicht. Vor vier Monaten hatte ich noch nicht mal gewusst, dass Ocean überhaupt existierte.

Trotzdem wollte ich nicht einfach so einen Schlussstrich ziehen. Ich hatte Angst, dass er es mir niemals verzeihen würde, wenn ich ihn jetzt im Stich lassen würde. Er schwor mir jeden Tag, dass sich an seiner Meinung nichts geändert hatte, dass er sich niemals von hasserfüllten Arschlöchern vorschreiben lassen würde, wie er zu leben hatte. Ich fürchtete, dass er mich für feige halten würde, wenn ich jetzt klein beigab.

Und ich war nicht feige.

Jemand hupte laut. Ich zuckte zusammen und hob den Kopf. Das Hupen hörte nicht mehr auf. Es war gnadenlos. Richtig nervig. Ich hatte etwa die Hälfte der Strecke entlang der Hauptstraße zurückgelegt, den Weg, den ich jeden Tag ging, war aber so tief in Gedanken versunken gewesen, dass ich auf nichts um mich herum geachtet hatte.

Ein paar Meter vor mir hielt ein Wagen am Straßenrand und hupte mich an.

Ein Wagen, den ich nicht kannte.

Mein Herz zog sich erschrocken zusammen, und ich ging ein paar Schritte rückwärts. In diesem Moment beugte sich eine Frau aus dem Seitenfenster und winkte nach mir. Mein Instinkt riet mir wegzurennen, so schnell ich konnte, aber die Tatsache, dass die Fahrerin eine Frau war, ließ mich zögern. Vielleicht brauchte sie Hilfe. Vielleicht hatte sie ja kein Benzin mehr? Vielleicht wollte sie sich mein Handy leihen? Ich ging zögernd auf sie zu.

»Du meine Güte«, sagte sie lachend. »Es ist echt schwer, dich dazu zu bringen, mal hochzugucken.«

Sie war hübsch, blond, nicht mehr ganz jung. Ihre Augen wirkten freundlich, und mein Puls normalisierte sich wieder.

»Alles in Ordnung bei Ihnen?«, fragte ich. »Haben Sie eine Panne?«

Sie lächelte und musterte mich neugierig. »Ich bin

Oceans Mutter«, stellte sie sich vor. »Ich heiße Linda. Und du bist Shirin, stimmt's?«

Oh, dachte ich. Scheiße. Scheiße. Scheiße.

Oh, Scheiße.

Ich blinzelte. Mein Herz schlug im Stakkato.

»Kann ich dich ein Stück mitnehmen?«

29. KAPITEL

»Hör zu«, sagte sie. »Eine Sache will ich gleich klarstellen.«
Sie warf mir im Fahren einen kurzen Seitenblick zu. »Euer
unterschiedlicher kultureller Hintergrund ist mir egal. Das
ist nicht der Grund, warum ich mit dir reden möchte.«

»Okay«, sagte ich vorsichtig.

»Aber die Beziehung zu dir entwickelt sich gerade zu
einem großen Problem für Ocean, und ich glaube, es wäre
verantwortungslos, wenn ich als seine Mutter nicht versuchen würde, dieses Problem zu lösen.«

Beinahe hätte ich laut aufgelacht. *Ich glaube nicht, dass
es das ist, was Sie zu einer verantwortungslosen Mutter macht,*
hätte ich am liebsten gesagt.

Stattdessen sagte ich: »Ich verstehe nicht, warum alle
deswegen zu mir kommen. Wenn Sie nicht wollen, dass Ihr
Sohn Zeit mit mir verbringt, sollten Sie vielleicht besser mit
ihm sprechen.«

»Das habe ich versucht«, sagte sie. »Er hört nicht auf
mich. Er hört auf niemanden.« Sie sah mich wieder kurz an,

und plötzlich fiel mir auf, dass ich keine Ahnung hatte, wo sie überhaupt mit mir hinfuhr. »Ich hatte gehofft«, sagte sie, »dass du vernünftiger sein würdest.«

»Ja, weil Sie mich nicht kennen«, sagte ich. »In unserer Beziehung ist Ocean der Vernünftigere.«

Jetzt lächelte sie sogar kurz. »Ich werde deine Zeit nicht lange in Anspruch nehmen, das verspreche ich dir. Es ist offensichtlich, dass du meinem Sohn wirklich viel bedeutest. Ich will ihm nicht weh tun – genauso wenig wie dir –, aber es gibt da ein paar Dinge, von denen du nichts weißt.«

»Zum Beispiel?«

»Nun ja.« Sie holte tief Luft. »Zum Beispiel, dass ich mich immer fest darauf verlassen habe, dass Ocean ein Basketballstipendium bekommt.« Sie sah wieder zu mir rüber, und diesmal schaute sie mich so lange an, dass ich Angst bekam, sie würde einen Unfall bauen. »Wir können auf gar keinen Fall riskieren, dass er aus der Mannschaft geworfen wird.«

Ich runzelte die Stirn. »Ocean hat mir gesagt, dass er kein Stipendium braucht. Er hat gesagt, Sie hätten Geld für das College beiseitegelegt.«

»Habe ich aber nicht.«

»Nicht?« Ich starrte sie an. »Warum nicht?«

»Das geht dich nun wirklich nichts an«, sagte sie.

»Weiß Ocean davon?«, fragte ich. »Dass Sie das Geld für sein Studium ausgegeben haben?«

Zu meiner Überraschung wurde sie rot, und ich sah zum ersten Mal etwas Fieses in ihrem Blick aufblitzen. »Erstens«, sagte sie, »war das nicht sein Geld, sondern meins. Ich bin in der Familie die Erwachsene, und solange Ocean unter

meinem Dach lebt, entscheide ich, wofür das Geld ausgegeben wird. Und zweitens ...«, sie zögerte einen Moment,
»diskutiere ich nicht mit dir über meine privaten Entscheidungen.«

Ich war fassungslos.

»Warum lügen Sie ihn in einer so wichtigen Angelegen-
heit an?«, fragte ich. »Warum haben Sie ihm nicht einfach
gesagt, dass kein Geld fürs College mehr da ist?«

Auf ihren Wangen hatten sich hässliche rote Flecken ge-
bildet, und sie presste die Lippen so fest zusammen, dass ich
Angst bekam, sie würde gleich ausflippen und losbrüllen.
Aber dann sagte sie nur steif: »Das Verhältnis zu meinem
Sohn ist auch so schon belastet genug. Ich war der Meinung,
dass ich es nicht noch komplizierter machen sollte.« Und
dann bremste sie abrupt.

Wir standen vor unserem Haus.

Ich sah sie entgeistert an. »Woher wissen Sie, wo ich
wohne?«, fragte ich.

»Das war nicht so schwer herauszufinden.« Sie schaltete
den Motor aus und drehte sich in ihrem Sitz so hin, dass sie
mich ansehen konnte. »Falls Ocean deinetwegen aus dem
Team geworfen wird«, sagte sie, »wird ihm dadurch die
Möglichkeit verbaut, auf ein gutes College zu kommen. Verstehst du das?« Jetzt sah sie mir direkt in die Augen, und ich
spürte, wie mein Mut sank. Ihr Blick war so herablassend.
Ich fühlte mich wie ein Kind. »Ich muss wissen, ob du das
verstanden hast«, sagte sie. »Also? Verstehst du, was das bedeutet?«

»Ja, das verstehe ich«, sagte ich.

»Und ich betone noch einmal, dass es hier nicht darum geht, wo deine Familie herkommt. Auch deine Religion spielt für mich keine Rolle. Egal, was du von mir denkst«, sagte sie, »ich will nicht, dass du mich für fremdenfeindlich hältst. Denn das bin ich nicht. Und so habe ich auch meinen Sohn nicht erzogen.«

Ich sah sie an und brachte kein Wort hervor. Mein Atem ging stoßweise.

Sie war noch nicht fertig.

»Hier geht es nicht darum, eine politische Haltung zu zeigen. Es geht um weitaus mehr. Auch wenn du es dir vielleicht nicht vorstellen kannst – ich weiß noch sehr gut, wie es sich angefühlt hat, sechzehn zu sein. Dieser Gefühlsüberschwang ...«, sagte sie mit einer wegwerfenden Handbewegung. »Alles erscheint einem so wahnsinnig wichtig. Ich habe meine große Highschool-Liebe sogar geheiratet. Hat Ocean dir das erzählt?«

»Nein«, sagte ich leise.

»Na ja«, sagte sie und nickte. »Du siehst ja, wie prima das geklappt hat.«

Wie ich diese Frau hasste!

»Ich will nur, dass du verstehst«, sagte sie, »dass es hier nicht um dich geht. Es geht um Ocean. Und wenn dir etwas an ihm liegt – wovon ich ziemlich sicher ausgehe –, dann musst du ihn freigeben. Mach es ihm nicht unnötig schwer, okay? Er ist ein lieber Junge. Das alles hat er nicht verdient.«

Ich fühlte mich plötzlich ohnmächtig vor Wut. Ich spürte, wie sich die Wut in meine Gehirnzellen fraß.

»Ich bin wirklich froh, dass wir miteinander gesprochen

haben«, sagte Mrs James und griff an mir vorbei, um die Wagentür zu öffnen. »Übrigens wäre ich dir sehr dankbar, wenn du Ocean nichts von dieser Unterhaltung sagen würdest. Ich möchte nicht, dass unser Verhältnis noch mehr Schaden nimmt.«

Sie lehnte sich wieder zurück. Die offene Tür brüllte mir zu, dass ich endlich aussteigen sollte.

In diesem Moment spürte ich das lächerliche Fliegengewicht meiner sechzehn Jahre so deutlich, wie ich es noch nie zuvor gespürt hatte. Ich fühlte mich komplett hilflos. Ich hatte ja noch nicht mal einen Führerschein. Hatte keinen Job, kein eigenes Bankkonto. Es gab nichts, was ich tun konnte. Nichts, was die Situation irgendwie einfacher hätte machen können. Ich hatte keine Beziehungen zu Leuten, die uns helfen könnten, hatte keine Stimme, auf die jemand hören würde. Ich hatte Angst zu platzen, weil in mir so viele unterschiedliche Gefühle auf einmal aufwallten. Ich spürte alles – *alles* – und gleichzeitig nichts.

Mir waren die Hände gebunden. Oceans Mutter hatte mir sämtliche Möglichkeiten genommen, selbst zu entscheiden. Sie hatte Mist gebaut, und trotzdem würde ich schuld sein, wenn Ocean nicht studieren konnte, weil kein Geld mehr da war.

Wie praktisch, dass man mich zum Sündenbock machen konnte. Aber das kannte ich ja schon.

Mir blieb nichts anderes übrig, als genau das zu tun, was sie von mir wollte. Diesmal würde ich endgültig einen Keil zwischen uns treiben müssen. Ich hasste Oceans Mutter, aber ich wollte auf gar keinen Fall, dass er meinetwegen aus der Mannschaft geworfen wurde. Ich wusste, dass ich es nicht ertragen würde, der Grund dafür zu sein, dass er sich seine Zukunft verbaute.

Erst sechzehn zu sein, dachte ich, war das Schlimmste, was mir jemals passiert war.

30. KAPITEL

Es war Horror.

Ich wusste nicht, wie ich es sonst hätte machen sollen – es war schon das letzte Mal so kompliziert gewesen, ihn ganz in Ruhe allein zu treffen –, deshalb schrieb ich ihm eine SMS. Es war spät. Sehr spät. Aber ich hatte eine Ahnung, dass er noch wach sein würde.

hey, schrieb ich.
ich muss mit dir sprechen

Er antwortete nicht, aber ich war mir aus irgendeinem Grund sicher, dass das nicht daran lag, dass er meine Nachricht nicht gesehen hatte. Er kannte mich gut genug, um zu wissen, dass etwas nicht stimmte, und hinterher fragte ich mich oft, ob er vielleicht schon in diesem Moment geahnt hatte, dass etwas Schlimmes passieren würde.

Seine Antwort kam zehn Minuten später.

nein

Ich rief ihn an.

»Nicht«, sagte er, als er dranging. Seine Stimme klang rau. »Tu das nicht, okay? Sag nicht, was du sagen willst. Es tut mir leid«, sagte er. »Das alles tut mir wahnsinnig leid. Es tut mir leid, dass ich dich in diese Situation gebracht habe.«

»Ocean, bitte ...«

»Was hat meine Mutter zu dir gesagt?«

»Was?« Damit hatte er mich überrumpelt. »Woher weißt du, dass ich mit deiner Mutter gesprochen habe?«

»Ich wusste es nicht«, sagte er. »Aber jetzt weiß ich es. Ich hatte Angst, dass sie versuchen würde, mit dir zu reden. Sie sitzt mir schon die ganze Woche im Nacken, dass ich mich von dir trennen soll.« Und dann: »Also steckt sie dahinter? Hat sie dir gesagt, dass du das machen sollst?«

Ich bekam kaum Luft.

»Ocean ...«

»Tu's nicht«, sagte er. »Nicht für sie. Tu's für keinen von denen ...«

»Ich tue es für *dich*«, sagte ich. »Für dein Glück. Für deine Zukunft. Für dein Leben. Ich will, dass du glücklich bist«, sagte ich. »Und ich mache dein Leben nur noch schwieriger.«

»Wie kannst du so was sagen?« Seine Stimme brach. »Wie kannst du so was auch nur denken? Ich will das mit dir mehr, als ich jemals irgendwas gewollt habe. Ich will alles mit dir«, sagte er. »Ich will alles von allem mit dir. Ich will *dich*. Für immer.«

»Du bist siebzehn«, sagte ich. »Wir sind in der Highschool, Ocean. Wir haben keine Ahnung von ›für immer‹.«

»Wir könnten es haben, wenn wir wollten.«

Ich wusste, dass ich ihm weh tat, und hasste mich dafür, aber ich musste einen Weg finden, dieses Gespräch hinter mich zu bringen, bevor es mich umbrachte. »Ich wünschte, es wäre einfacher«, sagte ich zu ihm. »Ich wünschte, die Situation wäre anders. Ich wünschte, wir wären älter. Ich wünschte, wir könnten unsere eigenen Entscheidungen treffen ...«

»Tu das nicht, Baby ... Tu's nicht ...«

»Du kannst jetzt wieder in dein altes Leben zurück.« Ich spürte richtig, wie mein Herz zersplitterte, als ich das sagte. Meine Stimme zitterte. »Du kannst wieder normal sein.«

»Normal will ich nicht«, sagte er verzweifelt. »Was immer normal überhaupt ist, ich will es nicht. Warum glaubst du mir nicht ...«

»Ich muss jetzt auflegen«, sagte ich, weil mir die Tränen kamen. »Ich muss auflegen.«

Und ich drückte ihn weg.

Er rief mich zurück. Rief mich ungefähr hundertmal zurück. Sprach mir Nachrichten auf die Mailbox, die ich nie abhörte.

Und ich weinte mich in den Schlaf.

31. KAPITEL

Während der Winterferien ertränkte ich meine Traurigkeit in Musik, blieb lange wach und las, machte Krafttraining und malte hässliche, langweilige Bilder. Ich schrieb Tagebuch. Nähte Klamotten um. Übte wie besessen meine Moves.

Ocean hörte nicht auf anzurufen.

Hörte nicht auf zu schreiben.

Schrieb immer und immer wieder.

ich liebe dich, schrieb er.

ich liebe dich

ich liebe dich

ich liebe dich

Es fühlte sich an, als wäre ein Teil von mir gestorben. Aber die stumme Explosion meines Herzens hatte zugleich auch eine tröstlich vertraute Gleichförmigkeit in meine Tage gebracht. Ich war in meinem Zimmer wieder allein mit mir selbst, meinen Büchern und meinen Gedanken. Morgens trank ich mit meinem Vater Kaffee, bevor er zur Arbeit ging. Abends saß ich mit meiner Mutter vor dem Fernseher und schaute Folge um Folge von ihrer Lieblingsserie *Unsere kleine Farm*, die sie als DVD-Sammelbox bei Costco gefunden hatte.

Aber die meiste Zeit verbrachte ich mit Navid.

Am Abend nach dem Gespräch mit Ocean war er in mein Zimmer gekommen. Er hatte mich weinen gehört und sich auf mein Bett gesetzt, die Decke zurückgezogen, mir die feuchten Haare aus dem Gesicht gestrichen und mich auf die Stirn geküsst.

»Es geht vorbei«, sagte er. »Ich schwöre.«

Mehr hatten wir seitdem nicht darüber gesprochen – nicht, weil er nicht danach gefragt hätte, sondern weil mir einfach die Wörter dafür fehlten. Wie es in mir aussah, ließ sich noch nicht mit Sprache ausdrücken, es war ein einziges aufgewühltes Meer aus Tränen und Wut.

Also trainierten wir.

Während der Ferien hatten wir keinen Zugang zum Tanzraum, aber die Pappen, die wir an den Wochenenden immer als Untergrund benutzten, fanden wir mittlerweile ein bisschen unter unserer Würde, also leisteten wir uns etwas Besseres. Wir fuhren zu *Home Depot* und kauften eine Rolle Linoleumboden, die wir im Kofferraum von Navids Wagen deponierten. Sie ließ sich auf verwaisten Straßen und Parkplätzen leicht ausrollen, und schon konnten wir loslegen. Manchmal erlaubten uns Jacobis Eltern auch, in ihrer Garage zu trainieren, aber eigentlich war es uns egal, wo wir unseren Ghettoblaster aufstellten.

Obwohl ich selbst fast nicht daran geglaubt hatte, hatte ich den Crabwalk mittlerweile ziemlich gut drauf. Als Nächstes brachte Navid mir Crickets bei, sozusagen eine Weiterentwicklung des Krabbengangs, die noch etwas schwieriger war. Ich wurde mit jedem Tag besser, und Navid war begeistert – was vor allem daran lag, dass er ein persönliches Interesse daran hatte, dass ich Fortschritte machte.

Er war nach wie vor fest entschlossen, am Talentwettbewerb der Schule teilzunehmen. Mir war diese blöde Show komplett egal, aber er freute sich schon so lange darauf, dass ich es nicht übers Herz brachte, ihm zu sagen, dass ich eigentlich keine Lust hatte. Ich tat so, als würde ich interessiert zuhören, wenn er uns Vorschläge zur Choreographie machte und laut darüber nachdachte, welche Songs sich für einen Mix eignen würden oder welche Beats für die einzelnen Powermoves. Ich tat das nur ihm zuliebe. Die Schule – die ich jetzt ganz offiziell mehr hasste als jede Schule, auf der ich je gewesen war – hätte mir nicht gleichgültiger sein können. Ich hatte null Komma null Interesse daran, irgendjemanden dort zu beeindrucken. Aber nachdem Navid die ganzen Monate so geduldig mit mir trainiert hatte, konnte ich jetzt keinen Rückzieher machen.

Außerdem wurden wir wirklich immer besser.

Die erste Ferienwoche schleppte sich ewig dahin. Auch wenn es nach allem, was ich wusste, unmöglich schien, spürte ich ganz deutlich, dass in meiner Brust, an der Stelle, wo meine Gefühle gewesen waren, jetzt ein tiefes Loch klaffte. Ich fühlte mich wie taub. Die ganze Zeit.

Bevor ich einschlief, starrte ich auf Oceans Nachrichten und hasste mich selbst dafür, dass ich nicht darauf reagierte. Ich sehnte mich mit jeder Faser danach, ihm zu schreiben und ihm zu sagen, dass ich ihn auch liebte, aber ich war schon viel zu oft an dem Punkt gewesen, an dem ich geglaubt hatte, ich könnte mich ihm bis auf eine gewisse Entfernung nähern und damit umgehen und hatte es dann doch nie geschafft. Ich hatte schon so viele Male eine Linie in den Sand gezogen und war doch nie stark genug gewesen, sie nicht zu übertreten.

Hätte ich es doch nur geschafft, stark zu bleiben.

Wie anders wäre jetzt alles, wenn ich an dem Tag, als Ocean mir aus Mr Jordans Kursraum hinterhergelaufen war, zu ihm gesagt hätte, dass er wieder zurückgehen soll. Wenn ich ihm später an dem Abend dann keine SMS geschrieben hätte. Wenn ich mich damals in der Mittagspause nicht mit ihm getroffen hätte. Wenn ich nie mit ihm in sein Auto eingestiegen wäre, hätte er mich vielleicht nie geküsst, und ich hätte es vielleicht nie gewusst. Hätte nie gewusst, wie es ist, mit ihm zusammen zu sein. Dann wäre nichts von all dem passiert und, Gott, ich wünschte mir so sehr, ich könnte die Zeit zurückdrehen und all die kleinen Momente auslöschen, die zu diesem einen Moment jetzt geführt hatten. Ich hätte uns beiden so viel Traurigkeit ersparen können. So viel Schmerz.

Ab der zweiten Ferienwoche kamen keine Nachrichten mehr von Ocean.

Der Schmerz verdichtete sich zum Trommelwirbel. Einem harten Beat, zu dem ich einen Song hätte schreiben können.

Er war fast die ganze Zeit da, durchdringend und stark, ließ kaum jemals nach. Ich lernte, ihn tagsüber auszublenden, aber nachts brüllte er durch das Loch in meiner Brust.

32. KAPITEL

Yusef war mittlerweile ein guter Freund von Navid geworden, was ich überhaupt nicht mitbekommen hatte, bis er irgendwann zu einer unserer Trainingssessions auftauchte. Anscheinend hatte Navid ihm von unserer Crew vorgeschwärmt, und jetzt wollte er sich das Ganze mal anschauen.

Wir trainierten an diesem Tag in einer Ecke des Parkplatzes eines nicht besonders stark besuchten *Jack-in-the-Box*, und ich stand gerade kopf, als Yusef kam, weil mein Bruder mir den Head Spin beizubringen versuchte. Als Navid meine Beine losließ, um Yusef zu begrüßen, knallte ich unsanft auf den Po.

»Hey«, rief ich, »was zum ...«

Ich riss mir den Helm vom Kopf, richtete mein Tuch und versuchte, mich so würdevoll wie möglich aufzusetzen.

»Du musst noch ein bisschen an deinem Gleichgewicht arbeiten«, sagte Navid achselzuckend.

»Hey«, begrüßte mich Yusef lächelnd. Seine Augen leuchteten, er strahlte über das ganze Gesicht. Ich muss zugeben, dass ihm das Lächeln sehr gut stand. »Ich wusste nicht, dass du auch mitmachst.«

»Ja«, sagte ich, zupfte an meinem Sweatshirt und versuchte zurückzulächeln. Aber weil ich es nicht fühlte, hob ich stattdessen die Hand. »Willkommen.«

Den Rest der Woche trainierten wir zu sechst. Das war schön. Carlos, Bijan und Jacobi waren mittlerweile irgendwie auch meine Freunde geworden, was tröstlich war. Sie hatten mich nicht auf das angesprochen, was mit Ocean gelaufen war, obwohl sie es wussten, aber sie zeigten mir ihr Mitgefühl auf andere Art. Sagten mir ohne Worte, dass sie mich mochten. Und Yusef war wirklich in Ordnung. Nett.

Unkompliziert.

Es war irgendwie toll, dass ich ihm nicht die ganze Zeit alles erklären musste. Yusef hatte keine Angst vor Mädchen mit Hidschab; er war den Anblick gewohnt. Er brauchte keine Gebrauchsanweisung, um zu wissen, was in mir vorging.

Er war mir gegenüber nie komisch.

Er stellte nie dumme Fragen. Er fragte sich nie laut, ob ich mit Kopftuch duschte. Letztes Jahr – an einer anderen Highschool – hatte mich ein Typ, den ich kaum kannte, in Mathe die ganze Zeit angestarrt, und als ich nach einer Viertelstunde endgültig genug hatte und mich zu ihm umdrehte, um ihm zu sagen, dass er gefälligst woanders hinschauen soll, sagte er:

»Hey, wenn dir das Ding beim Sex vom Kopf rutschen würde, was würdest du dann machen?«

Jemand wie Yusef stellte solche Fragen nicht.

Das tat gut.

Bald hing er auch immer öfter bei uns zu Hause ab. Er kam nach dem Training mit zu uns, blieb zum Abendessen, zockte Videospiele mit meinem Bruder und war immer wahnsinnig nett. Es war offensichtlich, dass Yusef der ideale Freund für mich gewesen wäre. Ich denke, das sah er auch so, aber er sagte nie etwas in der Richtung. Er sah mich nur manchmal ein bisschen länger an als die anderen. Er lächelte mich ein bisschen öfter an als die anderen. Ich glaube, er wartete ab, ob ich einen ersten Schritt machte.

Ich machte ihn nicht.

An Neujahr saß ich mit meinem Vater, der ein Buch las, im Wohnzimmer. Mein Vater las die ganze Zeit. Er las morgens vor der Arbeit und abends vor dem Einschlafen. Ich dachte oft, dass er den Geist eines verrückten Professors hatte und das Herz eines Philosophen. An diesem Abend schaute ich immer wieder nachdenklich zwischen ihm und meiner Tasse kalt gewordenem Tee hin und her.

»Baba?«, sagte ich.

»Hmm?« Er blätterte um.

»Wie kann man wissen, ob man das Richtige getan hat?«

Mein Vater hob abrupt den Kopf. Er blinzelte mich an und schloss das Buch. Setzte seine Brille ab. Er sah mir einen Moment in die Augen, bevor er auf Farsi sagte: »Wenn die Entscheidung, die du getroffen hast, dich der Menschheit nähergebracht hat, dann war sie richtig.«

»Okay.«

Er betrachtete mich einen Moment, und ich wusste, dass

er mir ohne es auszusprechen mitteilte, dass ich ihm immer sagen konnte, was mich beschäftigte. Aber dazu war ich noch nicht bereit. Deswegen tat ich, als würde ich es nicht verstehen.

»Danke«, sagte ich. »War nur so eine Frage.«

Er versuchte zu lächeln. »Ich bin mir sicher, dass du das Richtige getan hast«, sagte er.

Aber ich glaubte nicht, dass es das Richtige gewesen war.

33. KAPITEL

An dem Donnerstag, an dem die Schule wieder anfing, schlug mir das Herz bis zum Hals, aber Ocean war gar nicht da. Er tauchte in keinem unserer Kurse auf. War er überhaupt in der Schule? Plötzlich bekam ich Angst, er könnte womöglich in andere Kurse gewechselt haben. Ich hätte es verstanden, aber ich hatte so sehr gehofft, wenigstens einen kurzen Blick auf ihn – auf sein Gesicht – erhaschen zu können.

Ansonsten verlief der Tag wider Erwarten ereignislos. Das Bild von Ocean und mir war zur Fotomontage erklärt worden, und die zwei Wochen Ferien hatten anscheinend bei allen einen Gedächtnisverlust bewirkt. Auf einmal interessierte sich niemand mehr für mich. Es gab neuen Tratsch, über den sie sich das Maul zerreißen konnten. Tratsch, der nichts mit mir und meinem Leben zu tun hatte. Ich nahm an, dass Ocean auf der Schulbeliebtheitsskala wieder an seinen alten Platz gesetzt worden war. Es gab keinen Grund mehr, sich über irgendetwas aufzuregen, weil ich aus seinem Leben herausamputiert worden war.

Alles war gut.

Die Leute ignorierten mich, so wie sie mich immer ignoriert hatten.

Ich saß unter meinem Baum, als das Mädchen plötzlich vor mir stand.

»Hey«, sagte sie. Sie hatte ihre langen dunklen Haare zum Pferdeschwanz gebunden, aber es war eindeutig dasselbe Mädchen, das mir vorgeworfen hatte, ein schrecklicher Mensch zu sein.

Ich zögerte einen Moment, weil ich mir nicht sicher war, ob ich überhaupt mit ihr reden wollte.

»Ja?«

»Kann ich mich zu dir setzen?«, fragte sie.

Ich sah sie mit hochgezogenen Augenbrauen an, nickte dann aber. »Okay.«

Wir saßen eine Weile schweigend nebeneinander.

Schließlich sagte sie: »Es tut mir echt leid für dich, was da passiert ist. Das mit dem Foto, meine ich. Mit Ocean.« Sie saß im Schneidersitz im Gras, lehnte am Stamm meines Baums und schaute auf den Hof. »Das muss echt schlimm für dich gewesen sein.«

»Hast du mir nicht gesagt, dass ich ein schrecklicher Mensch bin?«

Jetzt sah sie mich an. »Die Leute hier in der Stadt sind solche Rassisten. Manchmal ist es echt hart, hier zu leben.«

Ich seufzte. Sagte: »Ja. Ich weiß.«

»Ich konnte es erst gar nicht glauben, als du plötzlich hier aufgetaucht bist«, sagte sie und schaute wieder weg. »Dass du den Mut hattest, mit Hidschab hier rumzulaufen. Das traut sich sonst keine.«

Ich riss einen Grashalm aus. Knickte ihn in der Mitte. »Ich bin nicht mutig«, sagte ich. »Ich habe die ganze Zeit Angst. Aber immer, wenn ich daran denke, dass mich ja keiner dazu zwingt und ich das Kopftuch auch abnehmen könnte, merke ich, dass ich es genau aus diesem Grund trage. Ich trage es, weil die Leute mich mit Kopftuch scheiße behandeln. Ohne wäre es garantiert einfacher. Viel einfacher. Wenn ich kein Kopftuch tragen würde, würden mich die Leute wie ein menschliches Wesen behandeln.«

Ich riss den nächsten Grashalm raus. Zerrupfte ihn.

»Aber irgendwie sehe ich nicht ein, es nur deswegen nicht zu tragen«, sagte ich. »Das würde bedeuten, dass ich mich von denen einschüchtern lasse. Dann hätten sie gewonnen. Als müsste ich mich für das schämen, was ich bin und woran ich glaube. Tja, und deswegen«, sagte ich, »trage ich es eben weiter.«

Wir waren beide wieder still.

Und dann ...

»Es macht übrigens keinen Unterschied.«

Ich sah auf.

»Es nicht zu tragen«, sagte sie. »Das macht keinen Unterschied.« Sie sah mich an. In ihren Augen standen Tränen. »Sie behandeln mich trotzdem wie Dreck.«

Sie hieß Amna. Als sie mir anbot, dass ich mich zum Mittagessen zu ihr und ihren Freundinnen setzen könnte, war ich ehrlich dankbar und sagte ihr, dass ich am nächsten Tag in der Schule nach ihr Ausschau halten würde. Ich dachte,

313

vielleicht könnten wir ja mal zusammen ins Kino gehen. Hey, vielleicht würde ich ihr zuliebe sogar so tun, als wäre ich wegen des Uni-Einstufungstests nervös.

Irgendwie eine schöne Vorstellung.

Ocean sah ich am späten Nachmittag zum ersten Mal wieder.

Ich war etwas früher zum Tanzraum gekommen und wartete vor der Tür auf Navid, der den Schlüssel hatte, als Yusef auftauchte.

»Das hier ist also der magische Ort, ja?« Yusef lächelte mich wieder an. Er lächelte wirklich viel. »Ich freu mich.«

Ich lachte. »Schön, dass wir dich anstecken konnten«, sagte ich. »Breakdance ist aber auch einfach toll. Ich finde es schade, dass es so viele Leute gibt, die gar keine Ahnung davon haben. Navid und ich sind schon seit Ewigkeiten die totalen Breakdance-Fanatiker.«

»Das finde ich cool«, sagte er und lächelte diesmal so, als hätte ich etwas Witziges gesagt. »Gut, dass es etwas gibt, wofür du dich so begeistern kannst.«

»Ja, finde ich auch«, sagte ich und konnte gar nicht anders, als auch zu lächeln. Yusefs unerschütterliche gute Laune war ansteckend. »Eigentlich ist Breakdance eine Kombination aus Kung-Fu und Bodenturnen«, sagte ich. »Was ja gut passt. Navid hat mir erzählt, dass du früher ...«

»Oh.« Yusef schaute über meine Schulter. »Vielleicht ...« Er sah mich an. »Vielleicht sollte ich lieber gehen?«

Ich drehte mich verwundert um.

Und mein Herz blieb stehen.

Ich hatte Ocean noch nie in seinen Basketballsachen gesehen. Er sah anders aus. Ehrlich gesagt, wusste ich nicht, ob er mir so gefiel. Ich hatte diese Version von ihm – den Sportstar – nie kennengelernt, und er wirkte fremd auf mich. Im ersten Moment war ich von seiner ungewohnten Erscheinung so abgelenkt, dass es einen Moment dauerte, bis ich sah, dass er geschockt aussah. Mehr als geschockt. Geschockt und wütend und zutiefst verletzt. Er stand wie versteinert da und starrte mich an. Starrte Yusef an.

Ich bekam Panik.

»Ocean«, sagte ich. »Ich bin nicht …«

Aber da war er schon gegangen.

Am nächsten Tag erfuhr ich, dass er suspendiert worden war. Anscheinend war er während eines Spiels mit einem anderen Basketballer aneinandergeraten und wegen ungebührlichen Verhaltens dazu verdonnert worden, die nächsten zwei Spiele auf der Bank zu verbringen.

Alle redeten darüber, deswegen bekam ich es auch mit.

Ich hatte den Eindruck, dass die meisten das irgendwie lustig fanden, vielleicht sogar fast bewundernswert. Als hätte die Prügelei auf dem Basketballplatz Oceans Coolnessfaktor erhöht.

Aber ich machte mir Sorgen.

Die nächste Woche ging genauso schlecht weiter. Schrecklich. Stressig. Und erst gegen Ende der Woche begriff ich, dass Ocean gar nicht in anderen Kursen war.

Er war nur einfach nicht zum Unterricht erschienen.

Das wurde mir klar, als ich in Bio kam und er schon da war. An dem Platz, an dem er immer saß.

Mein Herz raste.

Ich wusste nicht, wie ich mich verhalten sollte. Hallo sagen? So tun, als sei er nicht da? Wollte er, dass ich etwas zu ihm sagte? Oder wäre es ihm vielleicht lieber, wenn ich ihn ignorierte?

Das konnte ich gar nicht.

Ich ging langsam zu meinem Platz. Ließ meinen Rucksack auf den Boden fallen und spürte, wie sich etwas in meiner Brust weitete, als ich ihn ansah. Gefühle, die die klaffende Leere füllten.

»Hey«, sagte ich.

Er schaute hoch, schaute weg.

Den Rest der Stunde sagte er keinen Ton zu mir.

34. KAPITEL

Navid verlangte uns mehr ab als je zuvor. Der Tag der Talentshow rückte immer näher, was bedeutete, dass wir ab jetzt bis spät in den Abend hinein trainierten. Es kam mir zwar immer grotesker vor, dass ich allen Ernstes aktiv an einer Veranstaltung dieser beschissenen Schule teilnehmen würde, aber ich sagte mir, dass wir es einfach irgendwie durchziehen und hinter uns bringen würden. Breakdance war das Einzige gewesen, was mir in diesem Jahr Halt gegeben hatte, und ich war unendlich dankbar, dass ich an den Nachmittagen die Möglichkeit gehabt hatte, einfach nur ich zu sein, durchzuatmen und mich in der Musik zu verlieren.

Ich fand, dass ich Navid diesen Gefallen schuldig war.

Mittlerweile hatte ich auch begriffen, dass diese Talentshow eine viel größere Sache war, als ich ursprünglich gedacht hatte. Viel größer als an allen anderen Schulen, an denen ich gewesen war. Die Schulleitung ließ dafür sogar den Unterricht ausfallen.

317

Und dann war der Tag da. Alle waren gekommen. Lehrer, Schüler, sämtliche Angestellten der Schule. Mütter, Väter und Großeltern bevölkerten die Sporthalle und fotografierten wild in der Gegend herum. Unsere eigenen Eltern waren nicht da, um uns zuzujubeln und vorsorglich Blumensträuße in nervös verschwitzten Händen zu halten. Die beiden wussten nicht einmal, dass wir heute unseren Auftritt hatten. Sie waren so unbeeindruckt von ihren Kindern, dass sie wahrscheinlich selbst dann, wenn wir ... keine Ahnung ... den Friedensnobelpreis oder so gewonnen hätten, nur widerstrebend zur Preisverleihungszeremonie gekommen wären und uns anschließend gesagt hätten, dass das so etwas Besonderes auch nicht sei, schließlich würden jedes Jahr alle möglichen Nobelpreise verliehen, der Friedensnobelpreis wäre ja wohl auch eher ein Preis für Leute, die sonst nichts Richtiges könnten, und nächstes Mal sollten wir unsere Energie lieber darauf richten, für herausragende Leistungen in Physik oder Mathematik ausgezeichnet zu werden.

Unsere Eltern liebten uns, aber ich wusste ehrlich gesagt nicht, ob sie uns besonders toll fanden.

Meine Mutter ließ mich oft spüren, dass sie mich für eine theatralische, weinerliche Pubertierende hielt, deren Interessen irgendwie nett, aber nicht wirklich nützlich waren. Sie liebte mich aus tiefstem Herzen, aber sie hatte grundsätzlich sehr wenig Geduld mit Menschen, die sich nicht zusammenreißen konnten. Meine gelegentlichen Abstürze in tiefe emotionale Löcher wertete sie als Beweis dafür, dass ich noch ein bisschen reifen musste, bevor sie mich als vollwertigen Menschen anerkennen konnte. Sie wartete immer noch darauf, dass ich endlich erwachsen werden würde.

Als sie sich am Morgen des Wettbewerbs verabschiedete, um zur Arbeit zu fahren, und sah, was ich anhatte, schüttelte sie den Kopf und sagte: »*Eh khoda. In chie digeh?*« Gott, was ist das denn?

Ich trug eine frisch umgenähte und aufgepimpte Militärjacke mit Schulterklappen und Messingknöpfen, deren Rückenteil ich mit der Hand bestickt hatte. In schwungvoller Schrift stand darauf: *People are strange*. Das war nicht nur eine Hommage an einen meiner Lieblingssongs von den Doors, sondern auch eine Aussage, die ich absolut unterschreiben konnte. Ich hatte stundenlang daran gestickt und war sehr stolz auf das Ergebnis meiner Arbeit.

Meine Mutter verzog das Gesicht und sagte auf Farsi: »Hast du ernsthaft vor, so zur Schule zu gehen?« Sie reckte den Kopf, um zu lesen, was auf der Jacke stand. »*Jani chi?* People are strange?« Bevor ich irgendwie reagieren konnte, klopfte sie mir seufzend auf die Schulter und sagte: »*Negaran nabash.*« Mach dir keine Sorgen. »Aus der Phase wirst du auch noch rauswachsen.«

»Hey«, protestierte ich. »Ich mache mir keine Sorgen ...«, aber da war sie schon zur Tür raus. »Im Ernst«, sagte ich. »Ich finde die Jacke cool ...«

»Mach heute keine Dummheiten«, rief sie noch und winkte mir zu.

Sie konnte ja nicht wissen, dass ich kurz davor war, eine zu machen.

Jedenfalls in meinen Augen. Navid freute sich. Anscheinend war es schon eine Auszeichnung, dass wir überhaupt bei der Show auftreten durften. Irgendein Komitee hatte einen ganzen Pool an Kandidaten geprüft und aus den vielen Einreichungen zehn Acts ausgesucht, die heute auftreten durften.

Wir waren als Vierte dran.

Wie gesagt – wie ernst die Sache war, war mir erst klargeworden, als Navid es mir erklärt hatte. An unserer Schule waren insgesamt etwa zweitausend Schüler und die würden nachher alle in der Halle sitzen und uns – und den neun anderen Kandidaten – auf der Bühne zuschauen. Nein, ich konnte mir beim besten Willen nicht vorstellen, wie das Spaß machen sollte. Ich fand es einfach nur dumm. Aber ich sagte mir immer wieder, dass ich es für Navid tat.

Wir warteten mit den anderen – hauptsächlich Leuten, die einen Song einstudiert hatten, zwei Bands und einem Mädchen, das ein Saxophonsolo präsentierte – in einem nichteinsehbaren Bereich neben der Bühne. Und ich war zum ersten Mal die Einzige von unserer Crew, die vollkommen gelassen war. Wir trugen für den Auftritt alle die gleichen silberglänzenden Windbreaker, dazu graue Sweatpants. Und graue Pumas aus Wildleder. Ich fand, dass wir sehr cool aussahen und absolut bereit waren loszulegen. Aber Jacobi, Carlos, Bijan und Navid wirkten supernervös, was total ungewohnt war. Normalerweise waren sie immer so lässig und durch nichts aus der Ruhe zu bringen. Aber klar – ich war nicht aufgeregt, weil mir als Einziger wirklich völlig egal war, wie unsere Show da draußen ankam.

Ich war das Gegenteil von nervös. Fast schon gelangweilt.

Die Jungs tigerten auf und ab, redeten miteinander, redeten mit sich selbst. Jacobi murmelte vor sich hin: »Okay, wir gehen gleich alle ... wir gehen alle gleichzeitig raus und zwar auf ...«, er blieb stehen, zählte irgendwas an den Fingern ab, nickte und sagte »Okay, müsste klappen« zu sich selbst.

Mit jedem Kandidaten, der drankam, wuchs ihre Nervosität. Wir lauschten auf das Quietschen und Scharren auf der Bühne, wo alles vorbereitet wurde, auf den dumpfen Begrüßungsjubel, wenn die Teilnehmer anschließend rauskamen, und dann saßen wir da und hörten dem Auftritt unserer Konkurrenten zu.

Carlos fragte sich die die ganze Zeit laut, ob die anderen gut waren. Bijan versicherte ihm, dass sie scheiße waren. Carlos litt stumm vor sich hin. Navid wollte bestimmt fünfmal von mir wissen, ob ich dem Tontechniker auch die richtige CD gegeben hatte.

»Du weißt, dass wir uns im letzten Moment noch umentschieden haben«, sagte er. »Bist du ganz sicher, dass er den neuen Mix hat?«

»Ja«, sagte ich und riss mich zusammen, um nicht die Augen zu verdrehen.

»Bist du wirklich ganz sicher? Auf der CD stand *Mix #4*.«

»Echt?«, sagte ich und tat überrascht. »*Mix #4?* Ich dachte es wäre ...?«

»O mein Gott, Shirin, mach mich nicht fertig ...«

»Beruhige dich«, sagte ich lachend. »Alles wird gut. Wir haben das tausendmal durchgespielt.«

Aber er schaffte es trotzdem nicht stillzusitzen.

Am Ende war ich diejenige, die falschgelegen hatte.

Diese Talentshow war kein bisschen bescheuert. Ehrlich gesagt, war sie sogar ziemlich großartig. Wir hatten unsere Nummer so oft geübt, dass ich nicht mehr darüber nachdenken musste, was ich tat. Ich hatte richtig Spaß.

Unser Auftritt startete mit einer durchchoreographierten Sequenz, die wir alle fünf gleichzeitig tanzten, bis sich die Musik abrupt änderte und die Formation aufbrach. Während die übrigen vier einen Halbkreis bildeten, trat jeweils einer von uns ins Zentrum der Bühne und präsentierte seine individuelle Abfolge von Moves. Unsere Bewegungen flossen ineinander, kommunizierten miteinander und machten sichtbar, dass wir als Crew einem gemeinsamen Atemrhythmus folgten, so als wären wir Teil eines großen Herzschlags. Die Jungs waren genial.

Unsere Choreographie war mutig und perfekt synchronisiert, die Moves saßen, und die Beats knallten.

Ich fand sogar mich selbst gar nicht so übel.

Mein Toprock war dynamischer denn je, der Sixstep makellos, und aus dem Crabwalk wechselte ich geschmeidig in einen Cricket, bei dem ich mich mit an den Körper gepressten Ellbogen, die Beine in der Luft, im Kreis bewegte – teilweise sogar einhändig und dann auch noch ziemlich schnell. Ich fühlte mich stark. Durch nichts aus dem Gleichgewicht zu bringen. Meine Performance endete mit einem Rise-up, aus dem ich mich in einen Handstand fallen ließ, den Rücken durchdrückte und die Beine parallel zum Boden hielt, ohne ihn zu berühren. Dieser Move hieß Hollowback und war für mich sogar noch schwieriger zu lernen gewesen als der Crabwalk. Ich hatte ewig geübt. Diese Pose hielt ich ein paar Sekunden, dann gab ich langsam der Schwerkraft nach und sprang mit einem elastischen Satz wieder auf die Beine.

Das war mein Act. Ich hatte ihn gefühlt eine Million Mal geübt.

Bijan beendete sein Set mit einer Serie von Backflips quer über die Bühne, und als wir mit dem Programm durch waren, herrschte eine halbe Sekunde Stille im Saal, während wir uns mit angehaltenem Atem ansahen. Irgendwie wussten wir, ohne es auszusprechen, dass wir okay gewesen waren.

Aber ich hätte nicht damit gerechnet, dass der Rest der Schule das offenbar auch so sah. Ich hatte nicht erwartet, dass alle aufspringen, wie verrückt klatschen, schreien und komplett ausrasten würden. Ich hatte keine Jubelrufe erwartet, keinen donnernden Applaus.

Ich hatte nicht erwartet, dass wir den Wettbewerb *gewinnen* würden.

Am meisten freute ich für meinen Bruder. Er hatte uns diesen Moment ermöglicht. Er hatte die Mission ins Leben gerufen und angeführt. Als ihm der Plastikpokal und dazu ein Gutschein für ein Essen im *Olive Garden* im Wert von fünfzig Dollar überreicht wurde, sah Navid so glücklich aus, als hätte er gerade den Mond geschenkt bekommen. Und ich war für ihn glücklich.

Aber was dann in der darauffolgenden Woche in der Schule abging ... Ich weiß nicht ...

Das war absurd.

Ich wurde geradezu belagert. Alle wollten plötzlich mit mir reden. Leute winkten mir zu, wenn ich an ihnen vorbeiging. Als ich einmal über den Hof lief, um zu meinem nächsten Kurs zu kommen, rief mir einer der Hausmeister zu: »Hey, du bist doch das Mädchen, das sich auf dem Kopf drehen kann!«

Ich war ehrlich geschockt.

Dabei hatte ich noch nicht mal einen Head Spin gemacht.

Ich meine, klar ... ich war froh, dass ich nicht mehr Windelkopf genannt wurde, aber dieser übergangslose Wechsel von Ablehnung zu Bewunderung war zu viel für mich. Verwirrte mich. Dachten die Leute ernsthaft, ich würde so schnell vergessen, dass sie mich noch vor einem Monat wie ein Stück Dreck behandelt hatten? Lehrer, die mir auf meine Bitte, zum Abschluss des Ramadan freinehmen zu dürfen, um den wichtigsten Feiertag des muslimischen Kalenders zu begehen, gesagt hatten: »Nur wenn deine Eltern schriftlich bestätigen, dass es diesen Feiertag auch wirklich gibt«, gratulierten mir vor der gesamten Klasse. Es war wirklich atemberaubend, am eigenen Leib zu erleben, wie rasant man auf der Beliebtheitsskala einer Highschool von ganz unten nach ganz oben schnellen konnte. Es war, als hätten meine Mitschüler von einem Tag auf den anderen vergessen, dass ich dasselbe Mädchen war, das sie bis zum Tag dieser Talentshow immer wieder gedemütigt hatten.

Navid machte ähnliche Erfahrungen, wenn auch nicht ganz so radikal wie ich, aber im Gegensatz zu mir fand er nichts dabei. »Genieß es doch einfach«, sagte er.

Aber ich wusste nicht, wie.

Als die dritte Schulwoche nach den Ferien zu Ende ging, hatte ich einen vollkommen anderen sozialen Status als noch ein paar Tage vorher. Es war irre.

Ich öffnete mein Schließfach, und mir fielen fünf Einladungen zu fünf verschiedenen Partys entgegen. In der Mittagspause saß ich unter meinem Baum und las ein Buch, als eine Gruppe von Mädchen mir hysterisch winkend zurief, ob ich nicht zu ihnen kommen wollte. Auf einmal versuchten ständig irgendwelche Typen, mit mir ins Gespräch zu kommen. Nach der Schule wurde ich gefragt, ob ich schon was vorhätte, und wenn ich sagte: *Ja, ich hab vor, so schnell wie möglich aus diesem Höllenloch zu verschwinden*, verstanden sie das nicht, sondern boten an, mich zu fahren.

Ich wollte laut schreien.

Ohne es zu ahnen, hatte ich etwas getan, das dazu geführt hatte, dass ich von allen an der Schule plötzlich in eine andere Schublade gesteckt wurde, und ich wusste nicht, wie ich damit umgehen sollte. Das verwirrte mich nicht nur, das machte mich fertig –, denn ich erkannte deutlicher als je zuvor den Grad ihrer Rückgratslosigkeit. Ich war aufgestiegen, gehörte auf einmal dazu. Wo sie vorher eine fremdartige Terroristin gesehen hatten, sahen sie jetzt eine exotische Artistin. Mit unserer Performance hatten wir ihre innere Alarmanlage deaktiviert.

Auf einmal galt ich als cool. Als ungefährlich.

Gefährdungsstufe Grün.

Und als dann auch noch Coach Hart im Flur an mir vorbeikam, sich an sein Basecap tippte und sagte: »Tolle Leistung bei der Show«, war ich mir sicher, dass ich jeden Moment in Flammen aufgehen und explodieren würde.

Wegen diesen Menschen hatte ich mit Ocean Schluss gemacht?

Weil sein Coach, seine sogenannten Freunde und seine eigene Mutter mich in die Enge getrieben hatten, hatte ich den wahrscheinlich großartigsten Menschen, dem ich je begegnet war, im Stich gelassen? Eben noch war mein Äußeres und das, wofür ich stand, ein dunkler Fleck in seinem Leben gewesen. Eine Bedrohung für seine Karriere. Seinen Zukunftschancen.

Und jetzt?

Wie wäre es wohl, wenn Ocean sich *jetzt* in mich verlieben würde? Jetzt, wo ich plötzlich nicht mehr furchteinflößend war. Jetzt, wo die Leute mich anstarrten und dabei lächelten. Jetzt, wo ich nicht mehr durch die Schule gehen konnte, ohne angesprochen und in ein Gespräch verwickelt zu werden. Jetzt, wo Lehrer mich nach dem Unterricht noch mal zurückriefen und fragten, wo ich so tanzen gelernt hätte.

Wäre das jetzt ein besserer Zeitpunkt für uns?

Das atemberaubende Ausmaß ihrer Scheinheiligkeit verursachte mir massive Kopfschmerzen.

Am Freitag sah ich Ocean wieder.

Lange nachdem es geklingelt hatte, stand ich an meinem Schließfach, legte meine Schulsachen hinein und holte meine Sporttasche heraus – die Talentshow war vorbei, aber wir hatten noch viel vor –, als Ocean auf mich zukam. Seit dem Tag, an dem er wieder in Bio gewesen war, hatten wir kein Wort miteinander gewechselt, und ich hatte zum ersten Mal seit über einem Monat Gelegenheit, ihn wirklich anzusehen. Ihm in die Augen zu sehen.

Aber was ich darin sah, sorgte dafür, dass ich mich noch elender fühlte.

Er sah müde aus. Erschöpft. Schmaler als sonst. Ich fragte mich, wie lange sie es ihm noch durchgehen lassen würden, dass er kaum noch am Unterricht teilnahm.

»Hi«, sagte er.

Allein der Klang seiner Stimme reichte, um mich im Innersten zu erschüttern. Ich hatte das Gefühl, als müsste ich gleich weinen.

»Hi«, sagte ich.

»Ich weiß nicht ...« Er schaute kurz zur Seite, fuhr sich durch die Haare. »Ich weiß selbst nicht so richtig, was ich hier will. Ich hab dich gesehen ... neulich«, sagte er. Sein Mund sah aus, als würde er gleich lächeln, und tat es dann doch nicht. »Du warst großartig«, sagte er leise. »Du warst echt so was von großartig.«

Und ich konnte die Worte, die ich darauf sagte, so wenig aufhalten wie das Erdbeben, das er in mir ausgelöst hatte.

»Ich vermisse dich«, sagte ich. »Ich vermisse dich so sehr.«

Ocean zuckte zusammen, als hätte ich ihn geschlagen. Er sah wieder weg und schüttelte den Kopf, und ich schwöre, als er wieder aufblickte, sah ich Tränen in seinen Augen. »Was soll ich damit?«, fragte er. »Wie soll ich darauf reagieren?«

Ich weiß nicht, sagte ich. Es tut mir leid, sagte ich. Vergiss es, sagte ich, und meine Hände zitterten so, dass die Sachen, die ich hielt, zu Boden fielen. Ich bückte mich danach, und Ocean wollte mir helfen, aber ich sagte ihm, dass es okay sei, alles gut, und legte sie in mein Schließfach. Ich verabschiedete mich verkrampft, und alles war so schrecklich, dass ich vergaß, die Zahlenkombination am Schloss zu verstellen und mir erst nach dem Training klarwurde, dass mein Schließfach die ganze Zeit nicht verschlossen gewesen war.

Als ich zurückkam, um nachzusehen, atmete ich erleichtert auf. Meine Sachen war alle noch da. Und dann, in dem Moment, in dem ich die Tür zuklappen wollte, fiel mir auf, dass mein Tagebuch, das ich immer im untersten Fach aufbewahrte, plötzlich ganz oben lag.

35. KAPITEL

Den ganzen Abend lang konnte ich diese vage Angst nicht abschütteln.

Hatte ich mir das mit dem Tagebuch nur eingebildet? Womöglich hatte ich es ja selbst ins obere Fach gelegt, als ich meine Sachen einsortiert hatte. Durchaus möglich.

Aber ...

Was, wenn ich es mir *nicht* eingebildet hatte? Was, wenn Ocean mein Tagebuch rausgenommen hatte?

Ich war knapp zwei Stunden weggewesen, also bestand kaum Gefahr, dass er alles gelesen haben konnte, aber selbst kurze Abschnitte wären immer noch viel zu viel.

Ich nahm das Buch aus seinem aktuellen Versteck in meinem Zimmer und blätterte es von hinten durch. Falls Ocean darin gelesen hatte, hatte er sich vermutlich vor allem für das interessiert, was in der letzten Zeit passiert war. Es reichte, eine Seite zu überfliegen, und ich wäre am liebsten vor Scham im Boden versunken. Ich schloss die Augen. Schlug die Hände vors Gesicht.

Letzte Nacht hatte ich von Ocean geträumt, und dieser Traum war extrem real gewesen. Das war ... o Gott, das war eine Katastrophe. Ich setzte mich aufs Bett, krümmte mich unter einer neuen Welle aus Scham, blätterte durch die Seiten und las mich rückwärts durch die Zeit.

Meine Wut darüber, wie anders ich auf einmal von meinen Mitschülern behandelt wurde. Dass alle so taten, als wären die ganzen Grausamkeiten nie passiert.

Was mir durch den Kopf gegangen war, als ich Ocean in seinen Basketballsachen gesehen hatte. Meine Befürchtung, er könnte denken, ich wäre an Yusef interessiert.

Wie schrecklich es gewesen war, nach den Ferien wieder in die Schule zurückzumüssen. Meine Sorge um Ocean, als er auf die Strafbank gesetzt worden war.

Das Gespräch mit meinem Vater. Das Gefühl, womöglich die falsche Entscheidung getroffen zu haben.

Gedanken zu Yusef. Dass ich mich ihm gegenüber nie erklären musste.

Seiten über Seiten über Seiten, in denen ich schreibend zu erfassen versucht hatte, wie es sich anfühlte, Ocean nicht mehr in meinem Leben zu haben. Wie sehr ich ihn vermisste. Wie schrecklich ich mich fühlte wegen allem, was passiert war.

Eine einzelne Seite, auf der nur stand ...

Ich liebe dich auch, so, so sehr.

Und so ging es immer weiter durch die letzten Wochen. In Worte gegossener Liebeskummer, die einzige Methode, die mir einfiel, damit umzugehen.

Ich machte einen langen zitternden Atemzug und starrte die Wand an. Kämpfte mit mir selbst.

Ein Teil von mir empfand blankes Entsetzen bei dem Gedanken, Ocean könnte auch nur irgendetwas davon gelesen haben. Er wäre unerlaubt in meine Privatsphäre eingedrungen, der schlimmstmögliche Vertrauensbruch. Aber ein anderer Teil von mir verstand auch, dass er das Bedürfnis gehabt haben könnte, Antworten zu finden.

Ich schämte mich dafür, wie ich unsere Beziehung beendet hatte, und fühlte mich schrecklich. Ich kam nicht darüber hinweg, dass ich gezwungen worden war, ihn im Stich zu lassen. Kam nicht darüber hinweg, dass er nicht wusste, was wirklich dahintersteckte, kam nicht darüber hinweg, dass er mir gesagt hatte, dass er mich liebte, und ich einfach nicht mehr reagiert hatte. Und das nach all dem ... nach allem, was wir durchgemacht hatten, nachdem er die ganze Zeit so offen und aufrichtig gewesen war und so sehr dafür gekämpft hatte, mit mir zusammen sein zu können.

Er hatte mir gesagt, dass er mich liebt, und ich hatte nicht reagiert.

Allein bei dem Gedanken daran, brach mir wieder das Herz. Und plötzlich ... plötzlich hoffte ich sogar, dass er das Tagebuch gelesen hatte.

Wünschte es mir.

Er sollte erfahren, wie es wirklich gewesen war.

Ich wollte, dass er alles weiß.

Je länger ich darüber nachdachte, desto befreiender fühlte sich die Vorstellung an, er könnte diese Seiten wirklich gelesen haben. Ich wollte, dass er erfuhr, wie sehr ich ihn liebte, und dass ich es ihm nicht sagen konnte, ohne nicht auch verraten zu müssen, wie es dazu gekommen war, dass es zwischen uns so geendet hatte. Der Gedanke, er könnte meine privatesten Gedanken gelesen haben, war unendlich peinlich und zugleich doch erleichternd.

Allerdings wusste ich immer noch nicht, ob er sie tatsächlich gelesen hatte.

Und dann bemerkte ich einen unauffälligen Riss in einer der Seiten. Es war die mit dem Eintrag vom letzten Schultag vor den Winterferien – dem Tag, an dem ich mich abends von Ocean getrennt hatte.

Ich beschrieb, wie der Coach mich bedrängt hatte. Zählte all die schrecklichen Dinge auf, die er zu mir gesagt hatte. Schrieb, dass er damit gedroht hatte, Ocean aus dem Team zu werfen, wenn ich mich nicht bereit erklärte, mit ihm Schluss zu machen. Danach das Gespräch mit seiner Mutter. Dass sie das für sein Studium vorgesehene Geld ausgegeben hatte. Dass sie mich gebeten hatte, auf keinen Fall mit ihm darüber zu sprechen. Und dann am Ende, dass ich Angst hatte, die Opfer, die Ocean für mich zu bringen bereit war, nicht wert zu sein.

Ich klappte das Tagebuch zu. Atmete viel zu schnell.

36. KAPITEL

Am nächsten Tag erreichte der Wahnsinn den Höhepunkt.

Ocean wurde von der Schule geworfen.

Ich saß gerade mit Amna unter meinem Baum, als ich mitbekam, dass auf dem Hof irgendetwas los war. Gebrüll, aufgeregte Stimmen, Leute, die hin und her rannten, Schüler riefen: »Schlägerei! Hier prügeln sich welche!«

Und plötzlich hatte ich ein ganz schlimmes Gefühl im Magen.

»Was ist da los?«, sagte ich.

Amna zuckte mit den Schultern, stand auf, ging ein paar Schritte und spähte in die Ferne. Sie war vorbeigekommen, um mir eine Tüte mit kandiertem Ingwer zu bringen, den ihre Mutter gemacht hatte. Als sie sich mit erschrockenem Gesicht umdrehte, fiel ihr die Tüte aus der Hand.

Ingwerstücke flogen durch die Luft.

»O mein Gott«, sagte sie. »Das ist Ocean!«

Er hatte seinem Coach ins Gesicht geschlagen. Als ich zu ihm rannte, versuchten zwei Typen gerade, die beiden zu trennen, aber Ocean schlug blindwütig auch auf sie ein. Ein Kreis von Schülern stand um sie herum. Alle redeten durcheinander.

»Ihr seid solche Heuchler!«, brüllte Ocean, und »Fass mich nicht an! Ich hab gesagt, fass mich nicht an ...«, als jemand ihn von hinten umschlang und wegzuziehen versuchte.

Er war aus der Mannschaft ausgetreten.

Später wurde er dann der Schule verwiesen. Mit seinem Schlag hatte er dem Coach die Nase gebrochen. Er musste operiert werden.

Und ich war mir sicher, dass ich Ocean nie mehr wiedersehen würde.

37. KAPITEL

Die Morgenroutine verlief bei uns zu Hause fast immer gleich:

Navid und ich stritten, wer zuerst zum Duschen in das Bad durfte, das wir uns teilten, weil er es immer schaffte, alles unter Wasser zu setzen und das Waschbecken von winzigen Bartstoppeln übersät war, nachdem er sich rasiert hatte. Ich sagte ihm immer wieder, wie eklig ich das fand, aber das nützte nichts. Er duschte trotzdem meistens als Erster, weil er ja eine Stunde vor mir in der Schule sein musste. Danach gingen wir zum Frühstücken nach unten in die Küche, wo meine Mutter fragte, ob wir unser Morgengebet verrichtet hatten. Navid und ich löffelten unsere Cornflakes und nickten. Aber das war gelogen, wie meine Mutter auch genau wusste, denn sie verdrehte die Augen und ermahnte uns, wenigstens nachmittags zu beten, worauf wir noch mal nickten, obwohl auch das wieder gelogen war. Meine Mutter seufzte schwer, und dann fuhr Navid zur Schule. Kurz darauf verabschiedeten sich meine Eltern, die zur Arbeit mussten, und ich hatte das Haus ungefähr dreißig herrliche Minuten lang für mich allein, bevor ich meine Wanderung zur Strafanstalt antreten musste.

Ocean wusste von diesem allmorgendlichen Ritual, weil ich ihm davon erzählt hatte, als er mich das erste Mal zur Schule gefahren hatte, aber ich hätte niemals gedacht, dass uns diese Information noch mal nützlich sein würde.

Ich hatte gerade die Haustür abgeschlossen und drehte mich um, als er plötzlich dastand. Vor seinem Wagen vor unserem Haus. Mich ansah.

Ich traute meinen Augen nicht.

Er hob zögernd die Hand zur Andeutung eines Winkens. Mit wild klopfendem Herzen ging ich auf ihn zu und blieb ganz dicht vor ihm stehen, was ihn aus irgendeinem Grund zu überraschen schien. Er straffte die Schultern, schob die Hände in die Jeans, holte tief Luft und sagte:

»Hey.«

»Hi«, sagte ich.

Die Luft war kalt – eiskalt sogar – und roch, wie sie für mich frühmorgens immer roch: nach totem Laub und den Resten von nicht ausgetrunkenem Kaffee. Ich sah, dass Ocean keine Jacke anhatte, und fragte mich, wie lange er wohl schon hier stand. Seine Wangen waren rosig. Seine Nasenspitze sah aus, als wäre ihm kalt. Seine Augen strahlten im Morgenlicht noch heller, und ich sah neue Blautöne und ein scharf abgegrenztes Braun. Zum ersten Mal bemerkte ich jetzt auch grüne Flecken darin.

Dann ...

»Es tut mir so leid«, sagten wir beide im gleichen Moment.

Ocean lachte, schaute weg. Ich sah ihn nur an.

Schließlich sagte er: »Hast du Lust, heute mit mir Schule zu schwänzen?«

»Ja«, sagte ich. »Ja.«

Er lächelte.

Ich sah ihn an, während er fuhr. Betrachtete sein Profil, die Konturen seines Körpers. Ich mochte es, wie er sich bewegte, wie er schaltete, die Hände ums Lenkrad schloss. Seine Haltung war lässig und zugleich würdevoll. Ocean schien sich in seiner Haut immer so wohl zu fühlen, das sah man sogar an seinem Gang, den ich liebte. Immer mit festem sicherem Schritt. Er bewegte sich mit einer Leichtigkeit durch die Welt, die mich denken ließ, dass er nie, nicht einmal an einem wirklich üblen Tag, auf den Gedanken kommen würde, er könnte ein schlechter Mensch sein. Es war offensichtlich, dass er sich mochte. Ocean sezierte sich nicht ständig. Quälte sich nicht mit Selbstzweifeln, haderte nicht mit Dingen, die er getan hatte, und war anderen gegenüber nie misstrauisch. Im Gegensatz zu mir schien ihm nie etwas peinlich zu sein. Ich stellte mir vor, dass es in seinem Inneren extrem friedlich war. Ein Ort ohne Dornen.

»Wow«, sagte er und atmete hörbar ein. »Ich will dir ... äh ... nicht verbieten, mich anzuschauen, aber dass du mich die ganze Zeit so anstarrst, macht mich schon ein bisschen nervös.«

»Entschuldige.« Verlegen lehnte ich mich in den Sitz zurück.

Er sah in meine Richtung. Versuchte ein Lächeln. »Worüber denkst du nach?«

»Über dich«, sagte ich.

»Oh.« Aber es klang eher wie ein Atemzug.

Und dann waren wir plötzlich angekommen. Ocean parkte in einer Einfahrt, die ich nicht kannte. Ich war mir ziemlich sicher, dass er hier wohnte.

»Keine Sorge, meine Mutter ist nicht da«, sagte er, nachdem er den Motor abgestellt hatte. »Ich wollte nur einfach gern mit dir irgendwo reden, wo wir unsere Ruhe haben, und wusste nicht, wo wir sonst hätten hingehen können.« Er sah mich an, und ich spürte Panik und Erleichterung zugleich.

»Ist das okay?«

Ich nickte.

Ocean stieg aus, ging um den Wagen herum und öffnete die Tür für mich. Er griff nach meinem Rucksack, hängte ihn sich über die Schulter und führte mich zur Haustür. Er wirkte nervös. Ich *war* nervös. Das Haus war groß – nicht zu groß –, aber groß. Schön. Ich wünschte, ich hätte auf Details geachtet, als wir in sein Zimmer gingen, aber ich erlebte alles, was an diesem Morgen passierte, so intensiv, dass die Einzelheiten jetzt wie Aquarellfarben ineinanderlaufen. Das Bild, das ich vor mir sehe, ist verschwommen. Alles, woran ich mich ganz genau erinnern kann, ist sein Gesicht.

Und sein Zimmer.

Es war ganz einfach. Ein bisschen erinnerte es mich an mein eigenes. Ein Bett, ein Schreibtisch mit Computer. Ein Regal, in dem keine Bücher standen, sondern Auszeichnungen, die alle etwas mit Basketball zu tun hatten. Ich sah zwei Türen, woraus ich schloss, dass er ein eigenes Bad hatte und vermutlich eine Kammer als Kleiderschrank. Die Wände waren weiß gestrichen. Der Teppich weich.

Nirgendwo lag etwas herum.

»Dein Zimmer ist ganz schön ordentlich«, sagte ich.

»Ja.« Er lachte. »Na ja, ehrlich gesagt, hatte ich gehofft, dass du heute mit zu mir kommen würdest. Deswegen habe ich aufgeräumt.«

Ich sah ihn überrascht an. Eigentlich war ja klar, dass er bei mir vor dem Haus gewartet hatte, weil er gehofft hatte, mit mir reden zu können. Aber als ich mir jetzt ausmalte, wie er in Erwartung meines Besuchs sein Zimmer aufgeräumt hatte, schmolz mein Herz. Ich hätte gern gewusst, was er weggeräumt hatte. Wie sein Zimmer ausgesehen hatte, bevor er es für mich aufgeräumt hatte.

Ich setzte mich aufs Bett. Es war viel größer als meins. Aber er war ja auch viel größer als ich. In meinem Bett hätte er sich zusammenfalten müssen.

Ocean stand im Zimmer und sah zu, wie ich die Umgebung, in der er lebte, in mich aufnahm. Alles war ziemlich schlicht. Die Bettdecke war weiß. Seine Kissen waren weiß. Sein Bett war aus dunkelbraunem Holz.

»Hey«, sagte er leise.

Ich sah auf.

»Es tut mir so leid«, sagte er, und seine Stimme klang plötzlich erstickt. »Alles.«

Und dann gestand er mir, dass er mein Tagebuch gelesen hatte. Er entschuldigte sich immer wieder. Sagte, natürlich wäre ihm bewusst, dass er das niemals hätte tun dürfen, dass er aber unbedingt hätte wissen wollen, wie das mit seiner Mutter genau gelaufen wäre – was sie zu mir gesagt hätte –, weil er sich sicher wäre, dass ich es ihm von mir aus niemals erzählt hätte. Er sagte, er hätte sie tausendmal gefragt, was sie an diesem Tag zu mir gesagt hätte, aber sie hätte sich geweigert zu antworten, hätte komplett dichtgemacht. Und als er die Stellen über seine Mutter gesucht hätte, hätte er auch alles andere gelesen. Das Gespräch mit seinem Coach. Wie er mich angebrüllt, mir gedroht hätte. All die anderen Dinge, die ich in der Schule hätte ertragen müssen. Alles.

»Es tut mir so leid«, sagte er. »Es tut mir so leid, dass sie dir das angetan haben. Es tut mir so leid, dass ich nichts davon gewusst habe. Ich wünschte, du hättest es mir erzählt.«

Ich schüttelte den Kopf. Knüllte die Decke, auf der ich saß, zwischen den Fingern. »Du kannst nichts dafür«, sagte ich. »Es ist meine Schuld. Ich habe alles falsch gemacht.«

»Wie bitte? Nein ...«

»Doch«, sagte ich. Ich sah ihm in die Augen. »Ich hätte es nie so weit kommen lassen dürfen. Ich hätte dir erzählen sollen, was deine Mutter zu mir gesagt hat. Ich war nur so ... ich wusste einfach nicht, was das Richtige war. Sie hat mir das Gefühl gegeben, so klein und dumm zu sein«, sagte ich. »Und als sie gesagt hat, dass kein Geld für dein Studium mehr da ist ... Ocean ... Ich konnte doch nicht zulassen, dass du ...«

»Darüber mache ich mir keine Sorgen«, sagte er. »Ich finde schon einen Weg. Ich rufe meinen Vater an. Vielleicht gibt er mir was. Ich kann einen Kredit aufnehmen. Das ist das Unwichtigste von allem.«

»Es tut mir so leid«, sagte ich. »Das alles tut mir so leid.«

»Mach dir keinen Kopf deswegen«, sagte er. »Wirklich. Ich krieg das schon irgendwie hin.«

»Aber was willst du denn jetzt machen?«, fragte ich. »Mit der Schule?«

Er atmete schwer aus. »In einer Woche findet eine Anhörung statt. Sie haben mich noch nicht *offiziell* rausgeschmissen«, sagte er. »Aber ich bin mir ziemlich sicher, dass sie es tun werden. Bis dahin bin ich erst mal vom Unterricht suspendiert. Vielleicht muss ich auf eine Schule in einem anderen Bezirk.«

»Wirklich?« Ich sah ihn entsetzt an.

»Ja«, sagte er. »Es sei denn, ich schaffe es, sie davon zu überzeugen, dass ich ihnen in Wirklichkeit einen Gefallen getan habe, indem ich dem Coach die Nase gebrochen habe. Aber ich denke, die Chance ist eher gering.«

»Das tut mir so leid«, sagte ich.

»Muss es nicht. Ich habe es genossen, diesem Scheißkerl einen einzuschenken, und würde es sofort wieder tun.«

Wir schwiegen einen Moment und sahen uns nur an.

Irgendwann sagte Ocean: »Du hast keine Ahnung, wie sehr du mir gefehlt hast.«

»... doch«, sagte ich. »Falls das ein Wettbewerb ist, hab ich ihn gewonnen.«

Er lachte.

Und dann kam er zum Bett und setzte sich neben mich. Meine Füße berührten den Boden nicht, seine schon.

Plötzlich wurde ich wieder nervös. Ich war ihm schon so lange nicht mehr so nahe gewesen. Es war, als würden wir ganz von vorne anfangen, als würde mein Herz wieder einen Infarkt bekommen und meine Nerven Funken sprühen und mein Kopf sich mit heißem Dampf füllen, und dann griff er sehr sanft nach meiner Hand.

Wir sagten nichts. Wir sahen uns nicht mal an. Wir schauten auf unsere Hände, auf unsere ineinander verschränkten Finger, und er zeichnete Muster auf meine Handfläche, und ich konnte kaum atmen, während er Spuren aus Feuer auf meiner Haut hinterließ. Und dann bemerkte ich plötzlich den Bluterguss auf seiner rechten Hand. Die Knöchel waren aufgerissen und verschorft.

Behutsam berührte ich die verletzten Stellen, die aussahen, als hätten sie gerade erst begonnen zu heilen.

»Ja«, antwortete er auf meine unausgesprochene Frage. Seine Stimme war gepresst. »Das ist ... ja ...«

»Tut es weh?«, fragte ich.

Wir sahen uns an. Wir saßen so dicht nebeneinander, dass unsere Gesichter nur Zentimeter voneinander entfernt waren, als wir den Kopf hoben. Ich spürte seinen Atem auf meiner Haut. Ich roch ihn, roch neben dem schwachen Duft nach Aftershave seinen ganz eigenen Duft ...

»Es ... ja«, sagte er und blinzelte zerstreut. »Irgendwie ...« Er holte Luft. »Es tut mir leid«, sagte er. »Ich war einfach so ...«

Und dann nahm er mein Gesicht in beide Hände und küsste mich – küsste mich so eindringlich, dass so viel Gefühl in mir aufwallte, dass es weh tat, und ich, ohne es zu wollen, einen Laut von mir gab, der beinahe wie ein Schluchzen klang. Mir wurde schwindelig. Mein Herz weitete sich. Ich legte vorsichtig die Hände um seine Hüften, strich seinen Rücken hinauf und spürte, wie etwas in mir aufbrach, wie sich alles in mir löste. Ich gab mich hin, gab mich dem, was er in mir erzeugte, ganz hin, der Hitze seiner Haut, dem Zittern seines Körpers, als er sich mit einem Mal von mir losriss, und es war, als würde ich träumen, als hätte ich vergessen, wie man denkt. *Ich habe dich vermisst*, sagte er immer wieder, *Gott, ich habe dich so vermisst*, und dann küsste er mich wieder, küsste mich ganz tief, und in meinem Kopf drehte es sich, und Ocean schmeckte wie pure Hitze, in der ich verdampfte. Wir lösten uns voneinander, rangen nach Atem, hielten uns aneinander fest, als wären wir Ertrinkende, als wären wir verschollen, für tot erklärt in der unendlichen Weite des Meeres.

Ich drückte meine Stirn an seine und flüsterte: »Ich liebe dich.«

Und ich spürte, wie sich alles in ihm anspannte.

»Es tut mir leid, dass ich es dir nicht früher gesagt habe«, sagte ich. »Ich wollte es dir sagen. Ich wollte, ich hätte es gesagt.«

Ocean sagte kein Wort. Das musste er nicht. Er hielt mich, als würde er mich nie mehr loslassen wollen, als würde er sich an sein Leben klammern.

38. KAPITEL

Am Ende war das, was uns auseinanderriss, nicht der Hass. Es waren nicht die Rassisten oder die Arschlöcher. Am Ende war es das, worauf wir in unserem Leben keinen Einfluss hatten, was uns den Boden unter den Füßen wegzog.

Ocean und ich erlebten zweieinhalb Monate vollkommenen Glücks, bis mein Vater uns Mitte April verkündete, dass wir umziehen würden, sobald Navid den Abschluss gemacht hätte.

Wir würden nur noch bis Juni da sein.

Die Wochen bis dahin vergingen in süßer, erstickender Qual. Ocean war doch nicht von der Schule verwiesen worden. Seine Mutter hatte zu der Anhörung in der Schule einen Anwalt mitgebracht, was nicht einmal nötig gewesen wäre, weil sich herausstellte – und der Einzige, den das überraschte, war Ocean –, dass ihr Sohn viel zu beliebt war. Man einigte sich darauf, ihn noch eine weitere Woche zu suspendieren und die Sache damit auf sich beruhen zu lassen. Jeder Versuch, ihn dazu zu bewegen, wieder in die

Mannschaft einzutreten, scheiterte. Ocean weigerte sich. Er sagte, er wollte nie mehr in irgendeiner offiziellen Liga Basketball spielen, nie mehr. Das war etwas, das ihn glücklich machte.

Aber es gab auch die andere Seite.

Uns war die ganze Zeit über schmerzhaft bewusst, dass sich unsere Beziehung viel zu schnell ihrem Verfallsdatum näherte, und wir verbrachten so viel Zeit zusammen, wie wir nur konnten. Mein Status an der Schule hatte sich so drastisch gewandelt – als sich herumsprach, dass sich Ocean meinetwegen mit dem Coach geprügelt hatte, stieg mein Ansehen sogar noch mehr –, dass sich niemand mehr darüber wunderte, dass wir zusammen waren. Es war unfassbar. Wir konnten gar nicht mehr aufhören, über die Lächerlichkeit dieser Institution namens Highschool zu staunen. Aber hauptsächlich konzentrierten wir uns ganz auf uns selbst, lebten in unserer eigenen Blase und waren glücklich und traurig zugleich.

Oceans Mutter verstand, dass es dem Verhältnis zu ihrem Sohn nur schaden würde, mich aus seinem Leben zu drängen, und akzeptierte mich darin. Sie versuchte sogar, Interesse vorzutäuschen und mich besser kennenzulernen, was ihr nur mittelgut gelang. Aber das war für mich okay. Immerhin gab sie sich Mühe, für Ocean wieder so etwas wie eine Mutter zu sein. Vielleicht hatte ihr die Tatsache, dass ihr Sohn jemandem die Nase gebrochen hatte, eine Art heilsamen Schock versetzt. Jedenfalls begann sie sich auf einmal wieder für sein Leben zu interessieren und Fragen zu stellen. Sie aß mit ihm zu Abend und verbrachte auch die Wochenenden wieder zu Hause, worüber er sehr froh war. Ocean mochte es, wenn seine Mutter da war.

Also lächelte ich und aß ihren Kartoffelsalat.

Ich kann nicht behaupten, dass ich mich in der Schule wohl gefühlt hätte. Nach allem, was gewesen war, schaffte ich es nicht mehr, eine wirklich unverkrampfte Beziehung zu den Leuten dort aufzubauen. Aber sie fanden nach und nach den Mut, mit mir auch über Dinge zu sprechen, die über Breakdance und das merkwürdige Tuch auf meinem Kopf hinausgingen. Diese Gespräche waren teilweise lustig, aber vor allem auch lehrreich. Je besser ich die Leute kennenlernte, desto klarer wurde mir, dass wir letzten Endes alle nur ein Haufen verängstigter Schwachköpfe waren, die in der Dunkelheit herumirrten, ständig gegeneinanderstießen und darüber grundlos in Panik ausbrachen.

Also fing ich an, Licht zu machen.

Ich hörte auf, mir Menschen als Meute vorzustellen. Als Horde. Als gesichtslose Masse. Ich versuchte, mir nicht mehr einzubilden, ich wüsste ganz genau, wie sie waren und was sie dachten – vor allem noch bevor ich auch nur ein einziges Wort mit ihnen gesprochen hatte. Das gelang mir nicht immer – mir war bewusst, dass ich wohl für den Rest meines Lebens daran arbeiten musste –, aber zumindest versuchte ich es. Versuchte es ehrlich. Es war schmerzhaft, mir eingestehen zu müssen, dass ich anderen genau das angetan hatte, von dem ich nicht gewollt hatte, dass es mir angetan wird. Ich hatte Vorurteile gepflegt, hatte grob verallgemeinert und alle über einen Kamm geschoren.

Dieser Mensch wollte ich nicht mehr sein.

Ich war es leid, mich nur auf die Wut in mir zu konzentrieren. Ich war es leid, mich nur auf die Erinnerung an all diejenigen zu konzentrieren, die schrecklich zu mir gewesen waren und schreckliche Dinge gesagt und getan hatten. Ich war es leid. Die Dunkelheit nahm viel zu viel wertvollen Raum in meinem Kopf ein. Und unsere viel zu häufigen Umzüge hatten mich gelehrt, dass die Zeit sehr schnell vergeht und nie mehr zurückzuholen ist.

Ich wollte sie nicht verschwenden.

Ich hatte zu viele Monate damit verschwendet, Ocean von mir zu stoßen, und wünschte mir jeden Tag so sehr, ich hätte es nicht getan. Wünschte mir, ich hätte ihm früher vertraut. Wünschte mir, ich hätte jede einzelne Stunde genossen, die ich mit ihm verbringen durfte. Es gab so vieles, was ich mir gewünscht hätte. So viel mehr zusammen mit ihm. Ocean hatte in mir den Wunsch geweckt, all die anderen guten Menschen auf der Welt zu finden und festzuhalten.

Vielleicht reiche es ja schon, dachte ich, zu wissen, dass es jemanden wie ihn auf dieser Welt gab. Vielleicht reiche es ja schon, dass unsere Leben miteinander verbunden gewesen waren, getrennt wurden und wir verändert daraus hervorgegangen waren. Vielleicht reiche es ja schon, gelernt zu haben, dass sich die Liebe als unverhofftes Werkzeug entpuppt hatte, als das Messer, das ich gebraucht hatte, um den Schutzanzug zu zerschneiden, den ich mir jeden Tag angezogen hatte.

Vielleicht, dachte ich, reiche das ja.

Ocean hatte mir Hoffnung geschenkt. Er hatte mir den

Glauben an die Menschheit zurückgegeben. Durch seine Aufrichtigkeit hatte er mein Innerstes freigelegt und mich von den zähen Schichten der Wut befreit, die mich so lange umhüllt hatten.

Ocean hatte in mir den Wunsch geweckt, der Welt eine zweite Chance zu geben.

Er weinte, als wir an einem sonnigen Nachmittag davonfuhren. Er stand mitten auf der Straße und sah uns hinterher, und als seine Gestalt irgendwann von dem größer werdenden Raum zwischen uns verschluckt worden war, drehte ich mich in meinem Sitz nach vorn und fing mein Herz auf, das mir aus der Brust fiel.

Mein Handy summte.

gib mich nicht auf, schrieb er.

Und das habe ich nie.

**Steffi spricht nicht.
Rhys kann nicht hören.
Doch sie verstehen einander ohne Worte.**

Steffi ist so lange still gewesen, dass sie das Gefühl hat, unsichtbar zu sein. Doch dann kommt Rhys an ihre Schule. Er ist gehörlos und schert sich nicht darum, ob jemand redet oder nicht. Steffi und Rhys finden eine ganz besondere Art, miteinander zu kommunizieren. Schnell brauchen sie nicht mehr als einen Blick, um zu wissen, was der jeweils andere gerade fühlt. Durch Rhys lernt Steffi, dass ihre Stimme etwas wert ist, dass sie gehört werden will. Rhys gibt ihr den Mut, wieder zu sprechen. Und dann passiert ... ein Wunder.

Sara Barnard
Vielleicht passiert ein Wunder
Aus dem Englischen
von Ilse Layer
416 Seiten, gebunden

Weitere Informationen zum Kinder- und Jugendbuchprogramm der S. Fischer Verlage finden sich auf *www.fischerverlage.de*

AZ 7373-5560/1